民工夫妻

李 全 著

中国出版集团
现代出版社

**图书在版编目（CIP）数据**

民工夫妻/李全著. --北京：现代出版社，2016.11
ISBN 978-7-5143-5632-8

Ⅰ．①民… Ⅱ．①李… Ⅲ．①长篇小说－中国－当代
Ⅳ．①I247.5

中国版本图书馆CIP数据核字（2016）第302855号

## 民工夫妻

| | |
|---|---|
| 作　　　者 | 李　全 |
| 责任编辑 | 李　鹏 |
| 出版发行 | 现代出版社 |
| 地　　　址 | 北京市安定门外安华里504号 |
| 邮政编码 | 100011 |
| 电　　　话 | 010-64267325　010-64245264（兼传真） |
| 网　　　址 | www.1980xd.com |
| 电子邮箱 | xiandai@vip.sina.com |
| 印　　　刷 | 北京一鑫印务有限责任公司 |
| 开　　　本 | 787×1092　1/16 |
| 印　　　张 | 17 |
| 版　　　次 | 2016年11月第1版　2022年7月第2次印刷 |
| 书　　　号 | ISBN 978-7-5143-5632-8 |
| 定　　　价 | 49.80元 |

# 目 录
## CONTENTS

| | | | | | |
|---|---|---|---|---|---|
| 1 | 第01章 | 别样的生日 | 48 | 第12章 | 人多主意多 |
| 6 | 第02章 | 会好起来的 | 52 | 第13章 | 包工头跑了 |
| 10 | 第03章 | 都还没长大 | 56 | 第14章 | 捡到二十万 |
| 14 | 第04章 | 包子有问题 | 61 | 第15章 | 合同被签了 |
| 18 | 第05章 | 飞来的横祸 | 65 | 第16章 | 顾客的讹诈 |
| 23 | 第06章 | 这个忙该帮 | 70 | 第17章 | 走法律程序 |
| 27 | 第07章 | 吕琪回来了 | 74 | 第18章 | 失落的梦想 |
| 31 | 第08章 | 就是想撒谎 | 79 | 第19章 | 要命的加班 |
| 36 | 第09章 | 订单被调包 | 83 | 第20章 | 这钱不能要 |
| 40 | 第10章 | 入职通知书 | 88 | 第21章 | 退学通知书 |
| 43 | 第11章 | 别想谈法律 | 93 | 第22章 | 咱们离婚吧 |

| | | | | |
|---|---|---|---|---|
| 98 | 第23章 | 张律师来了 | 180 | 第42章 | 女人的心思 |
| 101 | 第24章 | 失主找上门 | 185 | 第43章 | 杀人的流言 |
| 106 | 第25章 | 骗子抓住了 | 189 | 第44章 | 美丽找上门 |
| 110 | 第26章 | 俊生挨打了 | 194 | 第45章 | 之杰被拘留 |
| 114 | 第27章 | 记者来采访 | 198 | 第46章 | 房租涨价了 |
| 119 | 第28章 | 看你往哪跑 | 202 | 第47章 | 城管撵人了 |
| 122 | 第29章 | 全班第三名 | 206 | 第48章 | 小偷哪里跑 |
| 127 | 第30章 | 这事就仲裁 | 210 | 第49章 | 想开家茶馆 |
| 132 | 第31章 | 新年晚祝福 | 215 | 第50章 | 房子要降价 |
| 136 | 第32章 | 输掉三十万 | 219 | 第51章 | 向上的高考 |
| 141 | 第33章 | 哭天天不应 | 224 | 第52章 | 一笔大订单 |
| 146 | 第34章 | 违心说套话 | 228 | 第53章 | 茶馆开张啰 |
| 150 | 第35章 | 他敢养小三 | 232 | 第54章 | 漫长的等待 |
| 154 | 第36章 | 她想要孩子 | 236 | 第55章 | 高铁通车了 |
| 158 | 第37章 | 向上长大了 | 240 | 第56章 | 胡俊生救人 |
| 162 | 第38章 | 兄弟你好傻 | 245 | 第57章 | 小雪开面店 |
| 167 | 第39章 | 悲情的遗书 | 249 | 第58章 | 四合院拆啦 |
| 171 | 第40章 | 迷茫的吕琪 | 253 | 第59章 | 沈世友回乡 |
| 175 | 第41章 | 群舌战房东 | 257 | 第60章 | 离别四合院 |

# 01第章
# 别样的生日

9月1日，又是一年的开学日，胡俊生回到在城郊租住的四合院时，已经是晚上7时许。房间里仍然是黑灯瞎火，妻子任晓霞这个时间通常在厂里加班，儿子胡向上如果这个时间点没在家，肯定又去黑网吧打游戏了。

四合院里包括胡俊在内共住了4户人，其他家分别是"60后"的沈世友与妻子胡惠芳、"80后"的杨建飞与妻子谢依雪、"90后"的李之杰与妻子吕琪。他们均是来自四川省大英县不同乡镇的农民。因为是同乡，租住在一起有好几年了。

这座四合院是20世纪70年代末期建造的老式房子，房东几年前在城中买了新房搬了过去，将这里租给民工住，算是一笔额外收入吧。

胡俊生叹了口气，刚推开门，屋里的电灯突然亮了起来，杨建飞、谢依雪、李之杰、吕琪4人拍起巴掌，随着节拍唱起了《祝你生日快乐》的歌曲，沈世友和胡惠芳点燃了蛋糕上的蜡烛，胡向上端起一杯啤酒朝他头上泼了过去，朝他喊着："老爸，生日快乐！"

胡俊生这才想起今天是自己40岁的生日。一晃就40岁了，不惑之年啊。胡俊生早把自己生日忘了，没想到同乡们却记住了。胡俊生苦笑了一声，早知道同乡们要来庆贺他的生日，刚才应当买些酒菜回来，大家一起高兴高兴。可胡俊生一摸口袋，头上冷汗直冒：口袋里只剩下50块钱了。这是他目前仅有的现金！

"老胡，愣着干啥？快过来。"杨建飞不容分说，拉起还在发愣的胡俊生走到桌前，催促道，"快许愿吹蜡烛啊。一定要许一个好愿。"

"对啊，胡叔，快许愿。你是许发财愿，还是许外遇愿？"李之杰调皮地说。

"你这孩子，没一个正经。你这娃儿比向上大不了几岁吧，敢在你叔面前胡来。"沈世友拍了拍李之杰的头说，"你看看，胡向上今天都上高中了，将来考上大学，一毕业就会找到好工作，哪像你，结婚了都还不懂事。"

胡俊生还是没吹蜡烛，尴尬不已，怎么就把钱用光了呢？今晚如何招待大家？

"俊生，不要发呆了，先许愿吧。"沈世友已经看出了胡俊生的窘况，又说，"我们住在这个四合院里有好几年了吧？大家平时工作都忙，即使是过春节，好不容易都有一个长假，不是你要回家去过节，就是他要回家过节，真正聚在一起的时间太少了。今天是我提议聚一聚。再说，今天又是你儿子上高中的第一天，该给他庆贺一下。现在的高中生在古时候就是秀才了。"

听到儿子胡向上上高中的事，胡俊生心里那个苦啊。胡向上是读高中了，可是胡俊生交了整整3万块的借读费。说是借读费，其实就是出高价。今天把胡向上的借读费一交，口袋里剩下的50块钱是他目前所有的钱了。唉，现在的学校新生名额收得少，他们就喜欢学生读高价书。反正现在独生女子多，谁不想自己的孩子将来有一个好的前途呢？何况胡向上是外地民工的子女，收高昂的借读费也是最好的借口。

"沈叔，我不是这个意思。我是说我先给晓霞打个电话，让她早点回来。"胡俊生猛然想起今天是妻子任晓霞发工资的时间，让她顺路带些酒菜回来。

"俊生，你省点电话费吧。我刚刚已经给晓霞打过电话了，她说一会儿回来。许愿吧。"沈世友拦住了往门外走的胡俊生，又说，"酒菜的事你就别操心了，你婶子已经准备好了。"

胡俊生只得站在生日蛋糕前，双手合十，嘴里默默地念了几句，然后用劲一吹，所有的蜡烛被吹灭了。

"胡叔，你许的是个啥愿？说给我们听听。"李之杰仍然觉得有些好奇，忍不住问。

"你都是结了婚的人了，还像个孩子似的问这问那，不知道许的愿是不能说的吗？"谢依雪指了指李之杰的头说。

"是啊，傻孩子，我许的愿是不能当场说出来的。"胡俊生一直把李之杰当作自己的儿子一样看待。不仅仅是李之杰与胡向上的年龄差不多，还因为李之杰实在可爱。胡俊生有点可惜李之杰不读书，早早地打工，不到20岁就结了婚。

众人正说着，胡惠芳像变戏法一样拿出许多菜肴出来，有胡俊生最爱吃的凉拌猪耳朵，还有花生米等。杨建飞搬来两箱啤酒。

"虽然我们出门在外，但大家都喜欢家乡菜。这不，我让你婶子特地在后面老乡的凉菜店里买的我们大英县的特色菜。"

"沈叔，让你破费了。来，大家一起都坐过来，我们今晚不醉不罢休。"人家沈世友把话说这个份上了，胡俊生再不邀请大家坐上，他这个主人家就显得生疏了。

大家一坐上，胡俊生开了啤酒，给众人倒上，正要举杯，却被沈世友拦住了："俊生，还是等等晓霞吧。"

大家这一等就是一个小时，任晓霞都不回来。期间，胡俊生打了几次电话，任晓霞的手机都关机。

"不会出什么事吧？"这个想法在胡俊生心里随即冒出来，任晓霞用的是一部老式手机，充一次电要管上一个星期，可她的手机是昨天晚上才充好的电，怎么会关机呢？

"俊生，要不，我们去看看？"沈世友也有些担心，便提议说。

但沈世友的话音刚落，头发凌乱、脸上还有泪水的任晓霞进了屋。细心的李之杰还看到她的手背也被抓破了，鲜血还在流。

"这是怎么回事？"胡俊生也看到了任晓霞的手背还有鲜血在流。

"被几个歹徒打劫了。"任晓霞本想大哭一场，可见四合院的老乡都在家里，又忍住了。

"到底是怎么回事？"胡俊一听妻子被打劫，心里不好受，便关切地问起来。

"立交桥的路灯今晚没亮，我走到桥下时，突然蹿出几个人，不由分说把我从自行车上拉下来，抢了我的包，包里装着手机和今天发的3000块工资。"任晓霞强忍着泪水说，"那可是我辛辛苦苦挣来的一个月工资啊，就这么白白地

被他们抢了。"

立交桥是江州的一个象征标志，也是江州人的自豪，但立交桥的配套设施偏偏跟不上，就拿路灯来说，三天两头不亮，很多女性独自路过那里都要格外小心，一不留神就会被打劫。尽管江州的治安不错，但民警不可能24小时守候在那里。仅这一年来就发生过数十次抢劫案，虽然大家都报了案，最终还是不了了之。以往任晓霞发了工资，都要叫胡俊生去接她，今晚她接到沈世友的电话后，知道大家今晚为胡俊生过40岁生日。因此，她就独自一人回来，却没想到，这霉运偏偏找上了她。

"该死的抢劫犯。"杨建飞提议说，"报警吧，我们不能让抢劫犯逍遥法外。"

"报警吧。"沈世友与胡惠芳也觉得应该报警，"管不管用是一回事，只要报了警，就多了一份希望。"

胡俊生也觉得沈世友的话有道理，他立即拨打了110。警察很快赶到了四合院，为首的警察是个胖子。胖子警察是附近派出所民警，四合院与立交桥都属于他的管辖范围。因天黑又没有旁人作证，胖子警察只是详细地了解了情况，又作了笔录，并说，他们已多次接到这样的报案，一旦有了相关消息，他们会立即通知胡俊生。

尽管发生了不愉快的事情，但胡俊生还是强颜欢笑让大家吃饱喝足。大家又哪里有心情喝酒呢？都草草地吃了点菜食回了各自的出租房。

老乡们一走，任晓霞的泪水再也忍不住了，哗哗地流了出来。她心中的苦，胡俊生比谁都明白。可又有谁明白胡俊生心中的苦呢？他已经没工作快一个星期了。胡俊生以前是某单位的临时工。那单位说裁人就裁人，没有先兆，因此，胡俊生一下子就丢了工作。今天出去了找一天工作，那些大公司小公司都因他是外地人，借口说公司里现在不招人了，等有机会再通知他。

一个外地来的民工又怎么啦？为什么现在找工作会受到如此的歧视呢？胡俊生不难想象，现在的江州已经不是他刚来时的江州了。

天没亮，胡俊生像往常一样早早地起了床，每天都有两样事要做：一是烧饭，接着送儿子去上学。尽管胡向上已经16岁了，可在胡俊生心里，胡向上还是那个襁褓中的婴儿。第二件事是做好家务，然后装着去上班，其实他是想把胡向上送到学校后，就马上去找工作。他不想因为丢了工作影响一家人的生活，特别是不能影响胡向上的学习。16岁的孩子什么都懂，又什么都不懂。"90后"的胡向上的观念与胡俊生完全不一样，他想干什么与要干什么分得清楚，但他的意志又控制不住行动。比如，到黑网吧打游戏。你能说胡向上不知道那是一个坏习惯？他知道，但他控制不住自己，就像旧社会中抽鸦片的人一样，明知那东西有害，但已经上瘾了。

胡俊生骑上电瓶车，载着胡向生准备出门，住在西屋里的杨建飞夫妇传来了轻微的吵闹声。年轻夫妻吵架是一件很正常的事。胡俊生年轻时也常与任晓霞吵架，但每次都是胡俊生先住口。夫妻吵架嘛，床头吵来床尾合。按理说，谢依雪这个时候已经在外面摆摊卖早点去了，今天为什么没有去？胡俊生正想进去劝劝架，却听到沈世友也在杨建飞家中。看来，杨建飞夫妇吵架已经很久了，他马上让胡向上下了电瓶车，到院子外面去等他。

胡俊生走到杨建飞门口，刚想敲门进去看看是怎么回事，却听到沈世友的话，马上止了步。沈世友说："都是我不好，不该让你们破费。但作为邻居，又都是老乡，在这个时候，我们应当帮他渡过难关。如果昨晚不是我们给他庆祝生日，晓霞怎么会被人劫道呢？"

"沈叔，你别听她的，这家还是我说话算数。就按你说的，我们每家出500块，帮老胡渡过难关。"说话的是杨建飞，虽然在火气上，但他的话音还是显得十分温和，"再说，胡向上又刚刚上高中，花钱的地方多。"

"不行，我还没有同意呢。虽说我们是老乡，可是这钱送得不明不白，他是昨天的生日，我们今天才送礼，胡俊生会怎么看我们？"谢依雪显然在气头上，话语显得没那么友好，"沈叔，你要帮助胡俊生，我们不反对。但我绝对不会今天送钱给他。"

胡俊生站在那里进也不是，退也不是。突然，北屋的门"吱呀"一声开了，胡俊生赶紧躲在树后，只见李之杰连上衣都没穿就冲进了杨建飞的房间。

"你们吵什么？大清早，还让人睡不睡觉？"作为"90后"的李之杰平时要9时后才上班，每天8时半才起床，现在才7时不到，这个时候正是他做美梦的时候，又怎能不发火？

"你一个小屁孩懂个啥？"谢依雪也有些不依不饶。

"别以为我什么都不知道，你们吵架的事我全听到了。"李之杰年纪小，声音却不小，"沈爷爷说得没错，胡叔有难我们不帮谁帮？在我们这个小院里，谁没有个困难？我马上就出500块钱，交到沈爷爷手里。"

"你一个小屁孩，当然是饱汉不知饿汉饥。"谢依雪更加火了，说话也有些不客气，"你以为挣钱就那么容易吗？"

"小雪，你小声点，好不好？"杨建飞赶紧劝妻子，"你是想让老胡听到吗？"

"他不是送胡向上去上学了吗？"谢依雪嘴上虽然这样说，但声音明显小多了。

"你们就听我一声劝。我们三家各出500块钱，就算是给俊生的生日礼，你们怕难看。就由我这个老头送去。"

胡俊生的心情不由沉重起来，待了一会儿，转身走到门外。时间不等人，他得马上送胡向上去上学。

## 第02章
# 会好起来的

任晓霞原本打算在家休息两天去上班，但一想到休息就没有工资，她又忍住了。出门在外，水费、电费、煤气费，哪一样不需要钱？任晓霞想不通的是胡俊生这次认准了一个死理，无论如何都要让胡向上去读高中。读书有什么好？现在的大学生多如牛毛，找不到工作的比比皆是。再说，现在很多从农村来的十五六岁的孩子都在打工挣钱，不说远的，就拿四合院里的李之杰来说，他连初中都没上完，就打工了。现在20岁不到，连婆娘都讨好了。论长相，胡向上也不比李之杰差。如果胡向上现在不读书，可以省下许多钱，再过几年，在老家盖一栋豪华的楼房，让别人羡慕去。

当然这些任晓霞只能想想，毕竟是胡俊生当家做主。胡俊生是一个有头脑的男人，当年胡俊生与弟弟同时考上大学，为了弟弟完成学业，他放弃上大学的机会，选择外出打工挣钱，资助弟弟读完大学。如果胡俊生当初也上大学，凭着他的聪明劲，现在早已是公务员了，又怎么会沦落到与自己一起打工呢？如果胡俊生读了大学，又怎么会与一个只有初中文化的女子结婚呢？想到这里，任晓霞不由笑了，骑上自行车准备去上班，谢依雪收摊回来了。

"嫂子，才去上班啊。"谢依雪边收拾东西边问任晓霞，"病好些了没？"

"傻妹子，我不是与你说过了吗？这话不能大声说，这事千万不能让我家那口子晓得了。"任晓霞不得不再次叮嘱谢依雪。谢依雪所问任晓霞的病，是任晓霞最近一段时间，老觉得身体不如从前。刚开始那会儿，她认为是自己天天加班累的。但厂里的好几个人与她有着一样的病，去医院检查，被告之是腰肌劳损，这是因为长期从事一种姿势的工作所造成的。"嫂子，你家俊生听不见的。我回来时看到他去车站了，是不是今天又出差啊？"谢依雪的确看到胡俊生骑着电瓶车往车站的方向驶去。

"出差？他没有给我说啊。"任晓霞有些不解。胡俊生以往出差都会先告诉她，即使是临时决定的，也要打电话给她。可今天早上，胡俊生出门时什么话都没有说，从他的穿着打扮来看，也不像出差。胡俊生在生活中不是一个很随意的人，特别注重细节。虽然收入不高，但在外面，胡俊生还是衣着光鲜，给人留下气质形象俱佳的印象。

"他没有给你说啊，可能临时出差吧。"谢依雪没有看出任晓霞的心思，继续说，"还是你家老胡好，动不动就出差。一出差就见大世面，在外面认识的人也多，将来有什么事，那些人都会帮上忙的。万一我哪天有什么事，还指望你家俊生帮忙呢。"

"是啊。他可能临时出差，等会儿上了车他就会打电话给我。"任晓霞嘴上这样说，可心里没底，赶紧返回屋里，把那部遗弃了一年多的老式手机带上，又顺路去了移动公司补了一张卡后，试着给胡俊生打了一个电话，问他在哪儿。胡俊生回答说他正在单位里上班呢。

这是怎么回事？谢依雪说他去了车站，可他现在又在单位上班，车站与他的单位一个在东，一个在西，相差十数里，他骑车哪有这么快？到底是怎么回事？

整整一天，任晓霞上班都心不在焉，以至于工作时出了几次差错，好在同事看到帮她改了过来。任晓霞总觉得胡俊生最近有事情瞒着她，特别是经济上的事，得找他好好谈谈，看看他到底在做些什么。同事说过，40岁的男人正如老虎，也是男人的第二个叛逆期，说变心就变心，很难控制的。要想自己的男人不变心，就得对他好些，让他永远跟着自己走。

同事的话虽然有些片面，但没有错，很多40岁的男人的确变了心。任晓霞想，如果胡俊生要是变了心，自己怎么办？上高中的儿子又怎么办？胡俊生真的会变心吗？俗话说，不怕一万，就怕万一。

说实话，任晓霞不赞同胡向上去读高中，是因为那所中学只是江州的三流中学，学费却收得不少，还规定学生每天必须在学校吃饭。听胡向上说，无论是中午还是晚上的伙食都十分差，但收费却不低廉。每顿在10块以上，一天差不多要30块钱。对于任晓霞这样的民工家庭来说，一家人一天的生活费都超不过30块钱。

任晓霞回到出租屋时，胡向上已经睡下了，胡俊生坐在桌子前一言不发。这是他心事特别重的表现。肯定有事瞒着自己，任晓霞不动声色，慢慢地观察了胡俊生一会儿，越看越觉得他有事。

"俊生，俊生，在想啥呢？"任晓霞终于忍不住了，便试探性地说道，"我明天想去医院检查一下身体，你去银行把3万块存款取出来吧。"

"取钱？"胡俊生一听到取钱，打了个寒战，"你生了什么病，非要3万块钱？"

"这你就不用管了。待医生检查出来，我会告诉你的。"任晓霞不用再问下去，就更加肯定了胡俊生有问题。

"能不能再等等？"胡俊生用商量的口吻问任晓霞。

"你不会跟我说，钱都花光了吧？"任晓霞印证了自己的想法，不由有些火了，"给我解释一下，那些钱花在什么地方了。"

"唉。那就实话告诉你吧。不过,你听了不要生气。"胡俊生让任晓霞跟他到外面去。

"只要你在正道上,我肯定不会说,但如果你用在……"任晓霞的脸色变了。尽管天黑,但胡俊生还是感觉到了。

"向上读书因不是本地户口,学校要让我们交赞助费1年1万,3年共3万块。为了让他读书,我已经把所有的钱都取了出来,加上这个月的生活费才凑够……"对于胡向上读书,胡俊生已经倾家荡产了。

"什么?他读书要花这么多的钱?这么大的事情你都没与我商量商量。我们这个月的生活咋办?"任晓霞万万没想到,胡俊生为了胡向上读书花光了所有积蓄。她一直以为胡向上考上的是三流中学,就不想让他继续读书。三流中学又能考上什么样的大学?胡向上是一个聪明的孩子,却成天迷在游戏里,从没把读书当成一回事。现在所有的积蓄都已花光,这可是她与胡俊生辛辛苦苦挣来的汗水钱啊,如今说没就没了。任晓霞想到此,不由失声痛哭起来。

"好了,哭个啥?你真想让别人都知道这件事?特别是沈叔,这事还真不能让他知道。"胡俊生一见任晓霞大哭,不由着急起来。他是怕院子里的人听见,特别是沈世友。

说到沈世友,令胡俊生十分羡慕。沈世友养了一双儿女,儿子前几年考上了清华大学,现在好像在读研究生,前年女儿又考上了四川大学。一家人出两个大学生,而且都是重点大学,令很多人都羡慕。特别是春节时,沈世友夫妇回到村里,村里人不再呼沈世友的大名,而是叫他沈老爷子。

"我们出门打工挣钱,不就是为了孩子吗?你想想沈叔和胡婶,他们与我们不是一样辛苦吗?他们为了谁,还不是为了孩子。"胡俊生东劝西劝,才让任晓霞止住哭声,往房间走去。刚到门口,一个黑影走了过来,胡俊生借着灯光一看,是沈世友。

"到你屋里说话。"沈世友不容分说,便推开胡俊生的房门,第一个进了屋。

"沈叔,你……"胡俊生有些疑惑。

"你们刚才的话我都听见了。"沈世友把一叠钱递到胡俊生面前,"这是我和杨建飞与李之杰凑的钱,算是给你迟到的生日贺礼。"

"不。沈叔，这钱我不能要。"胡俊生知道这钱是沈世友那天早上去杨建飞屋凑的。

"俊生啊，先收下。你刚刚又把工作丢了，这些钱算是我们的一点心意。我知道你是一个有志气的人，再苦再累都能挺过去。工作丢了，又怎么啦？我们都从乡下来的，哪样苦没有吃过？只要你用心去找工作，肯定会找到的。"沈世友顿了一会儿又说，"谁家又没有个困难，只要我们相互照顾，相互关心，没有过不去的坎。我相信随着时间的推移，我们会好起来的。"

胡俊生没想到沈世友会说出这样的一番话来，这个平时不太爱说话的老人，却字字珠玑，句句在理。胡俊生有了一种想哭的感觉，任晓霞已经泣不成声。

"老公，我错怪你了。"任晓霞终于打消心中疑虑，心里也释怀多了，可一想到丈夫把一切都憋在心里，又不免责怪起来，"老公，有苦我们一起承担，你为啥要一个人憋在心里？你是不相信我吗？"

"老婆，我不是怕你担心吗？"

"好了。你们和好了，我也就高兴。"沈世友笑了，"只要我们坚定信念，生活一定会美好起来的。"

# 第03章
# 都还没长大

李之杰终于可以睡一个懒觉了。但越是想睡，却越是睡不着。李之杰想找点事情做，可出租屋就屁股那么点大，这些事情当然该吕琪做。打发时间最好的办法就是看电视，可电视就那么几个节目，不是广告就是新闻，李之杰随手关了电视。还是上网吧。平时，李之杰对于上网并不感兴趣，认为那是浪费生命的一种方式。他还年轻，要做的事情很多。可不上网又干什么呢？

李之杰刚打开电脑，胡向上走了进来："李哥，你今天没上班啊？"

"你咋没有去上学？"李之杰反问道。

"今天不是星期天么？学校放假。"胡向上看到李之杰打开的电脑，眼睛一亮，心里在盘算着，今天就在李之杰这里上网打打游戏，可他又怕李之杰不答应，或者告诉他父亲胡俊生。如果不打游戏，胡向上又有些心不甘，便问道，"李哥，你一个人玩电脑，不寂寞啊。"

"你小子想打游戏，就明说嘛。"李之杰早看出胡向上的心思，便替他说了出来。

"知我者李哥也。"胡向上来了一句文绉绉的话。

"说，想打什么游戏，哥教你。"其实李之杰见过胡向上打游戏的本领，自己根本不是他的对手。可他不能在胡向上面前丢了颜面。

"你就吹吧。谁赢谁输还不一定呢。"胡向上见李之杰愿意让他打游戏，顿时来了劲。可他看到李之杰似笑非笑的神情，又有些后悔，万一李之杰向父亲胡俊生告状，该怎么办？

"让你打半个小时，就半个小时，多的时间不给。"李之杰总觉得一个人玩得无聊。好不容易盼来的一个休息天，本来打算与吕琪去爬山。就在凌晨，吕琪的小姐妹打来电话，说她肚子疼，让吕琪陪她去一趟医院。李之杰把她们送到医院，吕琪让他回来睡觉。两个女人在一起说着女人的话，李之杰也不愿意听这些话。吕琪叫他回去睡觉，正求之不得，但属于两人的世界却泡汤了。让李之杰有些不爽，可他又没有办法。虽然李之杰与吕琪才新婚不久，其实两人同居在一起有一两年了，早没有了新婚的新鲜感。

"妈的，以前的激情一点都没有了。"这是李之杰对吕琪最大的抱怨。想当初，两人从16岁那年就缠缠绵绵在一起，一个叫李哥，一个叫宝贝，那亲热的劲头让人非常羡慕。没多久，两人就到了谈婚论嫁的地步，却遭到双方父母反对，认为他们太年轻了，根本不懂事，也没有到结婚的年龄。两人谈恋爱是可以，要说结婚，现在还早了一点。可两人根本不理睬父母的劝告，干脆住在一起。一晃几年过去了。双方父母见两人生米已经煮成了熟饭，就干脆替他们办了一场简单的婚礼，让他们正大光明地住在一起，后来，双方的父母又托人找关系替他们办了结婚证。李之杰与吕琪也成了正式的夫妻。

自从拿到结婚证后，李之杰有些后悔。以前非常温柔的吕琪现在不温柔了，反而有些刁蛮，动不动就生气。唯一的电脑也被吕琪独自霸占，从不许李之杰用。用她的话说，男人玩电脑干啥？玩游戏又养不活家。不玩游戏只能在网上泡女孩子。他李之杰现在是有妇之夫了，泡别的女孩子，想都别想。久而久之，李之杰的游戏瘾也戒掉了。除了上班，就是喝酒看电视。李之杰在酒店里当服务生，经常被客人叫去代喝。起初，李之杰拒绝，可客人说他没胆量也没酒量。刚满20岁的李之杰年轻气盛，哪里经受得住客人的刺激，端起酒就喝。连李之杰自己也没想到，他一口气能喝下一斤多白酒。

李之杰想着往事，正打游戏的胡向上突然来了一句："李哥，你还在外面泡妞啊。你QQ上的妞招呼你了。"

"别乱说，被你嫂子知道了，我又要挨骂了。"李之杰最怕别人说他在外面泡妞，如果他真敢在外面泡妞，吕琪还不剥了他的皮？

"我说的是真的。"胡向上指着QQ说，"你快看，她还发来一张照片呢？"

李之杰凑近电脑一看，果然有一个女孩子发来一张生活照片。李之杰想了半天才想起这个叫虞美人的网友。那是前一段时间，他上网时，一个陌生女子要求加他的QQ。李之杰出于好奇，就加了她。没想到那天两人挺聊得来。一下网，李之杰就把这事忘了，毕竟他是结过婚的人，加上又很少上网。

"好了，你别打游戏了。快回去做作业。"李之杰看到女网友的美貌，有些心动，便推开胡向上。

"李哥，你是结过婚的人哦，如果嫂子知道这事……"胡向上正在劲头上，被李之杰推开，心里很是不舒服。

"你想干啥？"李之杰明白了胡向上的意思。

"算了，我还是回去做作业。"胡向上说着就要往门外走。

"弟弟，我的亲弟弟，你再打一会儿游戏吧。"李之杰见胡向上生气了，怕他把这事告诉吕琪，那可不是闹着玩的。

"我不打了，我要做作业。"胡向上加重了语气。

"向上，你不会告我的状吧。"

"不会。"

"你怎么保证。"

"你给我10块钱，我对谁都不会说。"胡向上见李之杰着急了，趁机敲诈他。

"好，10块就10块，只要你保证不给你嫂子说。"李之杰见胡向上松口，马上答应了他的要求。

胡向上没想到李之杰会这么爽快答应了，心里又后悔不已，怎么才要10块钱呢？为啥不多敲诈他一些？

只要胡向上不把这件事说出来，就是出100块钱，李之杰也觉得值。可李之杰又一想，毕竟胡向上还是个小孩子，万一把这事说出去了，又该怎么办？刚才只怪自己一心想让他走，痛快地给了钱，没让他写一封保证书。待李之杰反应过来后，只见胡向上拿着钱已经跑出了四合院的大门，他肯定又是去黑网吧打游戏。

"我这不是害了他吗？"李之杰马上追了出去。李之杰刚追上胡向上，手机就响了。是吕琪打来的，让他马上赶回四合院。原来李之杰前脚刚走，吕琪就回来了。吕琪小姐妹吃了变质的食品，导致上吐下泻，到医院后，医生检查后给她挂两瓶盐水，又开了些药品。小姐妹挂完盐水，吕琪见时间还早，就马上回四合院来履行她今天的约定。李之杰因追胡向上，走时没有关电脑。吕琪看到了李之杰与虞美人的聊天记录和虞美人的照片。

李之杰与胡向上回到四合院，吕琪满脸怒气地斜靠在院门上："给我解释一下，虞美人是怎么回事？"

"糟了。"李之杰这才想起他刚刚急着去追胡向上，忘记了关电脑。

"什么虞美人？"李之杰只得装傻，走过去想搂住吕琪。

"给我装，是吧？好吧。哪天给我想清楚了，再来找我吧。"吕琪一把推开了李之杰，生气地跑出了四合院。

胡向上没想到事情会发展成这样，赶紧跑回自己房间里，把门关得死死的。

# 第04章
# 包子有问题

　　谢依雪的小笼包子馅调料是用她的祖传秘方配制的，加上包子皮薄，看上去油汪汪的，但吃起来又松又软，还油而不腻，深受许多民工的喜爱。即使在老家大英县城，只要谢依雪摆摊，一样深受顾客喜欢。有一句话，如果你到大英县不看死海，到了死海不吃谢依雪的小笼包子，你算枉去大英县一场。但是，谢依雪为了不与丈夫杨建飞分居两地，毅然来到江州打工。

　　谢依雪每天只做定量的小笼包子，顾客是又喜又恨，喜的是小笼子太好吃了，恨的是来得晚，谢依雪已经收摊，只能等下一天早上。有顾客劝谢依雪多做些来满足更多的人。可是谢依雪只是摇头笑笑。其实，"久经沙场"的谢依雪深知宁缺毋滥。谢依雪每天早上在公路边摆摊的时间很短，待小笼包子一卖完，她就收摊回家，然后去市场购买下一天需要的食材。因此，谢依雪的生意每天都很好。

　　收摊回家的谢依雪还有一大爱好，就是坐在床上数钱，这一块是成本，这一块是赚的。直到把所有的钱数完才去市场，顺路把赚来的钱存进银行。谢依雪之所以把钱看得那么紧，是因为她有一个宏伟的梦想：在江州买一套大房子、一辆小汽车，再把家中年幼的儿子接过来，一家人团团圆圆地在一起。她更不想让丈夫杨建飞每天上班都去挤公交车。杨建飞上班有固定时间，下班却没有固定时间，有时候深夜才回来，早就没了公交车，连的士都很难打上，只能步行回来。谢依雪又要早起，因此两人晚上亲热的时间也越来越少。

谢依雪的梦想在四合院里是一个公开的秘密。沈世友曾笑着说，只要谢依雪买了房，他会包一个大大的红包第一个去祝贺。谢依雪笑着回答，她就等沈世友的那个红包了。

这天早上天刚微微亮，谢依雪已经到每天"工作"的地点，其他小贩还没来。可来买她小笼包子的顾客已经在排队等候了。谢依雪理了理头发，又抬头看了看天，太阳正从东方升起来。今天又将是一个艳阳天！

"谢老板，快一点啊，昨晚是不是与你老公缠绵久了，今天没有力气做小笼包子了？"说话的人叫潘小明。潘小明是河南人，就在附近的制衣厂里打工。他经常来谢依雪的摊子上买小笼包子，久之，大家彼此都十分熟悉，在所难免开些荤玩笑。

"你急啥？这么早，是不是你老婆昨晚没让你上床，今天来这么早买小笼包子回去赎罪啊？"谢依雪嘴也不饶潘小明，但手却没停，麻利地将一笼包子放在锅上。

"切，她不让我上床还了得。"潘小明急了，"我看是你昨晚没让你老公上床吧。今天才这么慢。"

"你这人才怪呢，一会儿说人家昨晚干得久了，一会儿人家不让老公上床。看样子，你昨晚被你老婆堵在门外了。"排在后面的人也开起玩笑来。

"我……不可能……我老婆敢不让我上床？简直是笑话。"潘小明像是被说到了痛处，脸红了起来，据理力争。

"好了，你们都别争了。小笼包子好了，排好队。"谢依雪一边听着他们的谈论，手里也没闲着，将刚蒸好的小笼包子端出来，顿时香气四溢。好些人都忍不住说道："好香啊。"

随着时间的推移，一些工厂上班时间也快到了，去上班的人越多，停留在谢依雪摊前的也越来越多。谢依雪有些忙不过来，便对围着的人说，那边也有卖早点的，你们去他们那里买吧。可这些都是老顾客，他们认准一个理，谢依雪的小笼包子好吃，情愿在这里等，也不愿意去别的地方买。

很快，谢依雪的小笼包子卖完了，她习惯性地看了看其他摊点的早点，每

个人都剩下很多。做生意不能一味赚钱，也要给别人留一条活路。这是谢依雪的原则，这也是她每天只卖那么多小笼包子的原因之一。如果生意都给谢依雪一个人做了，其他摊主会怎么想？

谢依雪麻利地收拾好摊子赶回四合院，朝院里看了看，其他三户老乡的门都关着，看样子，他们都去上班了。谢依雪叹了一口气，白天又属于她一个人，除了清点钱外，就是买下一天的食材。

虽然是惯例了。但谢依雪还是迟疑了一下才开门，进屋后马上把小木箱里的钱全部倒在桌子上，虽然有5块10块的纸币，但以1块的硬币居多。谢依雪数了数，今天收入200多块。谢依雪对这个数目很满意。

突然，院里响起了急促的敲门声。他们租住在这个四合院时，大家特地出钱装了铁门，装上锁后，每人配一把钥匙，为的是进出方便，也是防止小偷行窃。

"谁啊？"谢依雪以为是院里的其他人忘记了带钥匙，可又一想，觉得不对。即使有人没带钥匙也不会把门敲得这么重。

"是我。"来人的语气特别不友好，而且气势汹汹。

谢依雪仔细一看，这不是潘小明吗？早上他还是第一个买小笼包子的。他怎么找到出租屋来了？但谢依雪还是开了院门。潘小明等门一开，冲进来一把抓住谢依雪的衣领，吼道："你为啥要卖过期的小笼包子给我们？"

"什么过期小笼包子？"谢依雪还没反应过来，就发现潘小明后还有四个人用担架抬着一个人，也冲进了院子里。

"你的小笼包子有问题，我的表弟早上吃了你的小笼包子肚子痛。现在人我抬来了，你赶紧赔钱。"潘小明火气十足。

"我的小笼包子怎么会有问题？你吃了不好好的？"谢依雪从没见过这场面，但她看到潘小明却好好的，心疑这些人是来敲诈她的。

"你赔钱，不赔钱我们就告你卖黑心早餐。"几个人把担架放在地上，"如果你今天不赔钱，我们今天就不走了。"

"你卖问题早餐，我们到工商局去告你。"另一个人说，"如果愿意赔钱，我们还可以商量商量。"

还真遇到敲诈的人了。谢依雪被对方吓住了。对方来人又多，她不知该怎么办才好。想溜开，被几人拦住了去路，一个年轻人还架住了谢依雪的手臂。

"你们这是干什么？"刚从外面回来的胡俊生见状，丢下电瓶车跑了过来，"你们是些什么人？跑到小院里来做啥？"

"她的早餐有问题，我的表弟吃了中毒了。"潘小明见胡俊生走了过来，气势汹汹地挡住胡俊生。

"既然他中毒了，为什么不送医院，抬到院里来干什么？难道你们不想病人早点好起来？"胡俊生虽然还没弄清楚事情的原因，觉得人命关天的事，怎能如此胡闹？

"我们要她赔钱后才能去医院。"

"你们真是糊涂？是钱重要还是命重要？"胡俊生有些火了，"你们再这样耽误下去，病人的病情恶化了怎么办？"

"我们就是要她赔钱。"潘小明说。

"小雪，这到底是怎么回事？"胡俊生觉得事出有因。

"他们说病倒的那个人是因为吃了我的小笼包子。"谢依雪惊恐万分，但还是把事情又说了一遍。

"原来是这样。"胡俊生认为如果那人真的吃了谢依雪的小笼包子病倒，现在也应该马上送医院救治，而不是在这里耽误时间，"朋友们，我们当务之急是把病人送医院，不能让他躺在这里受罪。如果真是吃了小雪的小笼包子而生病，我保证小雪会出钱医治。你们知道了我们的住处，我们又跑不掉。"

"不行。这里是你们租的房子，万一她跑了怎么办？"潘小明认为胡俊生是在搪塞他们。

"既然你不怕闹出人命，就在这里等吧。"胡俊生见这一帮人不讲理，万一再做出一些傻事来，他和谢小雪都不是他们的对手。于是，他悄悄摸出手机拨打110。

"好啊，你敢打电话叫人。"潘小明见到胡俊生拨打电话，就要过来抢手机，"你们这对狗男女，弄了问题早餐还想叫人来打我们。"

"你们胡说什么？我打的是110。"胡俊生一边阻挡潘小明，一边把手机开了免提，大声说，"你们想打架啊。我们就住在陈板桥小区的四合院，都住了

好几年了。"

胡俊生的这话既是说给潘小明等人听的,也是报警,把事件和地址都说清了。几人还在争执中,一辆警车停在四合院门口。

"警察来了,我们找警察来评理。"胡俊生挣脱潘小明跑到警察面前,并向警察把事情的原委都说了。

"先把病人送医院,由医生下结论。其他人跟我们到派出所录口供。"

在去派出所的路上,谢依雪给正在杭州出差的杨建飞打电话告诉他刚刚发生的事。

众人录完口供,医院那边也传来了消息,潘小明表弟的确是食物中毒,但不是吃了谢依雪的小笼包子中的毒。

谢依雪和胡俊生长长地松了口气。

# 第05章
# 飞来的横祸

江州的房地产正是开发旺季,除了主城外,四周都是土建工程。沈世友所在的建筑队需要招人,工钱也不错。于是,他就打电话把亲弟弟沈世银从老家叫了过来。但是,没多久沈世银在工地上出事了。

沈世银虽是沈世友的弟弟,但两人的年龄相差近20岁。与胡俊生同岁的沈世银在家喜欢打麻将,用四川人爱说的那句"有事没事打点小麻将,喝点麻辣烫"的俗语来形容他,最贴切不过了。沈世银来江州没几天就交上了麻友,每天下班后第一件事就是去隔壁的何记茶馆打上几圈麻将,赌注不大,常常是输多赢少。沈世友劝说了他好几次,但沈世银却一意孤行。都是成年人,沈世友也只能点到为止。谁让这个弟弟不争气呢?在家就是因为打麻将,妻子刘美丽不但跟人跑了,连儿子也不姓沈改姓刘了。看着沈世银孤身一人过生活,沈世友有心帮他,可他又的确不争气。

沈世友在工地上做了10多年,人虽老实,也从不多说一句,但分给他的活从来都是保质保量地完成,大到开发商,小到包工头都对他非常信任。当他介绍沈世银到工地上干活时,包工头刘三连一句废话都没有,直截了当地说,他既然是你弟弟,就由你带他好了。但要记住,千万要注意安全。沈世银虽然是一个不争气的人,但干活还是一把好手。沈世友也觉得亲弟弟应当跟在自己身边干活,一是熟悉熟悉工作,二是相互也有个照应。

这天早上,沈世友早早地起来烧好饭,叫沈世银起床,可叫了几次,沈世银就是赖在床上不起来。胡惠芳就对沈世友说:"老沈,算了。你那弟弟也不是个挣钱的料,在工地上干了半个多月,一天也没休息过,你就让他休息一天。就算是台机器,也该停下来保养保养了。"

"他休息?我哪一年不是除了下雨停工,从没休息过?"虽然沈世友对沈世银有些怒气,又希望他多挣些钱,说不定将来还可以找个二婚嫂过日子,或者给他儿子多存些钱。

"他能与你相比么?他要是能正经干活,他婆娘会跟他离婚吗?"胡惠芳也是个实在人,说的也是实在话。

"不行,无论如何也不能助长他在家里的那个脾气。"沈世友又要跑去喊沈世银起床。

"算了吧。他这次能干半个月才休息,已经很给你面子了。"其实,胡惠芳昨晚看到沈世银在隔壁茶馆打麻将,直到凌晨3时才回来。这事她不能对沈世友说,所以,极力劝阻沈世友不要去叫沈世银。

"不行。不上班哪里来的钱?再说我们管他吃喝,总不能管一辈子吧?"沈世友没听胡惠芳的劝,走进沈世银的房间,硬把他从床上拉了起来。

吃好早饭,沈世友用电瓶车刚把沈世银带到工地上,正准备去工作面,一个工友说刘三叫他去一趟。沈世友便吩咐沈世银去七楼上做外墙的石灰，自己去找刘三。

刘三要去新工地一趟，特地让沈世友好好地照看一下工地，并再三叮嘱沈世友，工地上安全一定要第一。

"行，这里就交给我吧……"沈世友的话还未说完，一个老乡慌慌张张地跑了进来，上气不接下气地说："老沈……老沈……出大事了……"

"出什么大事了？你喘口气好好说。"沈世友和刘三异口同声问道。

"你弟弟从七楼掉了下来。"老乡喘了口气说。

"什么？"沈世友眼前一黑，软倒在地上。

"你赶紧把他扶起来。"刘三慌了，扔下这句话朝工地跑去。

沈世银算是命大，在从七楼摔下来，掉到一楼的安全网上，安全网没经受住沈世银摔下来的重量，破了一条口子，沈世银再顺着这道口子掉在地上。经过医生抢救，沈世银的命保住了，可他的双腿却断了，医生说，就算医好，沈世银的双腿也将会终身残疾。

面对医生下的结论，沈世友傻了。原想帮弟弟过上好日子，现在倒好，不但没有帮到他，反而害了他。

在医院里，沈世友终于知道了沈世银掉下楼的原因。沈世银晚上才睡了3个小时，在沈世友叫他起床时，他还在睡梦中，根本没打算去工地干活。无奈沈世友硬把他从床上拖了起来，只好硬着头皮起来。到了工地上，他也没听到沈世友吩咐他，只管往七楼走去。

到了七楼，沈世银像往常一样拿了工具就往外面钢架上走去。他却忘记了往常都是沈世友替他检查安全后才让他上去干活。今天他还在迷糊中，以为沈世友替他检查了安全，没发现钢架上的踏板一头只放了一点，使劲往上一跳，踏板被力一弹，顿时往一边斜了过去，只在钢架上一点点的踏板没有承受力，在弹起后就往下坠。沈世银的睡意顿时醒了，急忙去抓钢架，无奈等他反应过来，为时已晚。

"完了。"沈世银这个想法随着往下掉时，意识有些模糊了。手仍四处乱抓，但抓力没有往下掉的力大。

"我不能这样死去啊。"沈世银绝望了，却被正铺在一楼的安全网接住了。但安全网没有承受住他掉下来的巨大力量，安全网破了。他又接着掉。接下来，沈世银只觉得全身剧痛，然后就什么也不知道了。

在楼上的工友听到响声后，纷纷把头伸出窗外，看到沈世银掉了下去，有人马上拨打120，一个则跑去喊刘三和沈世友。

胡惠芳得知消息后，也赶到了医院，一把眼泪一把鼻涕地直埋怨沈世友："早上，我就说过让他今天休息，你非要让他去上班。现在出事了，你这个当哥哥的难以逃脱责任。"

"我要是知道他今天出事，肯定不会让他去上班。"沈世友也气头上，这么大的事情谁也不想摊上，可事情偏偏让他们摊上了。

"他昨晚打麻将到凌晨3点才回来。"胡惠芳说，"他这个人就是狗改不了吃屎，麻将瘾特别大，不把钱输完就不下桌。"

"既然你知道他3点回来，为啥不告诉我？"沈世友见妻子知道沈世银打麻将很晚才睡觉，才知道妻子劝阻他不让沈世银上班的原因。

"你们是亲兄弟，如果我说他打这么晚的麻将，他知道后又要怪我容不下他这个小叔子。"胡惠芳说的是实情，她只希望沈世友兄弟的关系好。

"你啊，真是一个妇人，只知道鸡毛蒜皮之事。现在出了这么大的事，怨我、怨他，还是怨你？"沈世友与胡惠芳结婚以来，从没这么说过她。可今天的事情实在是太大了。好在沈世银的命保住了，不然，沈世友又怎能对得起年迈的父母？

胡惠芳想还嘴，可一看到沈世友在气头上，只得忍住，眼泪不住地往下掉。

"你还哭个啥？他又没死。"沈世友的头脑里乱极了。

"我……"胡惠芳又把话咽进肚子里。

"别你啊你，我啊我的了。赶紧回去把存折找出来，取些钱来备用。"沈世友说。

"可那钱是给儿子和女儿准备的……"胡惠芳有些犹豫，儿子和女儿都还在读书，需要用钱。一家人供两个大学生本来就不是一件易事，何况一个在清华大学，一个在四川大学就读。这两所大学都是重点大学，一般人想读还不一定

考得上。如果他们没有钱用，如何完成学业？

"你真是个妇人，分不清轻重。是人命要紧，还是读书要紧？"沈世友有些火了，"钱没了，可以挣，命没了，挣得回来吗？"

"我这就去。"尽管胡惠芳心里一百个不愿意，可她又不能违背沈世友的话。尽管她没有文化，至今连一二三都不认识，也写不来。但她是一个识大体的老妇人，与沈世友结婚20多年来，无论是在老家，还在来江州，做事都是任劳任怨。但今天这样的事情她还是头一次经历，加上她没有告诉丈夫，小叔子因打麻将很晚才睡觉的事有些自责。如果她把实话告诉了给沈世友，沈世银可以避免这个悲剧。

"取最近才存的钱。"沈世友不忘叮嘱胡惠芳。

"我又不识字，晓得哪张才是最近存的？"

"你拿到银行去，让他们看吧，存得久的利息要多些。"沈世友说完又详详细细地把最近存折的颜色和密码告诉给胡惠芳，又再三叮嘱千万不要弄错了。实在不行，就让胡俊生或谢依雪他们帮忙一起取，又说多一个人就多一分安全。

"晓得了。小谢肯定在家，我让小谢帮我一起去。"胡惠芳说，"还需要啥，如果我还没来，你就打电话给我。"

"快去吧。手术马上就要好了，医院在催着交钱呢。"沈世友有些无奈，包工头刘三只交了入院费，说是马上去凑钱。现在连个人影都不见，打电话也不接。要救沈世银，沈世友知道只能靠自己。

# 第06章
## 这个忙该帮

在四合院里，谢依雪是第一个得知沈世银出事的。胡惠芳趁沈世银做手术之际回来取钱，正好谢依雪从市场购买食材回来，问她取那么多钱做啥。胡惠芳把实话告诉了给谢依雪。谢依雪马上叫了在家休息的李之杰一起去。几人从银行取出钱后又一起来到医院，看到沈世银的惨状，李之杰不住地呕吐，等他平静下来，赶紧回到四合院。晚上，碰到回来的胡俊生，便把这个消息告诉他。

胡俊生到医院看望了受伤的沈世银，心里也一阵难过，不由想到自己的境遇。到江州打工快20年了，从一线民工到某单位临时工，却又在一瞬间丢了工作。其中经历的各种苦难只有自己知道。虽然外出找工作一个多月了，都以失败而告终。主要原因是如今的公司、厂啊都要大专以上文凭的工人。胡俊生只有高中文凭，把简历递过去，对方看都不看一眼，就说回去等消息吧。胡俊生知道对方是托词，却无可奈何。另外，胡俊生也没有技术，早些年为了家庭努力挣钱，哪怕是一分钱都存下来，却忘记了学技术。还有些公司说胡俊生年龄大了，又是外地民工。如今大学生找工作都难于上青天，像胡俊生这样的民工在江州随便抓就是一大把，即便有好的工作岗位，那些老板都留给本地人。胡俊生常常暗自叹道，自己20年的青春耗在了江州，没有功劳也有苦劳吧。但是没有一个人会说胡俊生是一个有苦劳的人。这就是残酷的现实。

沈世银，一个刚来江州的民工在工地出事了，他的后果可想而知。因此，

胡俊生对沈世友说："沈叔，有什么事说一声，我会尽最大努力去办好。"

"俊生，辛苦你了。"沈世友一直把胡俊生当作最信赖的人，有什么事都要找胡俊生商量。沈世银出事后有两大事情急需要解决：一是沈世银住院的治疗费，二是沈世银伤好落下终身残疾，对方如何赔偿。

"沈叔，你太客气了。我们应当相互帮忙。这可是你说过的话。如今叔叔你有困难，我应当义不容辞。"胡俊生说完这话，心中像打翻了五味瓶，自己的工作还没有着落，身上一分存钱也没有，儿子胡向上还在读书，学费和借读费算是交齐了，可每月的生活费也像一座无形的大山，压得他喘不过气来。

"俊生，包工头刘三只交一部分住院费用，手术费还欠在这里。叔叔我现在要照顾他，走不开，你有时间帮我找一下刘三，先要些医药费来。"沈世友自责和后悔。

"沈叔，你放心，这事我会帮着办好。"胡俊生认为沈世友交给自己的事情，比自己现在找工作的事情还要大，而且更为重要。因此，他想都没想就爽快地答应下来。

"俊生，这事真是太麻烦你了。"沈世友没想到胡俊生会这么爽快答应下来，要是换了别人躲都还来不及。因为大家都明白"欠钱是爷爷，要钱是孙子"这句话的含义，何况像沈世银这样的事情。这些包工头一般都是外地人，一旦遇到沈世银这样的大事，都逃走了，或者到别的城市去包工了。即使你找到他，他一句"没钱"就把你打发了。

"你把刘三的详细住址给我，我马上去找他。"胡俊生说。

"不用找了。"说话的人是刘三，他已经走进了病房，"老沈，我刘三是那样人的吗？你的弟弟就是我的弟弟。他出事了，我能丢下不管吗？你也太小看我刘三了。"

刘三的不请自到，这令沈世友和胡俊生都有些意外。刘三从包里拿出1万块钱来，说："老沈，你也知道我们的工钱都在项目经理那里，每年都是过年才结账。现在离过年还有几个月。我找到他们先支付钱，可他们说开发商都没支付给他，他们拿什么来支付？还拿出合同对我说，上面写的是过年结账，我没办法，只好找几个朋友去借钱。人啊，你有好处，他们对你啥都好。如果你倒霉，他们就躲得远远的。跑了一天，一分都没借到。没有办法，我只好向家里人求助，他们从银行给我汇来1万块钱。"

"刘三，我这些年没有白跟着你啊。"沈世友被刘三的话感动得泪流满面。

说起沈世友与刘三的关系，得从10多年前说起。沈世友刚来江州，望着这个陌生的城市发出无限感慨：这个陌生的城市会让自己创造奇迹,实现梦想吗？正在那时，刘三出现在他的视野里。

"老乡，来打工的吧？"刘三问。

"是啊。我没亲戚在这里，一直找不到工作。"沈世友操着四川话说。以前，沈世友都在成都做建筑工人，自然用不着说普通话。

"如果你不怕吃苦，就跟着我干。我不敢说你能赚多少钱，但至少比那些厂里的工人强很多倍。"

"既然你很爽快，我就跟着你干。"沈世友是个实在人，也没想刘三是不是在骗他。

刘三没有骗他，给他的工作就是在工地上搬搬砖，抬抬水泥之类的粗活。当然这些活对于刚从农村来的沈世友来说，一点都不在话下。沈世友干活勤快，话也不多，钱拿多拿少，也从不说。起初，刘三从沈世友的工钱里扣了几十块，沈世友也不说。久而久之，刘三有些不好意思，就对沈世友说，只要他刘三有一口饭吃，就要分半口给沈世友。很多工地上的包工头知道这件事，都纷纷出高价来挖沈世友。刘三急了，找沈世友长谈，还许诺给沈世友涨工钱。刘三也说话算数，就在当年年底结账时，不但给沈世友涨了工资，还额外地给了他500块的奖金。钱虽不多，却表达了刘三的心意。

就这样，沈世友跟着刘三一干就是10多年。

"俊生啊，刘工头是一个讲义气的人，不会丢下我和我的弟弟的。"刘三到来，让沈世友喜出望外，虽然刘三只带来了1万块，毕竟这也是钱啊。只要刘三肯出钱，就不怕治不好沈世银的伤。

"既然刘工头有这等心，是我胡俊生多虑了。"胡俊生从刘三的谈话中，隐隐约约地觉察出有些不对劲，可他又没说出口。

"胡俊生，听说过。老沈常给我提起你，还说你在一个大单位上班。"刘三

伸出手与胡俊生握手，"幸会幸会，以后还请多多指教。"

"刘工头说哪里话。"胡俊生礼貌性地与刘三握了握手，在心里不由嘀咕起来，这刘三果然非同一般。不然，能在江州立足10多年？一个包工头身边会没有钱？会需要从家里汇钱吗？

"老沈，还真有些对不住。明天我再到项目经理那里去一趟，希望他们通融通融，能借出一些钱来。"刘三把钱递在沈世友手里，又说，"老沈，你放心，我刘三绝不是一个不讲信用的人。你也跟我10多年了，你看我什么时候丢下兄弟们没管过？"

"老刘，有你这句话，我沈世友对你佩服得五体投地。只要我弟弟的伤好了，我就是做牛做马都要报答你的恩情。"刘三的话的确让沈世友感动。他原以为刘三跑了，没想到刘三又来了，而且让人从家里汇钱来给弟弟治伤，这样的工头现在去哪里找？

"刘工头，希望你记住今天的承诺，并信守这个承诺。"胡俊生见沈世友这么相信刘三的话，不愿意当面给他浇冷水，只能用话外之音警告刘三。

"胡兄弟，你说这话就见外了。我刘三别的不敢保证，但对于自己手下的兄弟，一定不会丢下他们不管的。"刘三信誓旦旦地说。还举例说前两年有一个老乡也是在工地上出了事，他刘三出钱出力，对老乡不离不弃，直到他的伤好。

"俊生，相信刘工头，他说的是实情。"沈世友也证明那件事是真的。

"我相信刘工头会信守承诺的。"胡俊生见沈世友这时也帮刘三说话，也不好争论，"沈叔，向上放学的时间到了，我得去学校接他。你有什么事打电话给我。我的手机24小时开机。"

出了医院大门，胡俊生还是觉得刘三说的肯定与做的不一样。如果刘三不管沈世银的事，他胡俊生一定不会答应，沈世友这个忙必须帮。哪怕是打官司，他也要与刘三奉陪到底。

就在这时，胡俊生的手机响了，他一接听，是胡向上的班主任王老师打来。王老师问胡俊生，胡向上的病好些没有，明天能不能继续上课。

胡俊生旁敲侧击地才问出，胡向上下午上了一节课后，说他肚子痛，要去医院看病。有了结果便给王老师打电话，结果到放学时间了都没有给他打电话，不知道是不是回家了。胡俊生含糊地答应了王老师，说儿子胡向上已经回家了。

胡向上为啥要撒谎？胡俊生的头顿时大了。

# 第07章
# 吕琪回来了

李之杰从医院回来，脑海里仍然是沈世银那血糊糊的腿。他努力让自己想别的事，比如想想吕琪，可仍然忍不住呕吐。谢依雪见状，说李之杰这点小伤都不能看，以后带小孩了，日子咋过？李之杰这时候是连说话的气力都没有了，也懒得回谢依雪的话。

李之杰往床上一躺，想借睡觉来缓解呕吐，可还是想吐，又吐不出。这一折腾下来，李之杰累得不行，想睡又睡不着，不由拿出手机给吕琪打电话，让她马上回来。吕琪只是应了一声。

不大一会儿，吕琪还真回来了，见李之杰躺在床上一副病样，不由笑了起来，"咋啦，我才走几天，你就瘦得这个样了？是不是想我想成相思病了？"

"我才没有这个闲心呢。"李之杰有气无力地说。

"那你叫我回来做啥？"吕琪的脸一变，"既然我在你心里不重要，那我收拾我的东西马上就走。"

"走就走吧。"李之杰又想呕吐，见吕琪也不问问他为何想吐，有些不高兴。

"这话可是你说的，不要后悔。"吕琪没想到李之杰会这样回答她，更没想到才出去几天，李之杰就像变了一个人似的。

"要走就走吧，走了就别回来。"李之杰见吕琪收拾东西真要走人，不由火了。

"我的电脑呢？"吕琪收拾好衣服，发现桌子上手提电脑不见了，有些急了。

"在床上……"李之杰的话还没说完，只觉得喉咙一痒，赶紧从床上跳了起来往门外跑去。

"装什么装？"吕琪还是没有看出李之杰有些不对。

"你……"李之杰想回话，无奈喉咙直痒，又吐了起来。李之杰这一吐，却把胆汁都吐了出来，摇摇晃晃地回到屋里，见吕琪黑着脸正看着他。

"有什么话就说，我听着就是了。"李之杰实在没力气听吕琪唠叨个没完。

"你为什么要动我的电脑？这电脑是我出钱买的。"吕琪在李之杰出去吐时，打开电脑，发现李之杰不但用了她的电脑，还打了她的游戏。这个游戏是她辛辛苦苦才升到第9级，可被李之杰这一打，又降到了2级，非常气恼。

"你走了，我不打游戏还能干啥？"自从吕琪走后，李之杰才觉得一个人过日子真无聊。除了上班，其余的时间还真难打发，看电视嘛，就三五个频道，翻来覆去地播广告。特别是那个关于老年人保健品的广告，不但看着恶心，还没有一点技术含量，但这个产品却销售不错，李之杰有时候在怀疑是不是他的欣赏水平有问题。不看电视，就打游戏吧。好在吕琪那天走时，把电脑留了下来。平时，都是吕琪打游戏，李之杰坐在旁边观战。因此，李之杰打开电脑，找到吕琪平时玩的那个游戏，也玩起来。根据以往的经验，吕琪一旦出走，一定要在她小姐妹处玩个够，身上没钱了才会灰头灰脸地跑回来，然后一个劲儿地用她特有的亲密叫"老公老公"，李之杰的心就会软化，然后也"老婆老婆，想我没有"地叫个不停。两人和好如初。李之杰想吕琪这次肯定会如此。因此，他想把吕琪的游戏升上更高的级，等她回来，给她一个惊喜。谁知道，李之杰越是这样想，手气却越差，不但级没升上去，还直降。今天跟着谢依雪去医院，忘记了这件事。现在被吕琪追问起来，自知理亏，便不作声。

"我们的口了没法过了。我们现在就把东西仔仔细细地分一下。"吕琪似乎已经气极了，连说话的声音都变了，"我从娘家带来的东西我要全部带走，你的东西我一样都不要。"

"是吗？"李之杰没想到吕琪会发如此大的火，也火了，"你走，你统统带走。我一样都不要。反正每次吵架你都要跑，哪里还有婚前温柔的样子。"

"我不会温柔，当初你为啥要娶我？"女人最怕男人说她不温柔。李之杰的这句话更像一根导火索，把吕琪这桶火药点燃了。

"好你个李之杰，我算是看透你了。原来你心里根本没有我，还嫌我不温柔。"吕琪骂归骂，手也没停住，几下就把所有的东西收拾好了，又顺手把电脑塞进箱子里。吕琪觉得有些不妥，把电脑又拿出来，仔细看了看说，"我们的游戏装备也该平分。这次你把我的游戏打降级了，你得赔我损失。"

吕琪的话让李之杰哭笑不得："游戏装备也要平分，这也太小气了。这部游戏虽然我给打降级了，可另外一部还是我打上去。要平分，也要把以前的那部游戏装备一起平分。"

"你，你是个小人，都不晓得心疼女人。"吕琪见李之杰提出要分原来升上顶级的游戏装备，不由哭开了，那部游戏的装备现在如果卖出去，可得卖好几千块呢。

"咱们离婚。"吕琪哭着说。

"离就离，谁怕谁。"李之杰也不示弱。

"你们在吵啥呢？"胡俊生推门走了进来。原来，胡俊生接到胡向上班主任王老师的电话后，觉得事情有些不对，赶紧到几家医院去找胡向上，连他的人影都没见，又急忙跑回出租房，发现胡向上没有回来过。是不是到李之杰这里打游戏了？胡俊生这样想，便到李之杰房间来找，刚到门口，就听到李之杰与吕琪在吵架。

"胡叔，你来了，给我评评理。"胡俊生是吕琪最敬佩的人。胡俊生此时到来，吕琪像是见到救星一样。

"对，我们请胡叔来评评理。"李之杰也觉得与吕琪说不清，胡俊生的到来正好给他们分解难处。

"你们说说为啥要吵架？"胡俊生没见到胡向上，心里很着急，这对小夫妻又吵得不可开交，心情也不是很好，便说，"捡重点说。"

吕琪口快，抢先把事情的原委说了一遍。

"就这么点事，你们就闹离婚？简直是胡闹。"胡俊生突然加重了语气，"谁

家没有点小吵小闹的事情？大家都像你们这样过日子，天下哪里还有夫妻？地球上的人类不就全部消失了？"

"胡叔，没有你说的那么严重吧？"胡俊生的话让李之杰有些怕了。

"是啊，胡叔，你不是在吓唬我们吧？"到了关键时刻，吕琪还是站在李之杰一边。

"你们不是要离婚了吗？还我们我们的？"胡俊生已经看出吕琪不过是与李之杰在闹矛盾，根本没有到离婚这个地步。

"我……"吕琪欲说，看了李之杰一眼，见李之杰也在看她，心里不由软了下来。

"其实像你们这样吵闹，是你们'90后'的通病。说白了，你们都是在蜜罐子里长大的，哪里吃过苦？你们都还没有做好结婚的准备就结婚了，现在遇到一点小问题就闹离婚，这日子怎么过？"胡俊生觉得自己给他们说大道理，他们也未必能听进去了，于是又改了口，"但你们不能把婚姻当成儿戏。知道什么是婚姻吗？告诉你们一个简单的道理，就是两个人和和睦睦地过日子，包容对方的缺点。对了，你们见到胡向上了吗？"

"向上怎么啦？"李之杰与吕琪异口同声地问道。

"他的班主任老师打电话给我，说他生病了，今天下午没有去上学。可我找遍所有医院，都没有找到他。"胡俊生把事情大概说了，又问道，"你们真的没看到他？"

"要不，我们分头去找他。"吕琪顿时把与李之杰刚才吵架的事忘得一干二净，不由替胡俊生担心起来。

"如果他真没生病的话。估计只能去一个地方。"李之杰突然冒出这话来。

"去哪里？"胡俊生和吕琪同时问道。

"网吧。"李之杰把胡向上最近迷上了一款新游戏的事说了出来，又说这款游戏得天天去打升级，如果一天不打，级数就会直往下降。不然花了时间和精力，也升不上去。升不了级就得花钱买装备。

"原来如此。"经李之杰这么一说，胡俊生想起来了，胡向上曾经说过，学校里的早点难吃，他向王老师提出自己买早点吃，学校的早餐费就不要扣了。

胡俊生也觉得胡向上的话很有道理，于是他每天给胡向上买早点，可胡向上总说他买的不好吃。他要自己去买。每次胡向上只买一点点，问他，他就说这个好吃，但价钱贵。胡俊生也没把这事放在心上。如今想来，胡向上把买早点的钱偷偷地攒下来拿去打游戏。

"什么如此？"李之杰和吕琪同时问。

"经你这么一分析，他肯定去了网吧。可是江州大大小小的网吧几百个，还有不计其数的黑网吧。他会去哪一家网吧呢？"胡俊生不由为难起来。

"叔，这个简单。正规网吧需要身份证，向上还没有满18岁，他是进不去的。唯一的可能就是去黑网吧，而且就在这附近。这些黑网吧非常隐蔽，如果你正大光明地去找，网吧老板肯定会把你当成便衣警察，根本不让你进去。只有我和琪琪去找，肯定能找到。"

"这事就拜托你们两个了。"胡俊生心里暗暗地叹了一口气。胡向上这孩子太不争气了。他迷上打游戏，这都归于自己以前忙工作，疏忽了对他的管教。想到这里，胡俊生不由自责起来。

# 第08章
# 就是想撒谎

正如李之杰所料，胡向上正在离四合院不远的一个小区里的一家黑网吧打游戏。这家黑网吧是一个外地人租住一农户的养猪舍开的。因江州的开发，这里即将征用，农户一家早已不愿意养猪了，而是大搞土建工程，以备将来征用

时多些赔偿金。这家猪舍也经过他的改建后出租。那个外地人买了几台旧电脑，拉了一根网线办起来了黑网吧。来这里上网的人都是外地民工子女，他们的父母都忙于打工挣钱，对他们疏于管教。

胡向上也是通过那些孩子知道这家黑网吧的。起初，胡向上还忌惮胡俊生知道他来这里上网打游戏，只在下午放学回来后，便说他与同学商量做作业，溜出四合院打一会儿游戏，然后马上回去。一个多月过去了，胡俊生根本没有发现。胡向上觉得自己做得天衣无缝，胆子也大了起来。就对胡俊生说，早上不用送他了。他自己去学校，算是给胡俊生减轻负担。胡俊生觉得胡向上懂事了，便答应了他的这个请求，却不知道正合了胡向上的心意。早上上学前，他要跑到网吧打一会儿。没想到，这两天他的手气特差，连降了两级，上课时心不在焉。今天，胡向上作出一个重大的抉择——旷课玩游戏。

"一定要把这两级升上去。"胡向上打定主意，向班主任王老师请假，撒谎说肚子疼去医院。王老师当然相信胡向上的话，他怕一个学生带病上课，万一在学校出了事，他的业绩和奖金都会泡汤。

出了学校，胡向上像一匹脱缰的野马，没了拘束，任由他翱翔世界了。不一会儿，胡向上就进了网吧，专心致志地打起游戏。他的口袋里除了今天早上的早点钱，还有往天攒积下来的，有好几十块呢，足可以打到次日天明。

正在胡向上打游戏上劲时，他的衣领被人拉了起来。他回头一看是李之杰和吕琪，便问道："哥，嫂，你们怎么来了？"

"你爸在外面等你呢。他让我进来喊你出去。"李之杰淡淡地说。

"我爸？在外面？"胡向上头大了，连说话都有结巴。只能怪自己只顾打游戏，忘记了看时间。现在已经是晚上8时了，早超过了放学时间。怎么给父亲解释？胡向上飞快地思索着对策。可越是这样思索，脑袋里越是一片空白。

胡向上耷拉着脑袋跟着李之杰和吕琪走出网吧，只见胡俊生站在那里不停地抽香烟。胡向上赶紧躲过胡俊生的目光，像做了贼一样往出租屋跑去，边跑边想，今晚肯定要挨揍了。

令胡向上意外的是胡俊生没有打他，也没有骂他，而且默默地做着饭。胡向上拿出课本做作业，心却静不下来，一是担心着今天的游戏不但升不了级，还要降好几级；二是担心胡俊生今天晚上会如何对付他。

许久，胡向上一道题都没做出来。母亲任晓霞回来了，看了一眼胡向上，又看了看还在做饭的胡俊生，问道："今天咋这么晚才做晚饭？"

"有点事情耽搁了。"胡俊生淡淡地回答。

"什么事比做饭还重要？"任晓霞从胡俊生的话里听出有些不对劲，又说，"饿死了。"

任晓霞早上7时多就出门，到晚上8时多回来，午饭是上午11时就吃了。到现在的时间不短了，岂能不饿？

"你坐下等一会儿，马上就好。"胡俊生嘴里说着，手上也没闲着，一会儿就将一个土豆丝，一个鸡蛋汤做好了，端到桌上，叫了声，"向上，吃饭了。"

"又是土豆和鸡蛋汤。学校里也吃这样的菜，吃都吃烦了。"胡向上见菜里没有肉，端了饭就嘟囔起来。

"钱都给你读书了，哪里还有多余的钱？"任晓霞本来就反对胡向上读书。现在他又说伙食开得太差了，有些不高兴。

"少说话，多吃饭。"胡俊生此时心里十分矛盾，他在犹豫要不要把胡向上旷课打游戏的事告诉任晓霞。胡俊生明白，任晓霞在与他结婚前是一个正宗的"千金小姐"，什么事都做不来，但她不顾家里人反对与自己结婚。可结婚以来，自己不但没有给她美好的生活，或者说是幸福。她每天还要累死累活地工作。这一切，都是因为任晓霞相信爱情，跟着相爱的人，哪怕吃再多苦，也是幸福的。

一家人默默地吃完饭。任晓霞去了屋外的卫生间，胡俊生收拾好桌上的碗筷，李之杰与吕琪来了。原来，李之杰怕胡俊生毒打胡向上，毕竟他们都是"90后"，最不能见大人对小孩子动武力，特别是胡俊生从网吧回来的路上，一声不吭，肯定把怒气压在心里。在四合院里，他没听到胡俊生这边动静，还是有些不放心，决定与吕琪过来看看。见任晓霞不在，正好劝一下胡俊生，于是说："叔，才吃好饭啊，千万不要对向上动武啊，他还是一个孩子。"

胡俊生听到这话，赶紧向李之杰使眼色，吕琪看到胡俊生在使眼色，赶紧拉了拉李之杰。可李之杰没有注意到，又说："小孩子嘛，打打游戏，也没什么的。你看我和吕琪还不是天天打游戏。"

"打什么游戏？"任晓霞从卫生间回来，听到李之杰与胡俊生的对话，问道，"阿杰，你说给婶子听听。"

"婶子回来了啊。"李之杰看到任晓霞，手臂又被吕琪拧了一把，才知道坏事了。现在，任晓霞要他把事情说清楚，他哪里还敢说啊，只得说，"啊，婶子，我忘记关煤气了。琪琪，我们回家关煤气去。"

"阿杰，你别以为借故想走，我就不知道了，你叔刚才已经把事情的经过告诉我了。"任晓霞淡淡地说，其实她一回家就觉得气氛不对，现在听李之杰这么一说，胡向上肯定去打游戏了，要不然，胡俊生不会这么晚才做晚饭。

"原来婶子都知道了啊。向上打游戏是有错，可他现在还是个孩子。婶子你要多原谅他。只要向上保证下次不去就行了。"李之杰却没有摸透任晓霞的意思，被她一诈，竟把实话说了出来，又回过头来对胡向上说，"向上，要多给你爸妈赔不是。记住，下次千万不要去网吧了。"

"是啊。婶子，你要多原谅向上。"吕琪见李之杰把事情说开了，也赶紧替胡向上说情。

"俊生，你给我说说是怎么回事？"任晓霞把目光盯向了胡俊生。

"你们啊，真是……"胡俊生放下碗筷，"琪琪，你与阿杰回去吧。"

"你们先回去吧。我们会处理好这件事的。"任晓霞已经明白了八九分，但她希望从胡俊生那里把事情的原委弄清楚，有李之杰和吕琪在这里不方便问。

待李之杰与吕琪一走，任晓霞就对胡俊生说："先把碗筷放下，到外面去，我有事情问你。"

胡俊生知道任晓霞问胡向上打游戏的事。事情已经到了这种地步，不说不行。再说任晓霞一直反对胡向上读高价书。只要与任晓霞解释清楚，任晓霞肯定会理解自己的。如果她真不理解自己，就不会跟自己结婚生活近20年了。于是，胡俊生跟着任晓霞出了四合院，到一个僻静的地方，说："就这里吧。晚上了，这里也没人路过。"

任晓霞站了下来，话还没有出口，泪水却先流了出来："胡俊生，我是不是欠你们父子俩的？我早就说过不让这个不争气的儿子读高价书，他本来就不是读书的料，你非要把钱塞进去。现在倒好，他去打游戏了。你说咋办？"

"孩子嘛，打打游戏是正常的。现在哪个孩子不喜欢打游戏？"胡俊生说出违心的话来，说实话，他也非常讨厌胡向上打游戏，"事情都出来了，你去把他打一顿？不让他吃饭，还是不让他读书了？晓霞啊，我们是多年的夫妻了。你也知道我为啥让他读书的原因吧。国家已经改革开放几十年了，没有知识怎么来适应这个社会？你也知道时代是在变化，没有知识能跟上时代的变化？我们那个年代想打游戏，却没有那玩意儿。年代不同了，游戏已经进入了大家的视野，只要向上能改正，我们就应当给他一个机会。再说，即使是罪犯，国家还要给他们改过的机会。何况，向上只是打打游戏。"

"我知道我说不过你，可你也替我们想想。别人都以为我们出来20来年了，挣了好多钱，其中原因你是最清楚的。"其实，哪个父母不心疼自己的孩子？任晓霞之所以把胡俊生叫出来，一是不想当着胡向上的面，二是她从李之杰的嘴里得知，胡向上这次犯了一个很大的错误，不单单是打游戏这么简单。

"晓霞，我是辜负了你的一片好意。我相信日子会慢慢好起来的，今晚就不要对向上说什么了。他长大了，正处叛逆的年纪，很多事情都憋在心里不说出来，我们都难以猜测。"胡俊生劝道，"在这个时候无论是骂还是打他，都会适得其反。"

"难道就这么算了？"任晓霞明白胡俊生所说的道理，可她心里还是有一些不甘。

"那又能怎样？"胡俊生又说，"现在最好的办法就是冷处理，过些日子再找他好好谈谈。"

"我再听你一次劝，别再让我失望。"任晓霞心里还是一个乱，可丈夫说的话又在理，儿子处在叛逆期，想严管他，只会适得其反，但又不能不管，她只能把这个希望寄托在丈夫身上。

"你工作找到了没有？"任晓霞见胡俊生这些天早出晚归，也累得不行。

"向几家工厂投递了简历，我相信这几天会有消息的。"胡俊生的确现在是见一个厂就投递一份简历，但犹如石沉大海。偶尔有用人单位打来电话，除了婉言拒绝外，就是说他们那里现在只招本地人。又说，如果需要人时，会最先打电话给他。

"我也希望你尽快找到工作。不然，这月的生活又没有着落了。"任晓霞说

这话显得十分伤感。

"我明天再继续找，这事千万不能让向上知道了。"胡俊生再三叮嘱妻子，又说，"天不早了。我们回去吧。"

"回去休息吧。"

"回去休息吧。"

# 第09章
# 订单被调包

早上，杨建飞一起床就对谢依雪说："小雪，你赶紧去摆摊吧，我今天还有一笔重要的订单要签合同。只要拿下这笔订单，我们买房的首付就够了。"

杨建飞对这次订单充满了无限希望。这不单单是一笔钱那么简单，那是关于一个民工的住房问题。交了首付，就等于拿下了房子的一半产权。在一个陌生的城市拥有一套属于自己的房子，恐怕是众多民工最奢侈的愿望。

身处异乡，租房不但要钱，就连房东收的水电费都比国家规定高出一倍，这些高出的水电费是房东变相涨的房租。就拿杨建飞住的四合院来说，杨建搬来之初，每月200块钱，中间又涨了100块，前不久又涨了200块。当时杨建飞对房东说，我们都是老租户了，而且又是守法的公民，连院子里的卫生都是我们自己打扫的，而且四家租户共用一个公用卫生间。你就不要涨了吧。谁知，房东脱口而出这样一句话，你爱租不租。只要你上午搬走，下午就会有人来租的。别人住进来，我还要涨价。

房东不屑的态度，让杨建飞更想买一套属于自己的房子。四合院除安全外，什么都不值。其实杨建飞在老家建造了一幢房子，虽然比不上城市的别墅豪华，至少每人都有一间房子，而且厨房和卫生间也装修得相当漂亮。

杨建飞想起胡俊生曾经说过这样一句话："我们租房是花钱买罪受。"房东冰冷的面孔，还有每月到时间就来收房租，迟一天都不行。杨建飞清楚地记得，有一次该交房租了，他和谢依雪去老乡那里喝喜酒，直到夜里12时才回来，发现房东还在门口等他们。收了房租后还直埋怨杨建飞这么晚才回来。真他娘迟一天交房租都不行。杨建飞当时在心里狠狠地骂了房东。但杨建飞还得面对现实，房子是别人的，想怎样就怎样，谁叫自己没有一套房子呢？

杨建飞满怀希望地来到公司里，既激动，又渴望时间早点过去，只要客户来了，把合同一签，他就有了一笔不菲的收入。

这时，公司的刘副经理走了进来，对杨建飞说："小杨，我们有一笔货要发往监狱那边，你跑一趟吧。"

跑监狱是同事小刘的业务，小刘是刘副经理的侄子。杨建飞觉得有些不妥，便说："刘总，这是小刘的业务啊。我去跑，是不是挖他的墙脚？"

"小杨，什么挖墙脚的？他今天有事不能来，监狱那边又催得急，你去一趟吧。"刘副经理亲切地说，"你是我们公司得力的业务员，你去监狱那边接洽接洽，对你将来也有好处。又有哪个业务员不想多拉几个客户？你说是不是？"

刘副经理的话合情合理，杨建飞再想找借口不去，可又找不出，就说："刘总，你放心，我一定会把这笔业务做好。"

杨建飞说完马上与公司仓管联系，并以最快的速度把货送往监狱。俗话说，忙中出错。杨建飞只顾赶时间，待把货装好后验货时，发现装错了货，只得卸下重新装。这样一来，又耽误了一个小时。杨建飞只得给来与他签合同的客户打电话，说要晚一点才来。客户说他理解杨建飞，一定等他回来才签合同。有了客户的承诺，杨建飞的脸才有了红色，又催促司机以最快的速度把货送往城郊的监狱。

送到监狱后，监狱方接货的人说，他们今天根本没有货要送，况且他们手里的货还要半个月才能完工，现在把货送过来，他们也做不了。

听到这话，杨建飞隐隐觉得有点不对劲。刘副经理不是说这是笔急货，怎么监狱方说法又不一样呢？难道……杨建飞不敢想下去，吩咐司机赶紧回公司。

回到公司，事实证明了杨建飞的想法：今天来与他签合同的客户与同事小刘签了。

"我的功劳怎能让别人享受？"杨建飞几乎失了理智，他直接冲进了刘副经理的办公室质问道，"刘总，你这是什么意思？"

"什么意思？"刘副经理一脸的不屑，"又不是我签了你的合同。"

"我的客户怎么让你侄子签了？这可是我经过无数次的跑路，磨破了嘴皮子才争取来的订单。"杨建飞几乎是拍着刘副经理的桌子问道，"他有什么权利签我的单子？如果没有你授意，他敢有胆子把我的客户拉过去吗？"

"这事你不去问他，跑过来问我做啥？"刘副经理也在桌子上拍了一巴掌，"签合同的不是我，我又不差那点钱。"

"你不差钱，但我差钱。"杨建飞也不示弱，"你说小刘今天有事不来上班，让我替他跑业务，结果他把我的业务揽了。你凭啥要调换我们的业务？"

"我就调换了，你又怎样？"刘副经理也叫嚣起来，"你一个民工还敢来教训我。你算什么东西？给我出去。"

"我民工咋啦？我是凭本事吃饭。"杨建飞一听到刘副经理说是他民工，心里更加不乐意，"我给公司出力少了吗？当初公司业务差的时候，是谁把业务拉来的？是我杨建飞。可以说没有我杨建飞，就没有今天的公司。你这是卸磨杀驴，知道吗？"

"你再不出去，我叫保安了。"刘副经理没想到杨建飞发这么大的火，他也真佩服杨建飞的确是个营销人才。杨建飞说得不错，当年公司招不到好的业务员，在即将面临倒闭之间，杨建飞来了。他没日没夜地跑业务，仅仅三个月，就让公司起死回生。早上的事他也不愿意，侄子找到他非要签订这笔业务，他不向着自己的侄子还能向着外人？

"你叫保安，你叫啊。"杨建飞被刘副经理一吓唬，更加火了，"我怕保安吗？我找你我找错人了吗？"

"那你不去找公司上级领导，你来找我干吗？"刘副经理没了先前的那个冲劲了。

"你别以为我不敢，我要去董事长面前告你。"杨建飞说完，转身出了刘副经理的办公室，他还真去找董事长评理。

"你去吧。我在这里等着你。"刘副经理一屁股坐了下去，暗自得意，终于把杨建飞打发走了。又有谁不知道业务员小刘不但是自己的侄子，更是董事长未来的女婿，只有他杨建飞还蒙在鼓里。

还真如刘副经理所想，杨建飞在董事长那里碰了一鼻子灰。董事长说这点小事都找他，他忙得过来吗？又把杨建飞推到刘副经理那里。待到杨建飞回到刘副经理那里，还没有开口，刘副经理就拿来了公司的解聘书。原来，头天正是杨建飞与公司签订的劳务合同到期之日。刘副经理已经把杨建飞的合同解聘了，只是因为这笔订单还没签订，故没有把解聘书给杨建飞。等这笔订单一签订，他立即把杨建飞从这个公司除名了。

杨建飞不是气不过他丢了工作，而是咽不下这口怨气。工作丢了，以他杨建飞在江州营销业界的名气，很多公司都会争着要他的，而且工资也不会低。

失望，沮丧，漫无目的的杨建飞回到家里时，谢依雪也早收了摊，并从超市买回下一天的食材。

"怎么啦？合同不顺利？"谢依雪从杨建飞的神情已经感觉到事情不妙。

"不是。"杨建飞低着头说。

"到底是怎么回事？你不说，都急死我了。"谢依雪本来就是一个心直口快之人，做事说话从不拖沓。

"小雪，我们的房子首付没啦……"杨建飞还没说完，就扑在谢依雪怀里哭了起来。

"老公，怎么啦？慢慢说。"俗话说，人不到伤心处不流泪，男儿有泪不轻弹。谢依雪从没见杨建飞哭过，哪怕是他们最困难的时候。

"小雪，他们把我害苦了，还给我解除了劳动合同。"杨建飞好不容易才止住泪，把今天去公司的事告诉了谢依雪。

"他们怎么能这样？"事情比谢依雪想象中还要严重100倍，"这些天杀的。宝贝，别哭了，大不了，我们都去卖早点。我就不相信凭我们的双手劳动还买

不了房子。"

　　谢依雪虽然口头上这么说，可是心里的难过不比杨建飞差。早上的幸福只是一个幻象，又像一个肥皂泡，被人轻轻一戳就破灭了。早上卖早点时，还在想着明天抽空去看房子。其实，谢依雪也多次去那些售楼处看房子。知道哪个楼盘好，哪家房子的质量好。可是这个突如其来的坏消息，打断了她的一切。

　　杨建飞的苦，除了谢依雪外，没有别人比她更清楚。他们早想买好房子，把留在家中的儿子杨小强接过来，一家人享受天伦之乐。没有孩子在身边，他们总觉得少了点什么。没有房子就没有家，没有家又哪里来的欢乐？没有欢乐又哪来的幸福呢？没有幸福又哪来的生活呢？没有生活又哪来的房子？

　　原来买房的事已经深深地烙在谢依雪夫妻俩的心里。买房本来就难，况且他们只是普通得不能再普通的民工呢？

　　"小雪，现在不知道我们愿望啥时候才能够实现呢。"杨建飞叹了一口气。

　　"宝贝，别急。会有那么一天的。"谢依雪也明白杨建飞的话，但她现在只能安慰他，不能让他对生活失去信心，只要有信心，买房子的理想离他们又近了一步。

## 第10章
## 入职通知书

　　找一份工作太难了！为什么现在这么多的工作岗位却轮不到一个对江州作出如此多贡献的民工呢？这是胡俊生在找了近一个多月工作后发出的感慨。既然那些正规的工厂不招人，那么小工厂应当招人吧？要不然，他们也不会在中介公司留下招工信息，而且这些小工厂还在大街小巷里都贴满了招工启事。于是，胡俊生顺着招工启事上留下的地址去寻找这些在角落里的小工厂，但他每到一个地方，对方一看他的身份证后，都笑着回答说，我们已经招满了。这些小工厂老板的回答相当客气，而且笑脸相迎，让人无法不相信他的话。

胡俊生除了失望还是失望。但活人总不能被尿憋死。胡俊生刚准备出门去找工作，沈世友回到了四合院，见到他便问道："俊生，工作找到没有？"

"没呢。沈叔，你弟弟的伤好些了没有？"胡俊生有好些天没去医院了。

"俊生啊，谢谢你挂念。我弟弟的伤是好了些。只是……"沈世友说到这里重重地叹了一口气，"只是刘三最近一直没来医院。医院来催了好几次续费了。"

"那天刘三不是说他去项目经理那里要钱吗？"胡俊生清楚地记得那晚刘三在医院里所说的一切。当时刘三向沈世友保证过，他不会丢下手下任何一个兄弟，沈世银既然是在他的工地上出的事，他会负责到底。但胡俊生明白刘三是口头上说一套，背地里做一套的人，不是一个善茬。胡俊生跑遍了半个祖国，阅人无数，又怎能看不出刘三是怎样的一个人呢？可那晚沈世友也帮着刘三说话，胡俊生只好把话咽回了肚子里。

"那晚，你走了后，他还与我长谈了很久。可是他一走，后来就没了音讯，我也打了好几次电话，他每次都说钱还没要来，工地上又忙，只要他拿到钱后，就马上送到医院里来。可是，他每次都这样说，就是见不到他的人影，我在医院里又走不开。今天你婶子好不容易才请到假到医院来替我。我就立即回来找你商量商量。"

"哦。"胡俊生想把那天他怀疑刘三的事说出来，怕沈世友一时又受不了，只得含糊地答应了一声。

"沈叔，你又遇到什么难事？"杨建飞不知什么时候从屋里走了出来。

"建飞啊，你今天没去上班？"沈世友赶紧答话。

"上什么班啊？我与老胡一样失业了。"经过几天的冷静，杨建飞已经从失业伤感中走了出来。人嘛，一生会遇到许多不公的，又何必在一棵树上吊死呢？杨建飞想开了，此处不留爷自有留爷处。

"怎么？你也没工作了？"沈世友和胡俊生都感到十分吃惊，他们都知道杨建飞的工作不但体面，而且挣钱也不少。

"没工作了，就没工作了吧。"杨建飞的确走出丢了工作的阴影，"反正我也想另外找一份工资高的工作。"

"那就好。"沈世友见杨建飞没把失业的事放在心上，也舒了一口气。

"对了，老胡，你的工作找到没有？"杨建飞问道。

"还没呢？"胡俊生答道。

"既然你也要去找工作，我们一起去吧。"杨建飞说，"对了，老胡，你想找什么样的工作呢？我正好认识几个人，说不定他们能帮上忙呢。"

"对，建飞有外面有些人脉。俊生，要不你与他一起去找工作吧。"沈世友觉得杨建飞的提议不错。既然胡俊生工作丢了好长一段时间了，再这样下去也不是办法，毕竟他还有一个读书的儿子，见天就要用钱。

"胡叔，可是你找刘三的事……"胡俊生还是有些顾虑。

"俊生，我的事慢慢处理。再说建飞在外面有人脉，你不能错过这个机会。你家晓霞太辛苦了，你早些替她分担吧。"沈世友一直很关心胡俊生，两人的年纪虽然相差10来岁，但他一直把胡俊生当成最亲的兄弟。

"对，沈叔说得对，老胡，你就听我的吧。"杨建飞说，"我认识的那哥们厂里需要一个文秘，你的笔杆子好，去他那里工作，应当没有问题。"

"文秘？那些工厂里招的可都是女孩子。我一个大男人，他们会收吗？"胡俊生还是有些顾忌，能找到对口的工作当然好，就怕别人不愿意。

"应当能行的。前一阵我们一起喝酒时，他还让我替物色一个人呢。当时我怕你看不起那工作，毕竟你是从大单位里出来的人，去一家企业有点不合适。只要你愿意，我这就给他打电话。"杨建飞说的是心里话。在胡俊生丢掉工作时，杨建飞也曾想给胡俊生介绍一下，但因一直忙业务，把这事给忘了。现在胡俊生既然还没有找到工作，何不让他去试试呢？

"对。俊生，你有特长，去吧。如果以后有更合适的，你再跳槽也不迟啊。"沈世友见胡俊生还在犹豫，劝说道。

"我没有你那文采，要不然我已经去啦。"杨建飞说。

"那就试试吧。"胡俊生现在太需要一份工作了。尽管丢了工作没多久，胡俊生像是一年没有工作了。工作，对于胡俊生来说不单单是挣钱的事，还是他一家对生活费的希望。出门在外，租房要钱，水电要钱，吃饭要钱。

胡俊生的话刚落下，杨建飞已经拿出手机给他的朋友打电话。朋友说胡俊生可以马上去面试。这个突如其来的消息，不但使胡俊生惊呆了，连沈世友也惊呆了。为什么胡俊生找了这么长时间都没找到的工作，就被杨建飞一个电话搞定了呢？

"杨建飞，能行吗？"胡俊生还是有些不相信。

"你去面试吧。如果你怕，我陪你去。"杨建飞决定与胡俊生一起去，他也想见见那个朋友。

两人告别了沈世友，前往杨建飞朋友的公司。杨建飞朋友了解了胡俊生的情况后，拿出一份表格让他填了。

三天后，胡俊生接到了杨建飞朋友的电话，说公司决定录用他。胡俊生把这个消息告诉了杨建飞。杨建飞也高兴不已，并告诉胡俊生一个消息，他也找到了新工作，仍然是干老本行。

第11章
别想谈法律

沈世友天天给刘三打电话。起初，刘三还接电话，但总能找到各种借口，不是说还没有拿到钱，就是说工地上忙得不开可交，等他空了就去医院。可到

后来，刘三连电话都不接了，到了最后，干脆关了手机。沈世友这才觉得事情的严重性，只得让妻子胡惠芳请假到医院照顾沈世银，自己到工地上找刘三。

面对面地交谈，刘三还是那句话，请沈世友放心，他刘三绝不会丢下任何一个兄弟的。况且沈世银是在他工地上出的事，他有义务把沈世银的伤治好。主要是项目经理一直没有给他钱。只要一拿到钱，他就马上送到医院去。当沈世友问他手机为什么关机呢，刘三则说电话多，肯定是手机没电了。

对于老实的沈世友来说，明知刘三是在找借口，又没有办法。刘三又说现在忙得不可开交，而且又不止一个工地，每个工地上大大小小的事，他都要顾前顾后的，恨不得分身来做事。看到沈世友落寞的神情，刘三便从口袋里摸出几百块钱放到他的手里，说："老沈啊，这可是我这个月的香烟钱，全部给你。你也知道，我虽是一个包工头，与你一样也是个打工的。手里只有干活的权，没有钱权。见了施工员、技术员他们，不发香烟不行啊。他们随便找一个理由，说不合格，我就得返工。你想想是香烟重要，还是钱重要？"

"你能不能多给一点？"沈世友根本不相信刘三手里没钱，只是他的嘴笨，人又老实，找不出其他理由来向刘三要钱。

"老沈，我真的没有钱了。如果真有钱，我为啥不给你呢？"刘三摆着一张苦瓜脸，"你又不是不知道，项目经理只有在年底才给我结账。平时借点出来，都给兄弟们做了生活费。每人每月几百，还不够分的。再说这些钱都是我自己垫的，我们今年干活的钱都还在开发商的口袋里呢。"

"你总不能让我老垫钱啊。"沈世友几乎是哀求，"我一年有多少钱，你是最清楚的。再说，我还有一双读大学的儿女，每月的生活费是一分都不能少。我不能耽误了孩子的学业啊。"

"老沈，你先辛苦一点，我再想想办法，要不我让家里人再寄点钱来。只要钱一到，我就送过去。"刘三急于把沈世友打发走。心里也在嘀咕，真倒他妈的八辈子霉了。沈世银到工地上干活还没有一个月，就出了这档子事。如果换成别人，他刘三好几万都不在了。这沈世友老实，能拖一时是一时。

"工头，你要说话算数啊。"刘三的话让沈世友相信了几分。看样子今天除了这几百块钱，又要让他失望了。

"快去吧。我这里还忙着呢。一有空，我就给家里打电话，让他们把钱汇过来。只要钱一到，我就马上送到医院去。"刘三不想让沈世友再缠着他，"老沈，你知道我刘三不是一个不讲信用的人。"

再缠下去也要不到钱。沈世友只得叹了一口气，往医院走去。在去医院的路上，沈世友看到了银飞法律事务所。对了，我得去咨询一下。沈世友打定主意后，去路边小店里买了一包香烟。

沈世友第一次走进法律事务所，看到几个人正在忙碌，一时不知该找谁咨询，便傻站在那里看着进出的每个人。

"你找谁？"一个穿着十分体面的老者问沈世友，"我见你在这里站了半天，是想打官司，还是来这里咨询？"

"你是律师？"沈世友稳定了心，赶紧掏出香烟，拆了半天才抽出一支香烟递了过去，"老师，不，先生，不，律师……请抽烟。"

"这里严禁吸烟。"老者指了指墙上一个禁烟标志说，"你不用客气，叫我老严好了，是这里的主任律师。"

"老严？"沈世友有些不相信，眼前这个慈善老者竟然是个律师。一点架子都没有，便说，"我弟弟在工地上出事了……"

"走，到里面坐下慢慢说。"老严把沈世友让进了他的房间里，并亲自给他倒了杯茶，见沈世友有些拘谨，又说，"老同志，你放松些。你来这里就是我的顾客，我会善待每一个顾客。你的难处就是我的难处。我会替你解决的。"

"那我说了。"沈世友便把沈世银在工地上出的事情详细地说了。

"这个好办。他不给钱，我们就走法律途径，我相信只要我们用法律手段，那个包工头如果不管你弟弟的事，就等着吃官司吧。"老严是吃法律这碗饭的，十分健谈，他怕沈世友不相信，又举了他以前用法律手段替别人讨回公道的几个例子。

"看来这个老严还真是个法律方面的行家，单单从他办过的案子来看，已经是一个了不起的人物了。"沈世友在心里想，今天来找对人了。

"老严，不，严律师，你看看我弟弟的案子有多大把握。"沈世友还是有些不放心，便问了一句。

"老同志，你这个就是一个普通的案子。只要我老严出马，没有办不了的案子。"老严见沈世友还是不太相信他，又说，"你弟弟是在那个包工头手下干活出的事，他就有义务把你弟弟的伤治好。如果你弟弟的伤好后，落下终身残疾，他还要赔钱的。你在医院里照顾你弟弟，包工头也应当付你的工资。反正，这个案子只要你赢了，你就会拿到一大笔钱，具体多少，我要看你弟弟目前状况和伤好后的伤残等级才能定的。"

"原来我不干活还有钱啊。"沈世友还是第一次听说这样的好事。看来今天来对地方了。自己以前为什么只想着把弟弟的伤治好就了事，这其中还有这么多的道道。自己读书少，不懂法律。当时胡俊生也说过同样的事，自己以为是他说的安慰话。有文化的人就是懂得多。

"那当然。你照顾你的弟弟，误工费啊。即使你弟弟的伤好了，不落下残疾，包工头还应当赔偿精神损失费。"老严说。

老严的话像是给了沈世友一剂强心针。如果刘三不给钱，沈世友完全可以告他。沈世友觉得应当离开了，他还要再去找刘三，如果刘三还是那话，他就把老严的话说给他听，不把刘三吓坏才怪。因此，沈世友起身对老严说："严律师，谢谢你，我走了。"

"走了？去哪里？"沈世友的举动着实让老严意外。

"回医院去。我婆娘还在医院里没吃饭呢，我得去换她。"沈世友出来一上午了，现在到了吃午饭的时间，再不回去，胡惠芳咋办？

"你不打官司了？"老严问。

"还没有到这个地步。"沈世友进来就没有想过与刘三打官司，只是咨询一些情况。

"那好吧。这次就算是你咨询吧。"老严把手伸了出来，"咨询费，500块。"

"什么？500块？咨询费？"沈世友没想到问几句话还要500块钱。这可是自己要干好几天的活才能挣到的啊。

"你刚才问了我那么多的问题，我也全部回答了。替你解决问题，当然是要收费的。"老严的口气突然变了，"你以为我们的法律事务所为你们免费开的啊？如果是那样，我们吃什么喝什么？"

"能不能少点？"沈世友觉得老严要得太多了。

"你以为这里是菜市场啊？"老严的脸色变得难看起来，"我们明码标价的。看你是一个民工，我已经收得很低了。如果是别人，这么长的时间，至少也得1000块。"

"1000块？妈啊，够我儿子一个月的生活费了。"沈世友就不明白了，与老严交流还没有半个小时，说话最多的人也是他沈世友。

"乡下人，没见识。快交费。"老严有些不耐烦了，"交了费，你也好走了。"

"不给肯定不行。"沈世友颤抖地从口袋里摸出刚刚从刘三那里拿来的钱，数出五张递给老严。在老严拿着钱时，沈世友又死死抓着不放，这可是给弟弟治伤的钱啊。

"别小气了。"老严猛地一使劲，把钱从沈世友手里抽了过去，"快走吧。下次要打官司就来找我。"

"找你？再也不找你了。"沈世友只能把这话咽回肚子里，又嘀咕道，"这钱还没捂热呢。"

沈世友在进银飞法律事务所之前，没想过随便问几句话会收费。如果知道这样，打死他也不会进来。老严说的这些，其实胡俊生和杨建飞都说过，只不过他不太相信而已。

"妈的，还没有给刘三谈法律，自己就被法律了一回。"沈世友走出银飞法律事务所后，狠狠地朝地上吐了一口唾沫。

# 第12章
# 人多主意多

直到星期六下午，胡俊生才知道沈世友去银飞法律事务所被骗去了500块钱的事。胡俊生觉得自己已经找到了工作，得与杨建飞商量一下，把沈世友的事情解决了。

胡俊生推门出来，见谢依雪正要外出，便问她杨建飞在屋里没有。谢依雪说杨建飞正在屋里看电视。胡俊生走进杨建飞的房间，便把他的想法对杨建飞说了。杨建飞也觉得应当帮沈世友一把。

"老胡，你说吧，这事我们怎么办？"杨建飞先征求胡俊生的意见。

"这事我们应当从长计议，不能让沈叔老吃亏。"胡俊生觉得事情比他想象的严重多了。

"你们在说什么呢？"李之杰和吕琪走了进来了。

"小李，你们来得正好。"杨建飞招呼李之杰和吕琪坐下。

"你们在商量什么事？"李之杰自从与吕琪又一次合好后，除了上班就是陪着吕琪在出租房里看电视打游戏。今天在房里待得实在无聊，就提议出去逛商场。刚出房门就听到胡俊生在与杨建飞说话，好像商量什么事。在征得吕琪同意后，两人便走进了杨建飞的房间。

"还不是你沈爷爷家的事。"杨建飞说，"你沈爷爷去找律师咨询，被骗去了500块钱，我们正商量着去把钱要回来呢。"

"有这样的事？"李之杰一听就来了气，"要不要我找几个兄弟们去修理那个律师一顿，让他把钱吐出来？"

"小孩子就是小孩子。"胡俊生见李之杰想动粗，急忙劝阻，"人家是律师，你去咨询当然要付费。只是沈叔没问几句，就被要去了500块。只能说那个律师在乱收费。如果你找人去打他，那是犯罪，知道吗？钱还没要回来，你又进去了，怎么对得起你沈爷爷和吕琪？"

"老胡说得对。阿杰，说话要动动脑筋，不是啥事情都能凭武力解决的。如果真能凭武力解决了，法律还有啥用？警察不就失业了？"杨建飞也反对李之杰的这种做法。

"你们都说武力不行？怎么做才好？"李之杰见胡俊生和杨建飞都否定了他的想法，心里还是不服气，"对于不讲道理的人，你给他们讲道理，什么时候才能够讲得通？"

"现在是法治社会，武力是不能解决事情的。我们这不是在商量办法吗？你既然来了，也帮着想想。人多主意多，我就不相信我们这么多人还想不出一个十全十美的办法来。"胡俊生深知只有找到事情的原因，才能想出解决事情的办法来。

"看看这样行不行。"杨建飞想起他在先前的那个公司里，明知刘副经理把他的订单合同让同事签了，他也想过用武力解决，可是，在那个公司里，你的武力还没有拿出来，就被保安给拿住。即使他当时打了刘副经理，他的订单合同也要不回来。

"建飞，你说说你的意见。"胡俊示意杨建飞说下去。

"你快说。吊我们的胃口。"李之杰见杨建飞没一口气说来，也有些着急起来。

"我们去查询一下律师的咨询费是怎么收的？如果那个严律师收费高了，我们就到消费者协会去告他，如果他收费合理，只能算老沈倒霉了。"

"切，我以为是什么好主意呢，等于没说。"杨建飞这个主意的确不是什么好主意，李之杰也听出来了，就说，"你这个主意大家都想得到。"

"是啊，建飞，你这个主意行不通。就算那个严律师没有按照规定收费，他多收了沈叔的钱，我们找到消费者协会去解决，也不知道等到猴年马月。我们

哪有那么多的时间去等他们解决？"胡俊生说，"我现在最担心的是包工头刘三会不会跑路。"

"刘三会跑路？"杨建飞和李之杰都十分惊讶地问道。

"从沈世银的伤情来看，这笔费用还真不少。"胡俊生下午抽空去了趟医院，找朋友询问了沈世银的主治医生，得出的初步结论是沈世银现在的伤情是稳定了，可要完全治好，没有10多万块钱是不行的，即使伤治好，也成了终身残疾，如果以后要装假肢，这也是一笔不少的费用，还有以后的生活费。只是现在的事故责任还没有划分出来，按照目前的情况来看，包工头应当出多半钱。最少也得几十万块钱。又有哪个包工头愿意出几十万块钱来医治一个在他工地上还没干上一个月的民工呢？

"要花这么多钱？"这也出乎杨建飞的意料。

"是啊。"胡俊生说，"最主要的是沈世银既没有与包工头刘三签订劳务合同，也没有与施工单位签订劳务合同。而且他在工地上还没有干到一个月，工资也没有领过。你们想想，如果换成你，你又会怎么想？"

"看来事情比我们想象中严重多了。"杨建飞有些后悔地说，"当初，我们只顾自己的工作，没有详细了解情况。那现在我们赶紧找刘三垫付医药费。"

"这也是目前唯一的办法。可是，刘三只出了两三万块医药费，其他的都是沈叔自己贴的。我听沈叔说，他已经贴了五六万了。"胡俊生十分担心地说，"再这样下去也不是办法，沈叔已经把家底都拿出来了，况且他还有一双儿女在读大学，每月的生活一分都不能少。"

"你们说得好乱。你们先说律师的事，现在又说到包工头的事。"一直没有说话的吕琪突然开口，"我认为你们应当解决好一件事，再说另外一件事。"

"小吕说得对。"胡俊生也意识刚才说得太乱，便问道，"小吕，站在你们女性的角度，第一件事该怎么处理？"

"这个很简单。"吕琪说，"我问你们，律师怕什么？"

"律师怕什么？他们什么都不怕啊？"李之杰笑了笑，拍了拍吕琪的肩膀说，"琪琪，你是不是在说梦话啊。律师是吃法律饭的，他们懂法，还怕个啥啊？"

"他们不怕？"吕琪哼了一声，说，"从你们的话中我听出，那个严律师其实就是生意人。生意人怕什么？就怕有人吵，一吵他们的生意就没了。所以，只要我们院里几个女的去那个律师门口又哭又吵，见个人就说他们黑着良心收钱，看他们怎么办？"

"万一那些律师要告咱们呢？"胡俊生觉得吕琪的主意不错，还是有些担心。

"怕什么？他敢对我们女人怎么样？如果他们敢惹我们，我们就说他们非礼。"吕琪说，"他们既然敢黑着良心收钱，我们也可以学他们黑良心去诬陷他们，但是你们要做我们坚强的后盾。"

"行啊。老婆，没想到你还有这一手。"李之杰对吕琪另眼相看，"怪不得我每次与你斗都得输，真是女中豪杰。"

"建飞，你看看吕琪的办法行不行？"胡俊生征求杨建飞的意见。

"老胡，我还真没看出来吕琪会有这么一招。我觉得不错，可以试一下。"杨建飞说，"我补充一点。我们可以找些朋友在律师门外静候，万一事情不对，我们也好有个对策。"

"行。"胡俊生见杨建飞也同意吕琪的办法，对于横人就要用横办法，"我们解决好律师的事，再解决刘三的事。这事不能再拖了，再拖下去，万一刘三跑了，沈叔就亏大了。"

"事不宜迟，我们明天一早就去。"杨建飞建议，"据我了解，法律事务所星期天也不休息的，而且星期天在城里玩的人多，我们正好借势发挥。"

"就按建飞说的办。"胡俊生说，"晚上我也让晓霞明天请一天假。"

"好，就这么定了。"杨建飞，"我让小雪明天也不要去卖早点。琪琪、阿杰，你们两个明天也一定要去。"

"那当然。主意是我出的，我不去能行吗？"吕琪抢先回答说，"不过，我们还应当给胡奶奶说一声，她年纪大，去了，没人敢惹她的。"

"这事我去通知胡婶。"胡俊生说，"既然这样定下来，大家早点休息，把精神养足。"

大家把主意定下来，各自回去休息。可胡俊生躺在床上怎么也睡不着，这样做能成功吗？思来想去，总觉得这事有些地方不妥。严律师毕竟是给沈世友指了一条路，他收费是合情合理，只不过多收了些钱。如果大家去闹，不但解

决不了事情,说不定事情还会升级,那刘三那里怎么办?当务之急是把刘三稳住,从他那里把钱拿出来给沈世银治伤,以便减轻沈世友的负担。想到这里,胡俊生从床上爬起来,又去敲响了杨建飞和李之杰的房门。

胡俊生的疑惑又让大家讨论了好久,最后达成一致的意见,先从刘三那里把医药费要来,再商讨赔偿的事情。

## 第13章
## 包工头跑了

星期天早上,胡俊生早早地起了床,安顿好胡向上,并再三嘱咐他在房间里好好地做作业,不要出去打游戏,又把沈世友的事情说给他听。胡向上一个劲儿地点头说,一定在房间里好好地做作业。

有了胡向上的保证,胡俊生放了心,出门去找杨建飞,一开门,只见杨建飞和李之杰已经站在院里等他了。胡俊生问道:"都安排好了?"

"都好了。"杨建飞和李之杰回答说。

"那我们就出发。"胡俊生说完与杨建飞、李之杰出了四合院。

其实,昨晚杨建飞也一夜没合眼,在盘算今天见了刘三如何要钱。他想了好几个主意,如果刘三还说不给,他们就在工地上吵闹。思来想去,胡俊生觉得这个主意行不通。刘三既然能在江州当了十多年的包工头,从人脉上来说,肯定不少。再说在工地上吵闹,这是影响刘三的工作,即使刘三不理睬,施工单位也不会允许他们这样做。施工单位讲究的是效益,有人替他们工作,他们的钱就会源源不断地进来。如果没有人替他们工作，他们只能看到钱流进别人的口袋。第二，如果他们吵闹，刘三躲起来不见他们，这就是最难受的，等于他们白去一趟。不硬要，给讲道理，以刘三那张嘴，10个杨建飞也不是他的对手。到底该怎么要，杨建飞一夜都没有想出一个好的主意来，但是，如果今天不把事情办妥，他们一上班就没有时间了，这样对沈世友无法交代。尽管杨建飞走南闯北见过大世面，对于刘三这样的工地小包工头，打交道太少。他们的底细如何，他一时也弄不清。觉得今天去要钱，有点太盲目了。

胡俊生也一夜没睡。他与杨建飞的想法一样，虽然他与刘三只打过一次交道。但从刘三和沈世友的谈话中，胡俊生已经知道一个大概：刘三这个人不简单！

李之杰很晚才睡，但没有把这个问题放在心上。年轻人嘛，晚睡晚起，已经成了他们的习惯。天塌下来，还有高个顶着。

"老胡，我们是不是去医院找一下沈叔，毕竟他才是当事人。"走到半路上，杨建飞提议道。

"我也正有此想法。我问胡婶了，她下午才上班，我让她上午去医院顶着。"胡俊生觉得杨建飞与他想到一块儿了，"今天一早起来，我给胡婶说了，她也把早饭给沈叔送去了。只等我们去医院接他。"

几个人来到医院门口，沈世友已经在那里等了。

"俊生，建飞，又要麻烦你们了。"沈世友见胡俊生他们到了，马上从口袋里掏出一盒香烟，分发给胡俊生和杨建飞。

"沈叔，还是抽我的吧。"杨建飞变戏法似的，从口袋里摸出一包中华牌香烟，"我们今天都抽这个，要洋气点。"

杨建飞跑营销的，见的都是老板级的人物，当然香烟也是要拿得出手的。杨建飞深知这个道理，所以口袋里装了好几包中华香烟。

大家把香烟点燃，李之杰已经拦了一辆的士，众人坐上车，让司机开往刘三的工地。江州这几年房地产开发特别厉害，到处都是土建工程，表面上看起来一片欣欣向荣，但实际暗藏玄机。这个道理沈世友比谁都明白，他每年都要跟着刘三跑好几个工地，看着那些光鲜的房子，卖出去的1/3都不到，也就是说至少还有2/3的房子没有卖出去。当然，房子卖不卖得出去，与沈世友的关系不大，他只管做工，到年底拿工钱。也只有偶尔叹口气，造孽啊，造这么多的房子，多半空在那里，简直浪费啊。对于农民来说，土地就是他们的命根子。这么多的房子空着，不只是浪费，还是可耻。

不一会儿，的士来到开发区的工地上。几天没见，那些框架结构的房子又长高了不少。特别是沈世友跟着刘三干的那个工地，沈世银出事那天在7层，现在都快长到20层了。

"真他妈的造得快。"沈世友轻声地骂道，"怎么造得这么快，又要少挣不少钱了。"

"是啊，江州是一天一个变化。"胡俊生说，"唯一没变的是我们的工资。这么多年了，工资没涨过物价。"

"你们就别感慨了。工人的工资永远都涨不过物价的。像我跑营销的人，都觉得信息也比不上物价快。"杨建飞的话虽然带有玩笑的成分，但他又说得没错。

在几人的说话中，的士停了下来，司机说："到了。"

付了钱，几人走进建筑工地找刘三。可是，几人走遍了工地，也没见到刘三的人影。"难道刘三跑了？"胡俊生最怕这件事。找了几圈没仍见到刘三，沈世友也有些着急了，他看到一个老乡走了过来，便迎上问。老乡的回答证实了胡俊生的猜想。老乡说，刘三前天离开江州去广东了。

"天啦，怎么会这样？"沈世友听到老乡的话，觉得眼前一黑，然后整个人往后倒下去，胡俊生和杨建飞急忙用手托住他，用力按他的人中。过了好一会儿，沈世友才清醒过来，忍不住老泪纵横。

"你的消息准确吗？"胡俊生还是有些不相信，又问那个老乡，"你真能证明吗？"

"千真万确。"老乡回答说，又告诉胡俊生，在前几天就看到刘三有些不对劲，先是收拾了他在工地上的一些东西，接着又经常跑施工单位找项目经理。然后是刘三的几个亲戚先后说家里有事离开了工地，接着是刘三的老乡也纷纷离开到别的工地上打工去了。留下的都是外省的民工。今天早上有几个我们的老乡正在工棚里怠工呢，说是刘三走了，他们没拿到工钱，再干就是白干，正准备另找工作呢。

"看来，我们还是来晚了。"胡俊生有些后悔。

"老胡，你说得没错。我们真来晚了。"杨建飞也觉察到事情的严重性。

"天啦，我得罪了谁？"沈世友终于忍不住了，号啕大哭起来。

"沈叔，忍住，还有我们呢。"胡俊生急忙劝沈世友。

"沈叔，别哭，老胡说得对，天塌下来还有我们一起帮你顶着呢。"杨建飞也急忙劝沈世友，"沈叔，现在最要紧的是保重身体，千万不要因这件事而伤害了身体。"

"沈爷爷，身体要紧。"一直没有说话的李之杰也看出了事情的严重性。

"我们现在该怎么办？"沈世友好不容易才止住哭声，一时没了主意。沈世银的伤要治好，没有十几万哪里行？刘三前后才拿出不到3万块钱，自己存的几万块钱已经全部贴进去了。没有赔偿，沈世银下半辈子的生活怎么办？

"沈叔，别急，办法总是有的，我们慢慢想。"胡俊生此时也没有了主意，他害怕的事变成了现实，都怪自己在找到工作之前，没有替沈世友把这事办好。

"沈叔，我们会想办法的。"杨建飞对工地又不熟，见胡俊生也没了主意，他此时的思想也像走进了死胡同，事情出来得这么突然，哪里又有什么好主意呢？李之杰还是个孩子，他哪里会想得到那么多的主意呢？

"但活人不能被尿憋死。"胡俊生说，"既然包工头跑了，施工单位也脱不了干系，第一，他们把工钱算给了刘三没有，第二，沈世银是在这个工地出的事，他们也有责任。我们现在就去找找他们，看看他们那里的情况。"

"这也是唯一的办法了。"杨建飞同意胡俊生的意见，"走，我们去施工单位。"

几人来到施工单位的办公室。一个项目经理告诉胡俊生，刘三找他们算工钱，但他们没有答应，一是还没有到年底，二是刘三的工人出了事，他们不能把余下的工钱结算给刘三。但是项目经理又说，沈世银出事的事情他们了解过了，责任没有划分出来，他们也不知道谁占的过错多，但是有一点，沈世银出事与他们无关，人不是他们招进来的，也没有与他们建立劳务关系。所以，这事他们没有责任，他们只能协助警察办案。

听到这样的消息，胡俊生和杨建飞都长长地出了一口气。只要刘三没有把

工钱算走，他们就有希望。

"事情到了这个地步，我建议走法律途径。"杨建飞建议说。

"这事得从长计议。"胡俊生说。

"那我们现在回去？"杨建飞说。

对于这种情况，沈世友又能说什么呢？只能回去从长计议了。

## 第14章 捡到二十万

道路的修建永远跟不上时代的变化。江州也不例外，从以前的自行车和摩托车时代变成了汽车时代。仅仅四五年的时间，江州本地人几乎是一户一辆汽车。江州虽然只是一个地级市，但道路满足不了汽车的载荷量。于是，新的道路修建计划出了一拨又一拨，道路也是越修越宽。道路宽了，公路长了，面积也大了。汽车驶过也舒服，但问题也出现了，那就是卫生。一些没有素质的司机不但在公路上横冲直撞，还随手扔垃圾，弄得公路像一个马路市场，脏得一塌糊涂。

环卫处的工人忙不过来，只得四处招工人。对于这样又脏又累的活，本地人是不屑去做的，于是环卫处便招民工。年轻的民工对于这样一份晴天太阳晒，不但汗水如淋，还被叫成"非洲人"，雨天就更不消说了，工资又不高，谁也不愿意做。但对于没有技术只想有一份工作，年纪又大的民工来说，这份工作正合适他们。

胡惠芳也是在这种情况下做了一名环卫工人。对于这份来之不易的工作，胡惠芳埋头苦干,不图别的,只求有一份稳定的工作,然后有一份可以接受的收入。像胡惠芳这样年纪已经超过50岁,不做又能做什么呢?一般女工人到了这个年龄已经退休在家了,即使是本地农村妇女,家里的收入也远远超过了支出,也不愿意劳动了,她们想打牌就打牌,想跳舞就跳舞。但胡惠芳不行,她没有退休年龄,用她的话来说,只有双眼永远地闭上才算退休。现在,她还有一双读大学的儿女,正是用钱的时候。因此,无论是刮风下雨,还是三伏三九天,她都一天不落地出现在道路上,用她那比实际年龄老得多的面孔迎接每一辆来往的车辆。

在外面打工是见天就要用钱,房租要钱,水电要钱,生活要钱。自从沈世银出事后,沈世友每天都待在医院里照顾沈世银,挣钱的事全落在胡惠芳一人身上。

"这活做到何时才是个尽头?"胡惠芳有时候也埋怨。埋怨归埋怨,一到时间她又得骑上环卫处发的三轮车去她的工作面。

这天早上天还没有亮,胡惠芳像往常一样来到工地上。早上来往的汽车不多,但司机趁这个时候,把车开得疯快,胡惠芳十分小心地扫着地。尽管江州的11月还没有正式入冬,早上的气温也没超过10摄氏度,但一股凉意扑面而来。加上头晚一夜的小雨和西北风,树叶掉了一地。

"今天的活儿又要多了。"胡惠芳轻轻地叹了一口气,无论多少树叶,她都得扫干净。谁知环卫处什么时候派人来查看?只要路上有一片树叶,都得叫她重新扫过,不然就要扣工资。正因如此,许多民工干一个多月就离开了,只有像胡惠芳这样的人才会留下长久地干下去。

一阵微风吹来,又一股凉意直侵胡惠芳身体,她打了个寒战,手中的扫把却没有停下来。树叶此时也不知趣地随着风飘飘然地落在地上。

"加紧扫吧。"胡惠芳加快打扫力度,此时,不远处的一堆废报纸映入了她的眼帘。胡惠芳加快打扫过去,顺手把废报纸装入随身携带的蛇皮袋里。这堆废报纸有好几斤重,可以卖几块钱。胡惠芳虽然在打扫道路,却把杂物分得清楚。一些废报纸、矿泉水瓶啊,能卖钱的她都装进蛇皮袋里,然后带回四合院里,等积累到一定程度,她就拉到废品站去卖掉,一月的收入也不少。

　　直到11时，胡惠芳才把属于她职责范围的那条道路打扫完，从早上到现在已经过去7个小时，中途连小便都是跑着去。胡惠芳累得腰酸背痛，赶紧找了块大石头坐下来，喝了几口从出租屋里带来的凉开水，又啃了两个馒头，才慢慢缓过气来。

　　歇好，胡惠芳才收拾好东西，骑上三轮车把垃圾倒入指定点，才拉着今天拾到的废报纸和一些矿泉水瓶回到四合院，看到谢依雪从市场购回了下一天的食材。她向谢依雪打招呼："小雪，今天又赚了多少钱啊？"

　　"胡婶，回来了啊。"谢依雪也赶紧回话，"胡婶啊，现在的生意不好做，今天才赚百十来块。"

　　"不少了啊。"胡惠芳嘴上说着，手也没停下，把三轮车上的蛇皮袋拿下来，拎到她堆放废品的地方，把废报纸的矿泉水瓶子倒了出来。

　　"胡婶，今天的收获不错啊，这么多废报纸。"谢依雪也走过来帮胡惠芳把废报纸堆放在一起。当谢依雪把废报纸往那边一丢时，废报纸散开了，一叠百元钞票掉了出来，她大惊，问道："胡婶，这是……"

　　"钱……"胡惠芳看到她捡回来的废报纸中有钱掉出来，当时也惊呆了，"这里面怎么有钱，是哪来的钱？"

　　"这么多钱。胡婶，你今天发财了。"谢依雪赶紧帮着把散落一地的钱捡起来，一数有1万块呢。

　　"那里面还有没有？"胡惠芳赶紧把剩下的废报纸放在地上打开，一看傻了眼：一叠叠崭新的钞票在里面，刚才掉出来的是散开了的。谢依雪也看傻了眼，愣了好一会儿，才说："胡婶，赶紧数数，有好多钱。"

　　这一数不打紧，一数，两人更傻了：连刚才掉出来的钱整整20万块。

　　"20万块啦。"谢依雪坐在地上哭了，如果她有这些钱，买房子的梦就可以马上实现，江州虽说是个地级市，毕竟也是国内三四线城市，20万块完全可以支付房子的首付了。

　　"小雪，你哭个啥？"胡惠芳说着，她的眼泪也流了出来，双腿直打战，打工这么多年，还是第一次见到这么多的钱。

　　"胡婶，那你又哭个啥？"谢依雪的声音也颤抖起来。

"我哭了吗？"胡惠芳说着又擦了擦眼泪，她才明白自己的确哭了。

"这些钱从哪里来的？"谢依雪有些不相信眼前的景象。

"就这报纸里的啊。"胡惠芳说完把她今天早上捡到报纸的事说了。

"胡婶，你再仔细想想，有没有说漏了的。"谢依雪还是有些不相信。

"是真的。"胡惠芳也仔细回忆了一下，觉得没有说错，"我以往也是把路上丢弃的报纸和矿泉水瓶子捡回来卖啊。"

"胡婶，赶紧收起来。"谢依雪这才回过神来，赶紧帮着胡惠芳把钱用原来的旧报纸包起来，又帮着她抱进屋里，然后把门窗关了起来，小声说，"胡婶，这钱估计是别人当成垃圾丢了。路上又那么多来往的人群和车辆，那个丢钱的人只能自认倒霉了。"

"为啥？"胡惠芳还没有反应过来。

"只要没有人看到你捡钱，这钱就属于你了。"谢依雪像是自己捡到这么多钱一样高兴不已。

"真的吗？"胡惠芳不敢相信这是真的。

"如果是真钱，就是你的啦。"谢依雪这才想起要验一下这些钞票是不是真的，她从一叠钞票里抽出一张，仔细看了看，又摸了摸，再捏了捏，说道，"胡婶，是真的。"

"是真的？"胡惠芳刚才看到那么多的钱，除了吓傻了外，更多的是不相信眼前的事实，哪里还辨这些钞票的真假。

"我再看看。"谢依雪把每叠钞票随机抽出几张来查验，每一张都是真的，然后叹了口气说，"胡婶，这下你不用怕了。沈世银叔的伤也能治好了。"

"是啊。刚才只顾高兴，忘了这件事。"胡惠芳这才想起丈夫沈世友还在医院里陪着沈世银。昨天晚上才听沈世友说过，包工头刘三跑了，沈世银的医药费还没有着落呢。这下天上掉陷饼了！

"这事千万不要对别人说。"谢依雪把窗帘拉了拉，又拉开窗帘一个角，朝四合院里看看，确定没外人时，便给胡惠芳出主意，"你也不要在脸上把这事写出来了。"

"为啥？"胡惠芳不明白谢依雪话中的意思。

"胡婶啊，你真是一个老实人，这叫财不外露。"谢依雪只得解释说，"如果你把这事告诉给别人，他们会一传十，十传百。到时候那个丢钱的人找上门来，你不白高兴了？说不定人家还会诬告你，说你是偷他的钱，到时候你有一百张嘴都说不清楚。"

"对啊。我怎么没想到呢？"胡是芳这才恍然大悟，又问道，"连我家老沈也不要说？"

"当然不是啦。"谢依雪见胡惠芳实在太老实了，有些着急起来，"我是说你不要对我们四合院里的其他人说，也不要对你的亲戚说，还有我们的老乡。如果你的亲戚知道了，他们就会上门来找你借钱，你是借还是不借？又有谁能保证他们不多嘴？"

"啊。"胡惠芳突然觉得捡回来的不是钱，而是一个麻烦，或者说是一个包袱，心情不由沉重起来。

"胡婶，我也不会对别人说的。"谢依雪见胡惠芳突然不说话了，刚才她这么一说，没有把自己包括起来，因此，她向胡惠芳发誓，"胡婶，我向你保证这事我绝不会说出去，如果我说出去我就……"

"小雪，你多虑了。我不是那个意思。"胡惠芳说，"我是怕这些钱来历不明，万一那个丢钱的人知道了，找上门来，该怎么办。"

"那你打算怎么办？"谢依雪问道。

"我也不知道。"胡惠芳说，她的确不知道该怎么办。

"既然这钱已经到了你的手上，你收着就是了。"

"那就先收着。"胡惠芳应声道。

其实谢依雪非常羡慕胡惠芳，谁让她没有那么好的运气呢？谢依雪不由嘤嘤地哭开了。

# 第15章
## 合同被签了

这几天，杨建飞与胡俊生一直为沈世友的事奔走在江州大小角落，疏忽了自己的工作。等他想起了要去省城签订一笔订单时，为时已晚。

杨建飞从以前的那家公司出来后，仍然找了一份营销的工作。用他的话来说，别看跑营销辛苦是辛苦，可挣钱多。出门在外打工，不为挣钱又为啥？再说让他杨建飞像沈世友那样在工地上一干就是十来年，肯定是做不到的。工地上的活又累又苦，挣不上钱不说，一旦出点事情，麻烦特别多。远的不说，就拿出事的沈世银来说吧，包工头刘三跑路了，后果真是让人难以想象。杨建飞也不愿意像胡俊生朝九晚五地上班，工作虽然轻松，同样挣不到钱，还不自由。请一天假还扣一天的工资，请上三天假，不但要扣三天的工资，连一个月的奖金都没有了。胡俊生每月的工资还不够他杨建飞一个人花，买房买汽车的钱又从哪里来？

跑营销，除了对业务精通外，还要跑得快，最主要的是靠嘴。如果嘴笨了，一个好产品也会被说得一无是处，如果会说话的人，就是最烂最差的东西也会被吹得飞上天。杨建飞属于两者之间，他既不会把他营销的产品吹得飞上天，但也不会让人觉得产品一无是处。

"人，无论做什么事都要凭良心。"这是杨建飞的座右铭。正是为了这条座右铭，杨建飞的业务不降反升。因为那些买产品的经销商认为杨建飞是一个老

实可靠之人，至少不会说假话。所以，每次他们与杨建飞签订合同后，都会夸赞杨建飞是一个靠得住的营销人员，也非常愿意与杨建飞合作。如果不是上次刘副经理把他的订单让给了小刘了，他也不会与刘副经理大吵一架，也不会因此离开那个公司。尽管杨建飞离开那家公司，但那些客户仍然是他的资源。只要有合适的机会，杨建飞仍然会去找他们。客户们需要什么产品也会把消息传递给杨建飞。因此，杨建飞到新公司后业务不断，深受老板的器重。

但是，杨建飞却把省城这份订单忘了。省城的这个老板也是杨建飞以前重要的客户。杨建飞进入新公司后，第一件事就是与这个老板取得联系。老板很爽快地说，只要是他杨建飞推销的产品，他是百分之百地相信。因此，杨建飞在新公司的第一份订单就是签与他。今天这份订单是他的第二笔生意，如果这笔订单一完成，杨建飞能够把前面那个公司的损失弥补回来，买房子的首付又有了，答应给谢依雪一个温暖的家又进了一步。

谢依雪去卖早点去了。杨建飞急匆匆地穿好衣服，拿起公文包直奔车站。待杨建飞到达车站时，一个不好的情况出现在他的眼前：因大雨冲断了去省城高速公路，汽车只能走国道。从高速公路到省城只需要一个多小时，如果走国道，最少也得三个小时，加上高速公路封道，所有的车子都要从国道前往省城，肯定会造成堵车。再说客运汽车要为乘客的安全着想，不会像其他车那样高速行驶，而且道路湿滑，就算是司机想开快点也不可能。

"这么大一订单，打个的士去吧。不要在乎钱，生意讲究的是诚信。"当谢依雪从杨建飞的电话里知道这件事后，就劝他不要乘客运汽车了。时间就是一切。杨建飞觉得谢依雪的主意不错，于是，他去售票窗口把汽车票退了，叫一辆的士前往省城。但由于是下雨天，一听说到省城，很多的士司机都摇头拒绝了杨建飞的要求。

时间不停往前走，杨建飞不时地看表。省城客户的电话打来了，说老板下午要乘飞机去美国考察，让杨建飞在中午12时前必须赶到省城，不然，这张订单就要黄掉。

杨建飞正焦急时，一个人走到他面前，问要他要不去省城，他已经把车子找好了，因天气原因费用较高，想找个人拼车，为自己降低部分费用。

突如其来的好事，杨建飞马上答应了。忙着赶时间的杨建飞连车牌都没看就上了车。路上与杨建飞想象中一样，国道上车很多，只能缓缓前行。尽管杨建飞十分着急，毕竟已经在路上了。只要车子在前行，就有希望。同车这个人十分健谈，没几下就把杨建飞当成了朋友。杨建飞心里只想着在中午12时前赶到省城，也有一句没一句地与他交谈着。

　　直到11时半，车子才进了省城。因方向不同，杨建飞急忙付了车费下了车，伸手拦了一辆的士去客户那里。刚要上车，杨建飞发现手里拿的包不是自己的。

　　"肯定是自己刚才下车匆忙，拿错了包。"杨建飞那个急啊，合同、身份证、钱、手机全放在包里。这下该如何办？赶紧回头找刚才坐的那辆车。省城的车辆就像蚂蚁一样布满了大街小巷，哪里还有他刚才乘坐车辆的踪影？

　　杨建飞这个急啊，钱丢了倒没事，可手机和合同千万不能丢啊。合同上杨建飞已经在公司盖好了章，只要别人拿着这份合同就可以与对方签订。到时损失的不只是钱，还有信誉。怪只怪自己刚才只顾着急没记下车牌，在哪里去找这辆车？

　　真是急功误事啊。焦急万分的杨建飞从没遇到过这样的事，站在省城的大街上，像一只断线的风筝，只好让的士先走，自己步行前往客户公司。

　　走了一站路，杨建飞才想起现在应当给客户汇报一下丢合同的事。可电话号码都存在手机里，手机丢了，电话是不能打了，只能到房户公司里去把事情说清楚。现在走去是不行的，得打的去，到了客户那里再借钱付车费。

　　打定主意，杨建飞又拦下一辆的士，直奔客户公司。可时间越来越紧，当杨建飞来到客户公司时，告之他的合同已经被签了。

　　"被签了？"杨建飞大惊，便把合同及身份证等物件丢在车上的事说了。可客户说，来人拿着他的身份证来签的，同来还有他的司机，还说杨建飞刚才在路上出了车祸，到医院去了，为了不违约，他托他来签的。来人还留下了身份证复印件。老板因为杨建飞是老客户，又要忙着去机场乘飞机，也就没有细问，签下了合同，还让财务已经把款子打了过去。

　　"款子打向哪里了？"杨建飞问。

　　"你提供的账号啊。"对方回答。

"我要看看账号。"杨建飞心想那人既然能来签合同，提供的账号肯定不是公司的。待对方把账号给杨建建飞看，果然不是公司的账号，他傻了眼。

"完了。"杨建飞瘫座在沙发上。对方听了杨建飞的解释也傻了眼，马上一边向赶往飞机场的老板报告，一边打电话报警。

同样的被签单。杨建飞居然碰上了两次，要说前一次是公司的刘副经理在搞鬼，这一次只能怪自己太粗心，这么重要的东西竟然落在车上，被别人捡了个便宜。这样的错误怎能犯第二次呢？杨建飞只觉得全身冰凉，这笔订单损失的不只是钱那么简单。警察又能在什么时候破案呢？即使这个案子破了，对他杨建飞的影响也不小。最重要的是客户稀里糊涂地付了款，而合同上却是杨建飞公司的，这成了一笔糊涂账。公司没有收到钱，会认为他杨建飞在搞鬼，到时候还不把他告上法庭？客户付了款，收不到货，也要与他杨建飞打官司。总的来说，最倒霉和受害人都是他杨建飞，毕竟这一切都是因他而起的。杨建飞不敢再想下去。

警察很快赶来了，在了解情况后，用十分怀疑的眼光看着杨建飞。杨建飞明白，警察是在怀疑他是不是与人合伙来骗客户公司的钱。果然，警察询问的话证实了杨建飞的想法。杨建飞不得不解释，但他的解释却显得那么苍白无力。

好在省城的警察就是不一样，马上派人调取了杨建飞下车地点的监控录像，又调取了刚才来客户公司的监控录像看后，经过商量，才认为杨建飞应当没有说谎，但这也不能证明杨建飞就是清白的，只有等他们抓到嫌疑犯，审问清楚后才能还原事情的真相。现在要从监控录像的茫茫人海中把与杨建飞同车的人找出来，谈何容易？

但杨建飞不能背上合伙敲诈这个罪名，他要辩解，他请求警察把那嫌疑人抓到，还他一个清白。可摆在眼前的事又不能拖。客户的款子已经打了出去，剩下来他们就得收货，收不到货，在案子没破之前，都是杨建飞的过错。

这真是一个两难的境地。警察在这个时候出来调解说，如果杨建飞想证明自己是清白的，不想被官司缠身，就是杨建飞先把这批货发过来，至于杨建飞公司那边，也只有杨建飞先把钱垫出来，他们的合作仍然有效。等他们破了案，把钱追回来，这样，杨建飞既不被官司缠身，钱也能赚到手。

警察的主意不错，但谁知道这个案子要到什么时候才能破？万一这个案子破不了，这笔订单，杨建飞不但没有赚到钱，还要赔上十几万块钱。

# 第16章
# 顾客的讹诈

吕琪自从被胡俊生一顿教育后，又遇到胡向上去网吧打游戏，决定留下来与李之杰好好过日子。吕琪心里也在想，自己出走了一段时间，李之杰会像以前一样好好对她，没想到李之杰现在为了沈世友的事冷落了她，她心里十分不高兴，又耍起小孩子的脾气来。李之杰不但没有安慰她，又因为沈世友的事，李之杰还耽误了好几天的班。吕琪更是不高兴，说李之杰现在一点都不做正事，别人的事跟着瞎掺和。这不能怪吕琪，毕竟她只是一个"90后"的女孩，什么事都不会憋在心里，有什么就会说什么。这就是她的性格。但李之杰认为帮助老乡是他应尽的职责，再说胡俊生和杨建飞不是也在帮助他吗？大家都住在一个院子里，还是老乡，谁有难就该帮助谁。

"你是与我过一辈子日子，又不与他们过日子。"吕琪见李之杰反对她，更是不高兴了，"我是你的婆娘，你得对我负责一辈子。"

"琪琪，你不要这么固执好不好？"李之杰还是好言好语地劝道，"我们都是住在一个院里的老乡，就像一家人一样，谁没有难处？我在这个时候不站出来，我还是一个男人吗？"

"那你到他家去吃饭去，别再回这个家了。"吕琪有些歇底斯里地喊道，"既

然你不要这个家，我也不要这个家了。"

"你要走现在就走。"李之杰最恼怒的是吕琪一生气就拿离家出走来威胁他，"没有你地球照样会转，我的生活照样过。"

"好，这话是你说的。走就走，这次走了再也不会回来。"吕琪以为李之杰会安慰她，没想到李之杰竟然说出这样的话来，不由哭了起来。

"好，你说不回来的，就不要再回来。"李之杰也十分生气地说，"没有你，我一个人生活好得很。"

"你别后悔。"吕琪收拾好东西又要走人，被推门进来的沈世友拦住了。

沈世友从医院回来吃饭，刚进院门就听到李之杰与吕琪的争吵声，立即明白是怎么回事，在听到吕琪要走人时，他再也站不住了，便推门走了进来，说："阿杰，琪琪，你们又在吵什么呢？"

"沈爷爷来啦。"吕琪换了一副笑脸说，"没事，我们经常争吵，都是一点小事。"

"是啊。沈爷爷，你不要管我们的事。我们是一天一小吵，三天一大吵，吵是亲，骂是爱，没什么事。"李之杰见吕琪也在打圆场，也赶紧解释。

"你们就别骗我了，我在外面全听到了。"沈世友叹了一口气说，"都是我不好，让阿杰耽误了工作。这样吧，他耽误的工作的工资，等到拿到赔偿后，我会补算给你的。"

"沈爷爷，你这是干什么？我是这样的人吗？"李之杰见沈世友说这样的话，心里对吕琪刚才的吵闹产生了不愉快。

"阿杰，是爷爷对不住你们。你为了爷爷的事与琪琪吵架，爷爷真的过意不去。"沈世友说的是真心话。李之杰与胡俊生和杨建飞为了他的事，前后奔波不少天，虽然事情没有什么大进展，但他还是非常感谢他们。俗话说一个好汉三个帮，没有他们的帮忙，他沈世友不知道要累成什么样。想到这里，沈世友不由眼泪流了出来。

"沈爷爷，你这是干什么？"吕琪见沈世友突然流泪，有点不知所措。

"都是你这败家娘们给气的。"李之杰最怕看到人流眼泪，便转过身冲着吕琪吼道，"这下你满意了吧。"

"这又关我什么事?"吕琪也没弄清沈世友怎么突然流泪,被李之杰一吼,也急了,流着眼泪奔出了四合院。

"都是我的错,让你们夫妻吵架。"沈世友缓过神来,千不该万不该在这个时候没有忍住流眼泪,对李之杰喊道,"阿杰,还不快去追。"

"我才不追呢。她一与我吵架就跑,这样的老婆追回来也没什么用。"李之杰的话语有些冲。

"阿杰,都是爷爷的错,爷爷先给你赔个不是,不该这个时候来,惹得你们夫妻吵架。"沈世友认为都是自己惹得李之杰夫妻吵架,心里一百个后悔,早知道会是这样的结果,就不该进来。

"沈爷爷,这不关你的事。"李之杰也发现自己刚才的语气不对,赶紧说,"我这就去追她回来。"

"快去,孩子,一定要把她追回来。"沈世友叮嘱道。

"我会把她找回来的。"李之杰知道吕琪这个时候在气头上,跑出去肯定躲在某个小姐妹那里,要把她找回来十分难。但他又不能再说气话,这样会惹得沈世友更加难过。说自己马上去找吕琪纯粹是一个借口。

出了四合院,李之杰就接到酒店大堂经理打来的电话,说今天酒店里生意特别好,让他马上去酒店里上班。挂了电话,李之杰想自己也有好几天没去上班了,还不如去上班,把今天的不愉快全部忘掉。

大堂经理所说酒店里生意特别好,是因为有几家人办结婚喜酒。酒店里连行政人员都参加到端菜送菜的行列。李之杰连衣服都还没有来得及换,就被大堂经理拉去三楼的大厅负责上菜。这也是结婚的宴席,新郎是一个40岁左右的中年人,一看就知道是个土大款,新娘是一个20岁左右的年轻女子。新郎拉着新娘四处敬酒,不停地喝酒,不停地说话。特别是新娘非常会说话,在新郎介绍后,她就马上笑着说,以后请多多关照。李之杰看到这一幕,心里很是不舒服。他不舒服主要是还在纠结与吕琪吵架的事。年轻女人就是不懂事,什么事只会依靠男人。比如这个新娘,如果新郎没有钱,她会嫁给比她大20多岁的男人吗?

"年轻女人真不是好东西。"李之杰不由嘟囔了一句。尽管他用的是四川方言,但被新娘听到了,也听懂了,她回过头来恶狠狠地看了李之杰一眼。李之

杰也回敬了新娘一个恶眼，便去其他桌上菜。

这场宴席十分豪华，不光是李之杰累得上接不接下气，心里非常后悔不该答应大堂经理来上班，反正多休息一天与少一天又没有多少差别。宴席直到下午2时才结束，所有的服务员都累得散了架似的，随便找个地方坐下直喘气，李之杰干脆直接坐在地上喘粗气。

这时，大堂经理走了过来，气呼呼地说："李之杰，你来一趟我的办公室。"

"哦。"李之杰看到了大堂经理的脸色，心里不由嘀咕了一下，一想，肯定是自己这几天没来上班，大堂经理找他问原因，然后狠狠地批评他一通，也就没什么事了。

"你站好。"李之杰刚走进大堂经理的办公室，大堂经理就很不客气地问道，"你在宴席上干了什么事？最好老实交代。"

"我做了什么事？"大堂经理的问话让李之杰感到十分意外，如果说刚才对新娘抛了一个恶眼也算的话，事情可不一般了。毕竟是自己先说错了话，但李之杰还是不愿意认错。

"你就给我装。"大堂经理见李之杰没有说出他想要得到的话，就直接说了，"你是不是拿了客人的东西？"

"拿了客人的东西？"李之杰有些吃惊，又有些恼火，"我什么时候拿了客人的东西？"

"刚才客人来找我，说你拿他们的一根金项链。"大堂经理怒气冲天地说，"如果你真拿了就交出来。不要让客人报了警，到时候性质就不一样了。你个人的信誉不说，别把我们酒店的信誉搞砸了。"

"我没拿就是没拿。如果要报警，最好。"李之杰没想到会有这样的事，明显是客人讹诈他，不由火了起来，掏出手机，"他不是还没有报警吗？我来报警。"

"慢着。"大堂经理急忙按住了李之杰的手说，"你是不是嫌我们酒店的事情不多？你非要把我们酒店的信誉搞臭？"

"我没拿任何人的东西，他们为什么要诬陷我？"李之杰理直气壮地说，"你们查看了监控录像了吗？"

"这个倒没有。"大堂经理听到查看监控录像时，有些后悔了，刚才听到顾客的投诉，说李之杰拿了他们的东西，他就急匆匆地来找李之杰。现在听李之杰的口气，他应当没有拿客人的东西。顾客只是一面之词，怎么没先查看一下监控录像呢？于是，他说："我这就查看监控。如果你真拿了客人的东西，在监控上看到，可别后悔，也别怪我不讲人情了。"

"我身正不怕影子斜。"李之杰说，"我要一起看监控录像。不然，被你们诬陷了，还不知道自己是怎么死的。"

"那好吧。"大堂经理执拗不过李之杰，便答应了。

本来就累得不行，还被人诬陷，李之杰心里十分窝火，跟着大堂经理进了监控室，可看来看去。李之杰在录像中一切正常工作，根本没有机会拿客人的任何东西，大堂经理无话可说了。

"这到底是怎么回事？"大堂经理有些无奈地说，"可客人指着你说是你拿了他们的东西。"

"还好，有监控录像还我的清白。"李之杰辩解说，"是哪个顾客，我要马上与他对质，还要告他诬陷我。"

"是我。"那个年轻的新娘不知什么时候走了进来。

"你？"李之杰的火一下子发了出来，"你凭啥要诬陷我拿你的东西？"

"因为你的嘴不干净，骂了我。"新娘轻蔑地说，"我就要管管你的嘴。我年轻咋啦？我年轻嫁人我有错么？"

"你……你……"李之杰被新娘气得说不出话来，"你……我要报警告你诬陷我。"

"随便你。"新娘又恶狠狠地剜了李之杰一眼，说，"你报吧。这附近派出所的所长就是我公公的亲弟弟，看他帮谁说话。"

大堂经理见事情不是想象中那样，赶紧把李之杰拉出监控室，一边给李之杰赔罪，一边说新娘刚刚说的是实话。她公公的弟弟的确就是辖区的派出所所长。

"不行。我不服这口恶气。"李之杰向来就是一个不怕事的人。

"小李，你不要为难我。我平时对你如何？"大堂经理见李之杰占着理，说话没了底气，"我们都是打工的。你不希望我把饭碗丢了吧？你也不希望丢了饭碗吧？再说，是你骂了她，她只不过给你一个教训。我们出门在外，求的是

什么？求的是钱财。多一事不如少一事。把这个委屈憋在心里吧。过几天我请客，向你赔罪，好不好？"

"算她走运。"李之杰掂量了一下事情的轻重，那该怎么办？难道只能把这口恶气吞回肚子里？

# 第17章
# 走法律程序

又一个月过去了，刘三仍然杳无音信。沈世友瘦了一圈，精神也几乎崩溃了。虽然弟弟沈世银的双腿算是保住了，但也彻底残废了，生活不能自理，每天都需要人来服侍。请人来服侍沈世银是不可能的，这个任务自然就落在了沈世友的头上。躺在床上时间久了，沈世银不干了，他说在医院里躺了那么久，每天都闻着药味儿，连一点新鲜的空气都没有。现在出院了，他要大口大口地呼吸，把损失掉的新鲜空气补回来。沈世友明白弟弟的心思，他本来就是一个不甘寂寞的人，让他老老实实地躺在床上，比要了他的命还难受。因此，他只好推着弟弟去院外晒晒太阳。光晒太阳，沈世银又不干了，他说太憋屈了，如果一个人一生没有娱乐，要被憋坏。

"兄弟，你要做啥，就一口气说完，不要遮遮掩掩的。"沈世友知道沈世银想去麻将馆打麻将，可自己仅有的存款都被用光了，还借了不少的债，而且远在北京和成都读大学的一双儿女都近两个月没寄生活费了，也不知道他们的生活过得怎样。

"我不想做啥，只觉得这样憋屈。哥，你要想办法让我高兴起来。"沈世银不愿意把憋在心里的真话说出来。他只能找借口让沈世友明白他的心思。

"兄弟，既然你不想做啥，就好好地保养身体。"沈世友推着沈世银晒够了太阳，便把他推回房间，暗自想，如果自己不叫弟弟沈世银来打工，就不会发生这件事。无论怎么说都是自己的错，如今弟弟成了这个样子，自己脱不了干系，还得想办法找到刘三，把他与弟弟之间的事情解决了。

晚上，胡俊生刚把胡向上接回来，连晚饭都没来得及煮，沈世友过来找他商量如何找到刘三的事。

"沈叔，你先坐会儿。我把米洗好放在电饭煲里。"胡俊生招呼沈世友，手也没有停着。

"俊生，你先烧饭，我去把建飞叫过来。"沈世友说着转身要去杨建飞的屋。

"李之杰也叫吗？"胡俊生又问了一句。

"他……我看还是算了吧。"沈世友想了想又说，"前些日子，他为了我的事，与琪琪又吵架了。琪琪到现在还没有回来呢。我不想因为我的事，让他们夫妻的关系越闹越僵。"

"那也好，他们毕竟年轻，还是个孩子。"胡俊生提醒沈世友的原因是他们在讨论这事，怕李之杰因没有叫他而不高兴。

"我现在就去叫建飞。"沈世友说完便出了胡俊生的房门，去了杨建飞的房里。

前些日子，杨建飞在省城丢了订单，只能按照对方公司的要求先发货，又偷偷地把家里用来买房子的钱取了出来，又找朋友借了一部分，交到公司里作为货款。这下，杨建飞真正地成了负翁。但他只能把这件事埋在心底，不敢告诉任何人，包括妻子谢依雪。让杨建飞最难过的是，万一谢依雪知道了这件事，不知她会吵成什么样。现在，他只希望省城警察能够尽快破案，把钱追回来。

"沈叔来啦。"杨建飞正想着心事，见沈世友进来了，招呼后又马上搬来一张凳子让沈世友坐。

"不坐啦，大侄子，今天又来麻烦你了。我刚才与俊生说了，我弟弟那事估计只有走法律程序这一条道了，想请你到俊生房里，一起商量商量。"沈世友现在十分着急，他不想耽误太多的时间，这事时间拖得越久，他找刘三要回钱

的概率就越低。

"好。我们现在就去。"杨建飞见沈世友着急，便答应下来。

两人来到胡俊生屋里，胡俊生已经泡好了两杯茶。杨建飞递了一支香烟给胡俊生，说："老胡，你看看沈叔的事该怎么办？"

"沈叔前些天不是去了一趟法律事务所吗？我今天在网上查了一下，原来是沈叔走错了地方。"胡俊生说着把一张纸递在杨建飞面前，又说，"这就是我打印的资料。我之所以说沈叔走错了地方，他去的是法律事务所。所谓法律事务所，其实是私人开的一个法律咨询类的公司，而不是律师事务所。法律事务所以赚钱为目的，根本不管你的官司赢不赢，而且他们收费特别贵。律师事务所才是正规的帮人打官司的机构。"

"原来是这样。我们都把法律事务所与律师事务所当成一家子了。"杨建飞听了胡俊生的解释又看了看他打印的资料，还真是那么一回事，"两个事务所就相差一个字，可差别却那么大，看来我们都吃了没有知识的亏啊。"

"俊生，还是你仔细。有文化就是不一样，能找到事情的根本原因。"沈世友也没想到因一字之差，他白白地花了500块冤枉钱，而且还不知道原因所在，"俊生，你的意思我们还是去找律师？"

"当然，沈叔。我已经托朋友找了一家正规的律师事务所的律师。这个律师不但很有本事，而且是专门为我们农民工打官司的。价钱我也与他谈过了，只是这几天我在单位里忙着写材料，一时忘记把这事对你说。"胡俊生说着拿出一张名片来，"这个律师叫张新军。前些日子他还上了电视呢。他说他当律师不是以赚钱为目的，而是为了替更多生活中遇到不公的人伸张正义。特别是对于农民工在受到不公等时他都要伸出他正义的手。建飞、沈叔，你们看看我这个提议行不行？"

"太好了。老胡，这事还是你想得周到。我是真心佩服你。"杨建飞虽然也一直在忙着沈世友的事，可他是一个跑营销的人，在外面跑的时间多，真正回四合院的时间不多，尽管前几天也耽误工作帮着沈世友跑，但收效不大。出门在外，朋友的忙要帮，但自己的工作也要做，不然生活怎么过？

"真是太谢谢你们了。"沈世友没想到胡俊生提前把找律师的事办好了。因被银飞法律事务所的老严诈去500块钱，沈世友对于法律也不敢太相信了。可刘三跑了，如果不动用法律这个武器，沈世银想得到赔偿那是根本不可能的事。

"这次，我们要多做几手准备。"杨建飞提议说，"虽说张新军律师为我们办事，但我们也不能不多一个心眼。"

"什么心眼？难道你不放心他？"胡俊生看出了杨建飞的心思。

"对。律师我们不能太相信他们。我们要为自己做一回主。千万不能像沈叔上次那样吃了个哑巴亏。"杨建飞说，"要悄悄地把我们与他的谈话录音，万一他也像那个严律师一样，我们就不要客气。把这些东西往网上一放，看他以后如何接官司打。"

"建飞说得有道理。"沈世友也吃一堑长一智，"我再也经不起折腾了。"

"这样也行。俗话说害人之心不可有，防人之心不可无。"胡俊生觉得杨建飞太敏感了，但他也只是听说张新军是个律师，从没接触过，人品怎么样也不晓得。但有一点，沈世友再也折腾不起了。于是，答应了杨建飞出的主意。沈世银的事不能一直拖下去，不但对沈世友一家不安，对自己和杨建飞也是一种麻烦。出门打工是为了和气生财，可事情永远都不会像他们想象中一样完美，随时随地都会发生许多让人意想不到的事情。这些事情他们又不得不去面对。

"老胡，你既然也同意了，录音的事我来准备。"杨建飞又思考了一会儿，说，"我们先商谈一下我们找律师谈话的内容，千万不能被他牵着鼻子走。老胡，你是耍笔杆子的，先拟草一个我们要咨询和谈话的内容，我们再商议，以免到时被动。"

"建飞的这个主意不错。俊生，就这样办。"沈世友其实这些天一直没想出个主意，全凭胡俊生和杨建飞替他拿主意。作为一个没有文化的老实农民到江州打工，凭的是力气，为人温和、勤快，才站稳脚跟。但他也明白，无论怎样卖力干活，虽然拿到了应得的工钱，但出了事，刘三与其他包工头一样，也会躲、逃、赖。尽管刘三以前一直把沈世友当成父亲一样对待，是因为他干活勤快，人老实。刘三需要这样的工人替他卖力干活，他才能赚上更多的钱。

"好，我马上就写。"胡俊生说完，就去拿了纸和笔开始写，煮在电饭煲里的饭早好了。胡俊生只得叫胡向上自己盛饭，吃完赶紧做作业。

　　没大一会儿，胡俊生就写好了，又念给了沈世友和杨建飞听。杨建飞和沈世友觉得不错。

　　"就这样干。"杨建飞也松了口气，此时，谢依雪推门进来，见杨建飞在，就说："你出来一趟。我有事要问你。"

　　"建飞，你先去吧。不要吵架。"沈世友见谢依雪的脸色不对，赶紧劝杨建飞回去。

　　"沈叔，张律师正好去北京出差了，一有消息，我就通知你。"胡俊生见杨建飞走了，今天的商议也只能告一个段落。

　　"好，俊生，又给你添麻烦了。"沈世友说，"我也得回去了。"

　　"什么麻烦不麻烦的，这都是我应该做的。"胡俊生说完站起来送沈世友出了门，才想起自己也该吃晚饭了。刚把饭盛上，任晓霞也下班回来了。

　　吃好饭，胡俊生去检查胡向上的作业，发现他根本没有做，他想发火，却又憋回肚子里。

# 第18章
# 失落的梦想

　　谢依雪在路边的横幅上看到城郊的一个商品房正在搞促销的消息后，心里扑通扑通直跳，为啥？因为促销，那里的房价比市中心每平方米便宜3000元，地段虽然偏了些，好歹也是正儿八经的城市商品房，还是带电梯的30层高的楼房。谢依雪从市中心出发，特地看了时间再骑上电瓶车，她是想看看到那里需要多少时间。结果，她前后用了15分钟，还是上班最高峰的时候，如果搁在平时，10分钟就够了。

虽然还是一个期房，但房子全部结了顶，小区比想象中还要大气美观。小区已经开始做绿化工程，离交房子的日子也不远了。在置业顾问的带领下，谢依雪先看了样板房，户型真不错，让谢依雪直羡慕。在看完样板房后，她又看了在售楼处相中的户型。这个户型的面积是90平方米，为两室两厅、一厨一卫。虽然宣传单比实际夸张些，可谢依雪却是越看越舍不得。置业顾问看出了谢依雪是真心想买房的，便在一边一个劲地说这房子是如何的好，周边的设施在不久将来会一应俱全。又介绍说，这房子的地段虽然偏了点，但开车到市中心不超过10分钟，将来这里将是江州第二个市中心。现在的市中心的房价比他们这里高出3000块到4000块一个平方米。这90平方米就要多出30多万块，这些钱，谢依雪完全可以省下来买车和做房子的装修费。况且小区后边还有一座在建的商场，左边是一所在建的省级附属医院，前面是一所即将竣工的小学，中学在离这里1.5公里之外。虽然中学学校才刚刚打下桩，离建成还有三四年。谢依雪想了想，儿子杨小强今年才6岁，完全可以在前面的小学校里就读小学，待小学毕业正好到1.5公里外的中学就读。真是天大的好事。

"我先预订下。"谢依雪禁不住置业顾问的诱惑性介绍，但她马上又冷静下来，买房子毕竟是大事，她一个人不能做主，得问问杨建飞的意思，而且要带他来看看房，才能定下来，因此她又说道，"我得先回去与我老公商量一下。如果他同意，这套房子我们买了。"

"好好。这套房子我一定给你留下来。"置业顾问见谢依雪已经下定了决心，也松了一口气，马上让谢依雪留下了手机号码，又把她的名片给了谢依雪，说，"我等你的消息。"

从售楼处回来，谢依雪这几天都沉浸在喜悦当中。前些日子，丈夫杨建飞才去省城完成了一笔订单合同，听他说可以挣上好几万，一个多月了，这钱也该到账了，买房首付也就够了。但看到杨建飞天天都在忙，也没有提那笔订单的事，只好把看中房子的事憋在心里。谢依雪等得起，可那售楼处的置业顾问等不起，一天一个电话来催问谢依雪。每次开篇一样，如果谢依雪不买，她就

把这房子卖给别人。已经有好几个房客看中了这套房子，希望谢依雪早点拿定主意。如果真要买，最好先交定金，只要交了定金，这房子她们就不会另售了。

从做生意这个角度来说，谢依雪非常理解置业顾问的心情，也明白自己现在的实力，身边的钱又不多，如果交了定金，在半个月内就得交首付。万一到时候杨建飞没拿到钱，该怎么办？不但房子没买成，连交的定金都难拿回来。

直到这天置业顾问下了最后通牒，说她再等谢依雪一天，如果再过一天谢依雪还不交定金，她就真把这套房子卖给别人。从置业顾问的不容置疑的语气中，谢依雪有些慌了，决定找杨建飞谈谈，杨建飞不是说这里有事就是那里有事，好像是故意躲着她。难道说杨建飞有什么事隐瞒着自己？

第二天，谢依雪一早就去卖早点，等她回来，杨建飞已经去上班了，此时她才想起置业顾问的话来。谢依雪马上掏出手机打杨建飞的电话，打了好几次，杨建飞都没有接她的电话。谢依雪有些生气，联想到这些天杨建飞不寻常的举动。难道说杨建飞把钱用在别的地方了？于是，谢依雪决定到银行查查他们的存款。这一查，谢依雪傻眼了，卡上只有500块钱了。那些钱被杨建飞用到哪里去了？"一定要问个清楚。"谢依雪坐在院子里等待杨建回来。可一等再等也没见杨建回来，谢依雪非常生气，此时她的手机响了起来。她以为是杨建飞打回来的，却是售楼处的置业顾问打来的。谢依雪知道今天是售楼处给她的最后期限，于是挂掉了电话，可对方又打了过来。如此几次，看来谢依雪不接电话，对方就打个不停。谢依雪有些火了，但她还是接了电话。对方让谢依雪去一趟。谢依雪问有什么事，在电话里说吧。可对方说在电话里说不清，让她一定去一趟。谢依雪见杨建飞还没回来，就去一趟售楼处。原来，谢依雪看中的那套房子根本没有人买，置业顾问之所以一直打电话催谢依雪去交定金，说有很多人看中那套房子，是他们惯用的伎俩。可这招在谢依雪面前没有起到作用，只好把谢依雪叫去商量，一定要让她把这套房子买去。

"谢小姐，今天请你来有两个原因。第一，这套房子已经有三个客户看中了，我的其他同事都在卖，可是这套房子是你先看中，我好说歹说才让他们留下来。"置业顾问又说，"第二，我已经向销售经理说了你的情况，他决定再优惠两个百分点，相当于优惠了近3万块了。你可要拿定主意。我也向经理请示了，他说再宽限一天。"

"你说的是真的？"置业顾问说的第二件事让谢依雪感到十分意外。她以为置业顾问让她去，要骂她一顿呢。不但没骂，还要优惠3万块，谢依雪这得卖多少天的早点啊。置业顾问的话让谢依雪又动心了，她说，"只要你说的是真的，我明天就来交定金。"

"好。我明天等你光临。"置业顾问见谢依雪这么爽快答应了，也松了一口气。这套房子终于能卖出去，她可以拿到不少的提成。

出了售楼处，谢依雪又有些后悔了，刚才答应得太快了，如果自己再坚持一下，说不定还要优惠一些。想到钱，谢依雪又有些莫名其妙的火，那些钱到底被杨建飞花到哪里去了。于是，谢依雪把电瓶车开得飞快，现在杨建飞肯定下班了，回去一定要向他问清楚。

回到四合院，谢依雪见房门开着，杨建飞回来了，可是不见人影。她走到胡俊生门外，听到杨建飞正与胡俊生、沈世友在商量关于沈世银的事情。她知道男人们商量事情，自己这个时候闯进去肯定不适宜。于是，谢依雪就站在胡俊生门口，一直到等到他们商量好才进屋把杨建飞叫了回去。

一回到自己的房间里，谢依雪就把门关上，问道："建飞，卡里的钱是怎么回事？"

"什么卡里的钱？"杨建飞明知故问。

"还想瞒我，是不是？"谢依雪觉得杨建飞更有问题，满脸怒气，但她还是忍着怒气，"我今天去银行里查了卡，里面只剩下500块钱了。你能解释一下吗？"

"你去银行了？"杨建飞顿时泄气了，原本想多瞒一下谢依雪，没想到这么快就"败露"了，便不动声色地说，"我有急用，所以把钱取了出来。"

"你有急用？是不是借给沈世友了？"谢依雪想不出杨建飞会有什么急用，而且杨建飞平时拿到工资后都会如数交与自己，要用钱，他也会找自己商量。如今他偷偷地把钱取出来，而且不与自己商量，目的只有一个，借给沈世友了。

"不是。"杨建飞回答。

"不是，那就好。我已经看中了一套房子，明天是交定金的最后期限。刚才我也去了一趟售楼处，他们又答应优惠3万块。房子的户型和楼层我非常满意。"

谢依雪见杨建飞否定了借钱给沈世友，心里一块石头落了地。她不是不愿意把钱借给沈世友，只是沈世友目前的情况根本无力还钱。

"小雪，我们还是暂时把买房子的事搁一搁。"杨建飞见谢依雪又提买房子的事，心里难过极了。

"为啥？你把钱用在什么地方了，你总该告诉我吧，毕竟我是你的老婆。"谢依雪有些不甘心。

"赔了。"杨建飞说这话没有底气。

"赔了？我们不是有10来万块钱吗？你前些日子不是去省城签了订单合同吗？你说少说也要挣上好几万块，你能全部赔掉？"谢依雪不相信杨建飞的话。

"那我实话实说吧。"杨建飞痛苦地闭上了眼睛，把他去省城签合同时遇到的事全说了，"我不是真心想骗你，是怕你伤心，所以一直不敢告诉你。"

"你……杨建飞，你这个骗子，你这个懦夫。"谢依雪没想到前段时间杨建飞的合同被别人签了，最后连工作都没有了。好不容易才找到新工作，又犯了同样的错误，他的运气为什么就这么差？自己的命咋会这么苦呢？想到此，谢依雪不由号啕大哭起来。

"小雪，不要哭了，好不好。我们相信警察，肯定会破案的。只要案子破了，我们的钱就会回来。"杨建飞紧紧搂住谢依雪，也忍不住流下了眼泪。

"你也不要哭了。"谢依雪见杨建飞也哭了，心就软了，反过来安慰杨建飞，

"建飞，我们不买房子了。我们是从农村来的，将来还是要回到农村去。我们老家有房子，有遮风避雨的地方。"

"小雪，我发誓，一定挣很多钱，买一套大房子，给你和儿子住。"杨建飞擦干眼泪说，"我相信我们的生活前景是美好的。"

"我们的前景是美好的。"

# 第**19**章
## 要命的加班

任晓霞所在的公司是一家外资合资企业。说是公司其实就是一家生产工厂。工厂的称谓已经是20世纪的事，现在都叫公司，不论大小，也就是说大到有几万工人的工厂也叫公司，小到一个人的也叫公司。反正现在的公司多如牛毛，赚不赚钱只有当老板的才知道。

任晓霞打工的公司是一家做出口衣服的制衣厂。有好几百号工人，除了部门经理、车间主任、行政人员等是本地人外，工人都是来自全国各地的民工。他们每天操着南腔北调聚在一起，重复着单调又枯燥的工作。任晓霞在公司里做检验，这工作看似轻松，却担负着极大的责任，一旦一件次品衣服从她手中流过，就会引发连锁反应。说得简单点，衣服到了外商手里，就要被退回来，来回的运费和人工费，比买一件衣服的价钱还要高；说得严重点，这衣服是代表着中国人的脸面，被外国退回来，就不单单是钱那么简单了，还是中国工厂的信誉。因此，任晓霞这一关至关重要。她每天早上7时半就要到公司，到晚上8时才离开，除去中午吃饭半小时的时间，她要在岗位上工作12个小时，当然星期天例外，星期天下午4时半就可以下班。因为长年这样工作，任晓霞的很多同事都纷纷离开另找工作。任晓霞之所以没离开，是因为这里的工资相对来说还可观，虽然每月只有3000多块，这可是按时发工资；更主要的还是她喜欢这份工作，虽然时间长点，至少不受风吹雨打，而且是冬暖夏凉。还有一大好处，因前两年国家出台了一项强制政策，用人单位与务工人员必须签订劳务合同，还要缴纳五险一金。任晓霞所在的公司虽然执行了国家政策，却是上有政策，下有对策，只替他们交了五险，没有缴纳公积金。

交了养老金，任晓霞在公司里打工有了盼头。"如果好好做，公司不倒闭，我也能退休了。"这不单单是任晓霞的心声，也是众多民工们的心声。

又是一个星期天。按照惯例，下午4时半可以下班，这是公司所有民工唯一的假期，他们可以趁这个时间去商场购物，小青年们也可以借这个机会谈谈恋爱。临到下班时间，车间主任走了过来，丢下一冷冷的话语："接到上面通知，今晚要赶货，所有人都必须做完所有工作才能下班。"

以前也有过赶货的时间，大家都知道做完工作才能下班的情况，就是要把这批货做完，往往都要做到次日凌晨3时以后才能下班，7时半又要上班。对于大家来说，累倒不紧，就是睡不好觉。睡不好觉，头重足轻，工作干不好，饭也吃不好，至少要一个星期才能恢复过来。

一个约好晚上聚会的安徽打工妹不干了，走到车间主任身边说："主任，我想请假。晚上我有急事。"

"急事？你老娘死了？还是你老爸死了？只要不是这两样，都得给我老老实实地加班。"车间主任的话十分难听，"不加班，马上收拾东西走人，来找工作的人多的是。"

"我叫你骂人。"安徽妹子忽地抬起手给车间主任一巴掌。

"你还敢打我。"车间主任被打后马上打电话通知保安进来，"给我把她撵出厂去，本月的工资扣发。"

在安徽妹子被带走后，车间主任又开始训话了："你们还有谁想走的？马上站出来。但是，我丑话说在前面，现在走了，明天就不要来上班了。"

车间主任这句话就像一颗重磅炸弹丢在车间里。尽管民工们都有怨言，但他们都憋在心里，谁也没有发出来。见到此情景，任晓霞的心凉了。今天早上起床时，她就觉得身体不舒服，出门前还特地与胡俊生商量了，等她下班后去医院开点药。看来这个计划要泡汤了。

任晓霞这道工序只有她一人，如果她走了，后面所有的工序都要停下来。

她哪能走呢？她只得给胡俊生打了一个电话，告诉他她要加班。打完电话，任晓霞不住地喝开水，左手不停地揉腰，汗水也不停地流出来。凌晨2时，任晓霞面前的衣服越堆越多，再不快点就会影响后面的工序。任晓霞只得强忍着肆意漫延的腰痛，拼命地工作。

"你是不是病了？"一个老乡送衣服过来看到任晓霞此时的情景，忍不住问道。

"腰痛得厉害。"任晓霞回答说。

"如果坚持不下去了，就回去吧。"

"可那个安徽妹子……"

"也不能因为这个，而耽误你的病啊。"老乡劝说。

"我还能再坚持一会儿。"任晓霞一边说，手也没停着。其实她又何曾不想马上下班去医院呢？可那个安徽妹子被保安带走的那一瞬间，她只想哭。可又活生生地把眼泪憋了回去。

"你啊，真是……"老乡只能叹惜，她不是不知道公司的严规，谁不听指挥扣了几百块钱是小事，弄不好就直接开除。大家出门在外只想挣一份用劳动换来不多且应得的工资。

待老乡走开，任晓霞又查验了几件衣服，看到胡俊生正向她走来，手里端着一个饭盒，有她喜欢吃的红烧肉。胡俊生说，亲爱的，你辛苦了。我们现在生活好了，我天天烧红烧肉给你吃。任晓霞点了点头，站起来便伸手接过胡俊生手里的红烧肉，只觉得那盒红烧肉十分沉重。

"好香啊。"任晓霞说。

"香什么啊？"原来是刚才来的那个老乡又抱一堆衣服走过来，任晓霞出现了幻觉。

"就是香啊。"任晓霞说着，接过的衣服掉了一地，她却软绵绵地倒在那堆衣服上。

"快来人啊。任晓霞晕倒了。"老乡大呼起来。其他正在赶工的老乡闻声赶来，看到倒在衣服上的任晓霞脸色苍白，汗水仍在不停地流出来。

"快打120。"一个老乡这才醒悟过来。刚拿出手机，就被车间主任叫住了。

"吵什么？都给我回到自己的岗位上去。"车间主任看了看任晓霞，说，"她没有什么大事，用不着去医院。"

"人都病成了这个样子，你还说没事。"老乡们一个个都火了，"出了人命，你负得起这个责任吗？"

"我有什么做不了主？"车间主任的底气没有刚才那么足了，但他还是强端着架子。

"你做得了狗屁的主。"在后道的一个男老乡听到吵闹声，赶了过来，见到此情景，怒气已经冒了出来，"兄弟姐妹们，这个无情的车间主任，刚刚把一个安徽妹子撵走了，现在有人晕倒了，还不让叫救护车，你们说他有人情味吗？"

"没有。"已经忍无可忍的民工们，听到有人带头，顿时底气十足，一起把车间主任围在中间，"我们就是不要这份工作了，今天也要救人。"

一个人拿出了手机拨打了120，另一个赶紧拿出任晓霞的手机给胡俊生打电话。

"你们想造反？"车间主任见人多势众，自己肯定不是对手，可他仍然摆出车间主任的架子，"你们再不去工作，我就向老板报告，扣你们的工资。"

"你扣啊。"一个老乡走上前，给了车间主任一巴掌，"你把我也开除啊。老子还不想侍候你了呢。"

"你敢打我？"车间主任这才明白众怒难犯，这群被关得太久的猛虎，一旦发威，是洪水也不可阻挡的。可惜他明白得太晚了。胡俊生和杨建飞已经赶来了。

"怎么还没有送医院？"胡俊生看着躺在地上的妻子，眼泪忍不住流了出来，抱起任晓霞就往车间外面跑。

"你这样把她弄走了，不关我们的事。"车间主任没见过胡俊生，但他看出是任晓霞的丈夫。

"你不管了？你是谁？"杨建飞问。

"他是这里的车间主任。"一个老乡说，"我们刚才要打120送医院，他一直阻拦。"

"你是车间主任？你他妈的，知不知道人命关天？现在竟然说出这样的话来。人是在你们厂里出的事。"杨建飞一把抓住车间主任的衣领说，"人没有事大家都好说，如果出了事，老子要你抵命。"

杨建飞比车间主任高出许多，块头又大，声音也十分洪亮。车间主任从没见过这架势，一直以为外地民工可以随意欺侮，今天见着横的了，一下子瘫坐在地上。

众人见车间主任如此冷酷无情，纷纷跟着胡俊生和杨建飞走出工厂，自发去了医院。他们要见眼前的这个工友好起来。这是他们曾经在一起"战斗"好几年的工友，她不能倒下，因为倒下的不只是工友，而是他们的尊严。只有任晓霞好起来，他们的尊严才没有丢。

经过检查，医生告诉胡俊生，任晓霞身体其实没有什么大碍，是因长期劳累所致，需要好好休息。得到这个消息，胡俊生长长地出了一口气。但又不由自责起来，自己一直没有好好照顾她，她今天才会晕倒。

跟来的工友听到这个消息后，也纷纷说没事就好，但他们知道这事情没有完。公司竟然这样对待民工，他们将重新考虑在公司是否留下来。

几天后，任晓霞出院了。胡俊生决定不让她再上班。可任晓霞却偷偷地又去上班了。因为她明白，出门在外不工作，哪里来的钱？特别是胡向上读的高价学校的费用，那可是一笔不小的开支。

# 第20章
# 这钱不能要

自从捡到那20万块钱后，胡惠芳一直都在提心吊胆地过日子。这事又不能

对任何人说，包括沈世友，她怕沈世友把这钱用在了沈世银身上。这钱始终不是自己挣来，即使用了也会觉得不踏实，以至于她很不情愿去打扫道路，害怕那个丢钱的人找到她，然后把她送进派出所。胡惠芳担心了好些日子，预想的事情没有出现。越是这样，她越是害怕。在没有钱的时候，胡惠芳希望天上掉下一大笔钱来，现在这个愿望成真了，她却没有那种喜悦，反而觉得那是一种负担，人也消瘦了许多。沈世友以为她这段时间太累了，也没在意。

　　这天，胡惠芳又提心吊胆地打扫完道路，拖着疲惫的身体回到四合院，见谢依雪站在院子里，望着天空发呆。她便招呼了一声："小雪，发什么呆？"

　　"胡婶，下班啦。"谢依雪见到胡惠芳，两眼直发光，心里也不停地挣扎着。今天，谢依雪是专门等胡惠芳回来的，目的只有一个，向胡惠芳借钱。自从看中城郊小区的那套房子后，谢依雪的心已经被那套房子占据了。丈夫杨建飞居然把钱垫给了他的公司，哪里还敢指望他？因此，谢依雪把主意打在了胡惠芳身上，反正那钱是胡惠芳捡到的，自己又不是向她要，只是暂借过来交房子首付，等挣上钱后就立即还给胡惠芳。但是，胡惠芳能否借给她还是一个未知数。

　　"小雪啊，建飞不在吧？"胡惠芳问。

　　"他啊，一早就去上班，还没回来。"聪明的谢依雪看出了胡惠芳好像有事要找她，又说，"他今天打电话给我，说要去省城一趟，晚上才回来。"

　　"原来是这样啊。"胡惠芳呆了一下才回过神来，"小雪，到你屋里去，我有事与商量。"

　　"好啊。"胡惠芳的话正中谢依雪下怀，其实她也正愁如何开口向胡惠芳说借钱一事，现在胡惠芳要到她房间里去，正好借此机会，"胡婶，正好沈叔刚刚推着他弟弟去外面晒太阳了，到我房间里喝口水。"

　　胡惠芳跟着谢依雪进了她的房里，心里忐忑不安。她一直在考虑着捡到的钱该怎么办。今天找她商量如何妥善处理这些钱。

　　"胡婶，你坐，我给你倒水。"谢依雪见胡惠芳进了屋，也在考虑如何把借钱的事说出来。万一胡惠芳不答应该怎么办？弄不好，胡惠芳认为是自己想得她的好处。都是住在同一个院子里的老乡，低头不见抬头见，以后如何相处？

　　"小雪，不要忙了。"胡惠芳赶紧制止谢依雪给她倒开水，"上次的事一直憋在我心里，十分难受，你说我该怎么办才好？"

"胡婶，你是说钱吗？你既没偷也没抢，是你捡来的，现在没人来要，这钱自然而然就归你了。"谢依雪见胡惠芳为了钱没有主意，赶紧劝她不要多想，又说，"胡婶，只要你没有把这件事告诉给别人，别人又怎么知道呢？"

"除了你，我没有告诉给任何人。"胡惠芳赶紧说。

"那就好，这样你可以放心了。"谢依雪见胡惠芳没有对别人说，心里长长地舒了一口气，自己借钱的事该有些眉目了。

"那怎么办？"胡惠芳拿不定主意，"即使我们把钱留下来，也该有你一半。"

"还是你留着自己用。"谢依雪见胡惠芳还是拿不定主意，并且说出要分给自己一半，现在不给她讲明，万一她把钱交出去了，自己也得不到一分，那房子的首付要等猴年马月？

"我能一个人独得吗？小雪，这钱你应当有一份的。"胡惠芳不是个胆子大的人，也不是那种得了好处就独吞的人。即使真要把这钱留下来占为己有，谢依雪帮自己出了主意，就凭这点，就应当分给她一半。

"胡婶，这钱留着自己用。"谢依雪又劝胡惠芳说，"像我们这样打工的，要打多少年工才能挣上这么多钱啊。"

"这行吗？万一那人找上门来了怎么办？"胡惠芳还是有些担心。

"怕什么？这里除了你和我外没有人知道。分了又怎么了？那可是20万块啊。如果分，我们每人就是10万块。如果交出去，我们能得到什么？顶多被表扬一下。是表扬值钱，还是拿到沉甸甸的钞票值钱？"谢依雪劝胡惠芳不要怕，也不能交出去。

"那我们就分了。"胡惠芳被谢依雪说动了。

"不能分。"门被杨建飞和沈世友推开了，说话的人是沈世友，"你们说的话我们都听见了。"

沈世友把沈世银推出去晒太阳回来，见胡惠芳的三轮车已经在院子里，便知道她回来了，却不见人影。听到谢依雪房里有说话声，正准备去看看，碰到下班回来的杨建飞，两人刚到门口就听到谢依雪和胡惠芳在谈钱，两人便站在门外听完。

"这钱不能分，虽然我们都很穷，也都急需要钱，但那钱不是我们自己所得的。我们不能为一己私心，就把钱分了。"杨建飞严厉地说。其实杨建飞刚才听到那么多的钱，心里除了激动还是激动，刚刚把家里的钱都贴进了公司，他是多么希望有一笔意外的钱装入口袋里，可理智却告诉他，不是自己挣的钱永远都不属于自己。

"老婆子，你捡到钱都不与我们说，你安的是什么心？"沈世友刚才听到胡惠芳与谢依雪谈捡到钱的事，几乎都晕倒了，觉得胡惠芳藏得太深了。

"我们不是怕知道的人多，把这个消息透露出去了，就会有麻烦。"谢依雪见两个人男人反对分钱，心里十分不爽，"我们又不偷又不抢，是捡来的。失主又没来，我们不分留着干啥？"

"这是别人的钱。你想想别人丢了钱，会急成什么样？我们用得安心吗？"杨建飞说，"我一直说，不是我们的我们不要，是我们的一分都要要。"

"你好意思说，前些日子，你的合同被别人签了，你把钱要回来了吗？"谢依雪还是反对杨建飞，便把他的伤疤揭了出来。

"你……你简直是不可救药。"杨建飞十分生气，但当着沈世友和胡惠芳的面不好发作出来。

"建飞，不要动怒。"沈世友赶紧劝住杨建飞，"我老头子个人认为这钱拿在手里，心里也不安。虽然我现在欠了一屁股债，但还是认为交出去为好。"

"你就知道交出去，你弟弟现在成了废人，那个包工头也跑了，到哪里去要钱？他以后该怎么生活？"胡惠芳见沈世友也帮着说杨建飞说话，心里也不高兴，"你知道我每天扫马路好辛苦吗？日晒雨淋，寒九三伏天都没有休息过。那钱那么好挣吗？到嘴边的肉都吐出去，只有你沈世友才做得出，我这辈子跟着你算是倒了血霉。"

"你这个女人头发短长见识短。"沈世友火了，"你知道这事万一要是被失主知道了，他告我们一状，我们以后如何过日子？建飞和俊生都是懂法的人，你不信问俊生去，看看他怎么说。"

"问就问。我就不相信俊生会站在你们那一边。"胡惠芳说着就走出房间，去找胡俊生。

胡俊生刚刚下班回来，听到胡惠芳这么一说，觉得这事非同小可，急忙与她来到杨建飞屋里。

　　"大家先听我说说。我们啥都不缺就是缺钱，按理说，这钱是胡婶捡到的，胡婶有权处理这些钱。"胡俊生在了解事情的来龙去脉后，分析道，"但是，这钱是别人丢的。如果换成我们丢了这么多钱，会急成什么样？我们要将心比心。我们都是从农村出来的，都有一颗善良的心，不能因为这钱坏了我们的良心。当然，你们有权选择不交出去。我个人认为这钱即使用，也会用得不心安。假如那个人要用这笔钱去救命，不交出去，我们是不是会愧疚一辈子？"

　　"你说得轻巧，这钱不是你捡的，当然会这么说。"谢依雪还在幻想着这钱付房子的首付，反驳胡俊生。

　　"是啊。小雪说得对。我们家欠了一屁股的债，正是急需要用钱的时候，交出去，啥都没有了。以后的日子如何过？总不能叫我们喝西北风吧？"胡惠芳见谢依雪仍然在反对交出去，也附和着说。

　　"你们知道被失主找到的后果吗？这是非法占有别人的财产，法律上有规定，20万可以判好几年刑了。"自从沈世银出事，沈世友被那个法律事务所骗钱后，胡俊生就发现不懂法的后果是多么的可怕，因此，一有空余时间，他就读有关法律的书籍。这些日子以来，他还真学到不少的法律知识。

　　"这下知道了吧？要判刑的，要坐监狱的。"沈世友对胡惠芳吼道。

　　"沈叔，你也别吼胡婶了。"杨建飞劝沈世友后，又对谢依雪说，"小雪，你知道后果了吧？你喜欢自由的生活还是喜欢监狱的生活？"

　　在胡俊生的分析后，谢依雪和胡惠芳都低下了头，算是默认把捡到的20万块钱交出去。又有谁愿意在监狱里过一辈子？胡俊生见状，又趁热打铁地说："事不宜迟，我们这就把钱送到派出所出去，越晚越不好办。"

　　尽管胡惠芳和谢依雪不愿意，但她们还听从了胡俊生的建议，仍然用旧报纸把钱包起来，然后与杨建飞和胡俊生去了附近的派出所。沈世友因要照顾弟弟沈世银，没能跟去。

　　当警察听了事情的经过后，把旧报纸拆开，20万块现金几乎发出了金光。看到眼前实实在在的20万块钱现金时，几个警察都睁大了眼睛，都竖起了大拇

指："你们都好样的。"

在办好一切手续后，胡惠芳见警察把包钱的旧报纸放在一边，心想，钱没了，旧报纸还可以卖钱，便走过去要拿走，却被警察制止了："万一以后失主来认领时，这报纸也许就是证据。"

几人出了派出所，谢依雪流泪了，用手不停地抓自己的头发，交出去的不是钱啊，是她房子的首付。胡惠芳则呆呆地站在那里，脑子里一片空白。这么多的钱啊，自己一遍都没数完，就这样交了出去，要到何年何月才能挣到那么多的钱啊？

# 第21章
# 退学通知书

尽管新工作一直很顺利，但四合院的变故太多，胡俊生无法顾及胡向上的学习。特别是最近，胡俊生发现胡向上行动很诡异。胡向上上学的时间越来越早，放学的时间越来越晚，而且晚上做作业的时间越来越长，这也让胡俊生捉摸不透。

"得该好好管管他，过几天去学校了解一下情况。"胡俊生正想着，就接到了张新军的电话，说他晚上从北京赶回江州，明天就可以谈谈沈世银的案子。刚挂了电话，胡俊生的手机又响了起来，是胡向上的班主任王老师打过来，让他马上去一趟学校。王老师的语气很重，也没解释什么就挂了电话。

"肯定出大事了。"胡俊生联想到胡向上最近的状态，头脑里马上闪现出这个念头，急忙丢下手中的工作，请了假直奔胡向上的学校，找到了胡向上的班主任王老师。

“这是退学通知书。”王老师把退学通知书递到胡俊生手里，又说，“劝退胡向上上学一事，是经学校研究决定的。”

“怎么会这样？原因是什么？”尽管胡俊生有思想准备，没想到事情会这么严重。

“我们学校每年都有学生考上清华、北大的，而且还有许多学生出国留学。从我班学生目前的情况来看，不能说全部是精英，至少都能上一本。但胡向上的成绩我们不敢恭维，是建校以来成绩最差的学生。”王老师很是不客气，仿佛胡向上的成绩是他教学以来的耻辱，“但这都不是主要的。主要的是他经常旷课，还经常与任课老师顶嘴，每位任课老师都到我面前告他的状。我一直想把这事压下去，可任课老师不同意，他们告到校长面前，校长召开了会议研究决定予以胡向上同学退学，尽管我全力请求留下他，但最终无能为力。”

“王老师，你看能不能通融一下？我知道胡向上不听话，但我们从四川来这里打工也不容易啊。谁不想让自己的孩子有个好的前程。”胡俊生此时虽然对胡向上恨铁不成钢，但毕竟那是自己的孩子，总不能让他现在就辍学，将来与自己一样打工吧？胡向上要想有一个好的前程，只有通过读书这一条道路，因此胡俊生只能求王老师，“王老师，你也是为人父的，请你理解一下我这个当父亲的人。虽然我们的知识不一样，我们的工作不一样，但我们有一样是相通的，都是为人父，都希望自己的孩子有一个好的前程。”

“你的心情我非常理解，这事我做不了主啊。”王老师的话语软了些。让胡向上退学其实是王老师的主意，一是想为难一下胡俊生，二是其他任课老师天天都找他说胡向上的事，他是没有办法。现在他把这事推到校长身上，以便开脱自己的责任。

“请你开开恩，在校长面前替我家向上说说话，让他继续读下去。”胡俊生几乎是哀求，就差向王老师下跪了。

“好吧。我再向校长请示一下。只有这一次，下不为例。”王老师终于松口了，其实他心理也十分矛盾，如果放胡向上走，多交的借读费至少要返还一半，虽然学校重成绩，但也看重效益，如果没效益，他们的奖金又从哪里来？如果

只是重效益，没有成绩，他的奖金照样要被扣，"你先在这里等一下，我去校长那里。"

"太谢谢你了。"胡俊生又看到了希望，只要学校不劝退胡向上，他就有机会让胡向上改正过来。胡向上不是一个笨孩子，他十分聪明，因性格内向，不太喜欢与人交流。这是让胡俊生最头疼的事，这也是他与胡向上沟通得太少的原因。

没多久，王老师回来了，他说校长勉强答应了，但绝没下一次。胡俊生见能把胡向上留下来读书，什么都会答应下来，又感谢了王老师好一通，才告辞离开。

出了学校大门，胡俊生的心情仍然很沉重，偌大的江州，胡向上读书怎么就这么难，无论是小学还是初中，再到现在的高中，读的都是高价书。国家明明说减负，学费倒是减了，可高价费不减反增，而且变了一个叫"赞助费"的名称，还得让你自愿交。当然，这都不是主要的，大家从农村奔向城市打工，虽然是为了改善家庭状况，但归根到底，是为了孩子将来有一个好的归宿。至于胡向上经常旷课一事，胡俊生决定要找他问个明白，但这事又不能让妻子任晓霞知道。

胡俊生想瞒下这件事，但还是被任晓霞知道了。原来王老师不单单给胡俊生打了电话，也给任晓霞打了电话，说了胡向上的事情。一下班，任晓霞急匆匆地赶回四合院，胡向上正在做作业。她把胡俊生叫到四合院外面，质问道："王老师叫你去到底是怎么回事？你得给我一个说法。"

"孩子还小，做了出格的事是在所难免的。"胡俊生尽量把话说得委婉些。他知道妻子为了这个家，每天都要在厂里干上十几个小时的活，前些日子还因此晕倒在厂里，本来让她多休息些时间再去上班，可妻子一天都没耽搁过。她这样舍身忘命地工作，为了谁？还不是为了这个家。胡向上正处在叛逆时期，他有自己的想法，却又不成熟，做事难免会有些任性。胡俊生决定弄清胡向上逃学的原因。找不到事情的根源，又如何解决事情？

"别人这么大的年纪都在打工了。他读书用钱不说，还不好好学，你说说我们到底做错了什么，又错在哪儿？"任晓霞说这话时，声音有些大，而且还有些怒气。

"你小声点，怕别人听不见似的。"胡俊生怕胡向上听到，结果会适得其反。

"听见又咋样？我实在想不通，如今大学生多如牛毛，找不到工作的大学生也大有人在，你就一个死心眼，非要让他去读书，还要读交高价费的学校。你是不是钱多得没地方放了？"任晓霞说到这里，语气有些哽咽了，"如果我们真是有钱人，你让他到外国去读书，我一点都不反对，我们只是普普通通的民工啊。"

"这不是有没有钱的事，如果儿子没有知识，他将来怎么创自己的事业？如今社会发展有多快，你又不是不知道。社会发展快，科技越来越发达，没有知识，以后恐怕做农民都不行。"胡俊生耐心地分析道，"你想想，以后谁还会去种地？你也知道就我们家乡，剩下在家的是些什么人？都是老年人，哪里还有一个年轻人愿意种地？特别是'80后'、'90后'的年轻人，他们愿意待在家里种地吗？答案是显而易见的。他们不愿意种地，更别说以后的'00后'、'10后'的年轻人。没人愿意种地，那土地荒芜在那里吗？当然不可能。那时机器会代替人类劳作。如果没有知识，那么复杂的机器，用得来吗？所以，我们不要只顾眼前，要为以后着想。"

"还早着呢，你这是杞人忧天。"任晓霞不是不明白这个道理，只是觉得这事太遥远。

"你不要认为还早呢。想想20年前，你看到路边用上手机的人不是老板，就是当官的。可是，没过几年，普通老百姓都用上了手机，特别是现在，大人小孩都把手机当成了玩物。你能说科技进步慢吗？"胡俊生这样说是要让任晓霞打消顾虑。

"说说小孩子的事，你给扯到科技方面来。"尽管胡俊生说得头头是道，任晓霞还是醒悟过来，"他逃学不就是为了打游戏吗？出现这样的情况，你认为他还能好好读书吗？"

"他逃学不一定是为了打游戏，肯定是有原因的，只要我们找到根源，就能把他纠正过来。"胡俊生见妻子默不作声，赶紧向她立下保证。

"那就好，我们现在就问问，他为什么逃学。"任晓霞生气归生气，可丈夫

都这样说了，她又能怎样？尽管丈夫的决策有些是失误的，但丈夫的话不无道理：有知识总比没有知识好！

"回去后我们好好问，千万不要动粗，更不能骂他。孩子有自尊心，如果伤了他自尊，他会与我们对着干的。"胡俊生又劝妻子，害怕她一时忍不住对胡向上说气话。

胡俊生与妻子回到房间里，胡向上已经做完了作业，正在洗脚准备睡觉。胡俊生便说："向上，耽误你十来分钟，能谈谈你逃学的原因吗？"

其实胡向上也一直在等父母回来。放学时班主任王老师把胡向上叫到办公室里，把胡俊生去学校的事说了，希望他好好学习，不要辜负了胡俊生的一番苦心。

"你们不该送我去这所学校。"真要当着父母的面说出原因，胡向上又有些犹豫。打游戏只是逃学原因的一种，他逃学有更多的原因。

"为什么？"胡俊生和任晓霞都有点吃惊，因为送胡向上去读书，是胡俊生一手操办的。他根本没有想到胡向上会说出这样的话来。

"因为我的同学家都是有钱人，而我们不是。同学们打心里就看不起我，还说我是外地人，不该与他们一起读书。"胡向上见父母没有骂他，而是很诚恳地与他交谈，便把憋在心里的话都说了出来。

胡向上所在的学校虽然不是江州最好的学校，但建校有好几十年了，很多名人在这里上过学。胡俊生之所以把胡向上送到这所学校来读书，是因为他看中这家学校的名气，却没有考虑到胡向上的感受。到这所学校里读书的学生家里都是有钱人，单从这些孩子上学放学都是家长开着豪华的汽车接送就可以看出，而自己送胡向上去读书，就一辆电瓶车。没有多久，胡向上就要自己去上学，不要让自己送。胡俊生知道自己骑的电瓶车与胡向上同学的乘坐的小车无法比较，因此，他每次把胡向上送到学校不远的那条残败的弄堂里，让胡向上下车再步行到学校。

"想不到，一步走错，差点害了孩子。选择学校也很有讲究啊。"胡俊生深深地叹了口气，眼泪在眼眶里直打转转。胡俊生没想到同学之间的攀比风，给胡向上心灵带来很大的创伤。他决定给孩子转学，又有哪一所学校会收胡向上呢？

# 第22章
## 咱们离婚吧

李之杰以为吕琪又去她的某个小姐妹那里玩了，等气消了自然会回来。可已经过去了好些天，吕琪也没有回来。李之杰这才想起吕琪走时的神情，有些慌了，便拨打吕琪的手机，发现已经关机了。

"难道她这次真的要离开我？"李之杰有一种不祥的预感，马上又拨打吕琪小姐妹的电话，回答都一样：吕琪没有去过她们那里，现在她们也联系不上吕琪。

"她会到哪里去了？"李之杰头有些大。李之杰领教过吕琪的任性，但他发现吕琪这次与往次不一样。正在李之杰失望之极时，他父亲打电话来了："阿杰，你在江州做了些什么？琪琪回来了，她说她要与你离婚。"

一听吕琪要与自己离婚，李之杰傻眼了。要说自己不爱吕琪那是假的，可吕琪的任性，着实让他受不了。可两人是有感情基础的，还不至于到离婚的地步。因此，李之杰急忙去找胡俊生讨个良策。

"阿杰，不是我说你，你们这个年纪本不该这么早结婚。但是你们结婚了，就要好好过日子。结婚，知道意味着什么吗？结婚就意味着成了一个家。家又是什么？是一个人累了，需要的一个避风港，需要一个依靠。也就是说你需要吕琪这个依靠，吕琪也需要你这个依靠。结婚后，两人的缺点也会显露出来，就需要两人相互包容、相互理解，慢慢地养成一个习惯，除了相互包容理解外，更需要一种谦让。知道'退一步海阔天空，忍一时风平浪静'这个成语吗？"

胡俊生问清了吕琪这次出走的原因,也有些头疼。李之杰帮助沈世友的事没有错,只不过他的做法有些过激才导致吕琪出走。胡俊生也是从李之杰这个年龄走过来的,又怎能不知女孩子最容易做出过激的行为。当年,他与任晓霞也吵过架,也在嘴上闹过离婚,但两人都让一步,什么事都解决了。

"我以为她这次与原来一样,出去玩几天就会回来的。没想到她竟然回了老家,要与我离婚。"李之杰把他父亲给打电话的事都说了。

"这也不能全怪她,也不能全怪你。怪只怪这社会变得太快,我们从农村来的民工跟不上这时代的变化。但我们一定要适应时代的变化,不然,我们都会被社会淘汰。"胡俊生一直都有这种感觉,用农村的那种质朴的眼光来看这个世界显然已经不合适。时代在日新月异地变化,如果只停留在以前的那种时光,根本无法适应社会的发展。胡俊生从小就生活在那种吃不饱穿不暖的年代,在读书时代接触的环境是农村,与城市里差异太大。即使现在来到城市里,也与城市有一定差异。这种差异不能怨别人,只怨城市与农村的差距太大。像李之杰这样的"90后",他们出生时,国家已经改革开放十来年,已经发了翻天覆地的变化,特别是沿海城市,更是日新月异。李之杰的父辈们是最早走出农村到城市里打工的民工群体,待到李之杰懂事时,接触的社会完全不一样。他们虽然是农村户口,可与城市的孩子相差的是户口和教育。据李之杰自己说,因为户口的事,他进不了正规学校读书,只能到民工子弟学校读书。说是学校,其实与幼儿园差不多。像李之杰父辈们一样的农民工,他们白天上班没时间照顾孩子,又不愿意让孩子成天游手好闲,只能把他们送进民工子弟学校。在民工子弟学校里根本学不到知识,唯一的好处就是有人替他们照看着孩子。因此,胡俊生在胡向上到了上学的年龄时,他哪怕是托关系,出高价费,也要让胡向上在正规学校读书。他要让胡向上有一个好的学习环境。但是,胡俊生这个想法虽然好,但是没想到胡向上到正规学校里还是受到本地同学的另眼相待,这也是胡向上逃学的原因之一。更别说李之杰这个在民工子弟学校连初中都没读完的"民二代"了。

"胡叔,你在想什么?"李之杰见胡俊生走了神,没有解答他的话,不由着急起来,"胡叔,快给我想个主意啊。"

"你想过吕琪要与你离婚的原因吗？"胡俊生虽然想着别的事，但也没停下思考吕琪与李之杰离婚的事。

"不知道。我只听我爸说她要与我离婚。"李之杰告诉胡俊生，他父亲在电话那头把他骂了个狗血喷头。然后才说吕琪回去好些天了，先说是李之杰让她回家取一些东西。他本想打电话证实一下，可吕琪说李之杰最近工作非常忙，不方便接电话。虽然老实的父亲不太相信吕琪的电话，又害怕打电话后儿媳说他这个公公不信任她。因此，他一直等李之杰打电话回去。最终他也没等到李之杰的电话，却等来吕琪把她的嫁妆都搬回了娘家。临走时，吕琪才说出她回家的真正原因：她要与李之杰离婚。李之杰父亲这下可急坏了，马上给李之杰打电话。

"她要与你离婚肯定是有原因的。"胡俊生分析了李之杰父亲的电话内容后，心里想，现在的年轻人与他们那个年代就是不一样，闪婚闪离的电视剧看多了，也学坏了。都说电视剧起到引导观众的作用，可有些编剧为了吸引观众的眼球，动不动就三角乃至N角恋，不但教坏了年轻人，连老年人也跟着学坏了。但是，胡俊生很快就释然了，现在生活好了，有钱人多，吃饱了没事干，就拿男女说事，年轻人当然会"好好学习的"。

"胡叔，她要与我离婚，我该怎么办？"李之杰有些垂头丧气了，以前吕琪常把这句话挂在嘴边，没想到她真的付诸行动了。这让李之杰有些措手不及，

"你别急。她一个人在家除非到法院起诉离婚，不然这个婚她是离不掉的。离不掉，她就会来找你的。另外，你赶紧给你父亲打电话说这是个误会，让他与你岳父商量，把琪琪稳住。"胡俊生在与李之杰和吕琪的两年相处中，见过他们吵架，那是年轻夫妻常有的事，还不至于到离婚的地步。吕琪这次提出离婚肯定是脑子一时发热。

"好。我这就打电话回去。"李之杰又拨通了父亲的电话，询问吕琪现在在哪里。父亲告诉他，他刚刚与李之杰的岳父通了电话，对方告诉他吕琪已经返回江州，今天应当到了。她是来找李之杰回去离婚的。

"她回来了，这事就好办。"胡俊生刚刚还害怕吕琪起诉离婚。既然她又来江州了，这事好办多了，"你不要着急，等吕琪来了，你给她认个错。"胡俊

生说完，又在李之杰耳边轻轻地说了他的主意。

天刚黑下来，吕琪就回到了四合院。她一进房间就把离婚协议书递到李之杰面前："阿杰，咱们离婚吧。"

"琪琪……"李之杰的话刚出口，就一下跪在了吕琪面前，眼泪哗哗地流出来，"琪琪，你真的那么狠心吗？你知道吗？你走后，我是吃不饱，穿不暖，没有你的日子，我连个乞丐都不如。"

"你下跪，你哭也没有用。"吕琪下定了决心，"这婚非离不可。"

"有什么大不了事？非要用离婚才能解决？"胡俊生与任晓霞、谢依雪推门走了进来。

"琪琪，我的好闺女，婶子想死你了。"任晓霞上前搂住吕琪，又指着李之杰骂道，"阿杰，你这个不听话的孩子，怎么惹我们的琪琪生气了？"

"是啊。阿杰，你是一个男人，干吗要惹琪琪生气？"谢依雪也附和着任晓霞的话。

"婶子，我千不该万不该惹琪琪生气，今天我在这里当着你们的面，向琪琪真心道歉。"李之杰的眼泪流得更厉害了，"琪琪在时，我没有好好地珍惜她，她走后我才发现，我的生活里没有她，过得一塌糊涂。"

"琪琪，你是不是最听你胡叔的话。"胡俊生见两个女同志已经站在吕琪的身边，他也观察了一下吕琪刚刚的行为举止，她不是真的要离婚，这招是想吓吓李之杰，便说，"你的事，胡叔我替你做主。"

"胡叔，婶子，小雪姐，李之杰也太不像话了，有哪个男人动不动就叫自己的女人滚？他已经容不下我了。"吕琪见胡俊生也帮着她说话，便来底气，"这婚非离不可。"

"琪琪，你真是个女汉子，能为自己的前途着想。来，你把离婚协议书拿过来，我让他签字。他要是不签，叔叔帮你找律师。"胡俊生说。

"对，李之杰，你赶紧在离婚协议书上签字，以后你就自由了。"谢依雪也附和着说。

"李之杰，男儿膝下有黄金，你给我站起来，有个男人样。"胡俊生把李之杰从地上拉起来，又从吕琪手中拿过离婚协议，递到李之杰手里，命令道，"赶紧签了，你就自由了，我们的琪琪再也不受你的欺侮了。"

"胡叔，我是真心悔过，我离不开琪琪。"李之杰又一把鼻涕一把泪地说，"胡叔啊。我把你当成我的亲爸，你要帮帮我啊。"

"帮你？你要是再欺侮琪琪，又该怎么办？除非你写一个保证书，保证以后再也不欺侮我们的琪琪，还有，你得每天按时上班，按时下班，把琪琪照顾好。"胡俊生说完，又回头来问吕琪，"你看这样行不行？"

"这……"吕琪没想到胡俊生刚才还帮着她说话，突然又帮李之杰了，有点不知所措。

"闺女，你就给阿杰一次机会，按你胡叔说的办，给阿杰一个改过的机会吧。"任晓霞也对吕琪说。

"琪琪，我也认为老胡的话对。要不，你就将就一下？给阿杰一次机会，让他写下保证书，以观后效。如果他下一次不听话，我们都帮着你与他离婚？"谢依雪做了怪脸说，"离婚也不是一件好玩的事。"

在众人的劝说下，吕琪一下没有了主意，一会儿摇头，一会儿点头。这时，沈世友与胡惠芳也推门走了进来，说："琪琪，爷爷给你认错来了，都是我的过错，让你们之间产生了误会。你要是不答应，爷爷给你跪下了。"沈世友说完就要给吕琪下跪。

"沈爷爷，这使不得。"吕琪没想到会闹成这么大的阵势，有些傻眼了，赶紧上前扶着沈世友，哭道，"沈爷爷，都是我的错，这婚我不离了。"

"这就对了。"胡俊生见事情一下子就解决了，背着众人对李之杰眨了眨眼，"还不快给琪琪赔不是。今晚我们去后面的火锅店撮一顿。"

"好，有火锅吃啊。"谢依雪高兴起来，"你们先去，我给我家老杨打个电话，让他赶紧回来。"

"你就知道吃。"胡俊生开了个玩笑，说，"建飞的电话不用打了，他已经在那边等我们。"

"那，现在就走。"谢依雪一招呼，李之杰赶紧拉住吕琪的手往外面走去。

"老胡，你的主意真不错。"任晓霞轻轻地捏了一把胡俊生，"这场戏把我也拉扯进来了。"

"晓霞啊。古话说得好，宁拆一座庙，也不拆一桩婚啊。俊生这是在做好事。"沈世友感叹地说，"只是这事因我而起，我还真觉得对不起他们。"

"好了。沈叔，他们的事也算是圆满解决了。"胡俊生被沈世友说得有些不好意思，"走，我们去吃火锅。今晚是阿杰请客。"

"把向上叫上。"沈世友说着推开了胡俊生的房门，朝正在做作业的胡向上喊了一声。

众人来到火锅店里，杨建飞已经点了菜。这一晚，几个男人都喝多了，他们管不住自己的舌头，天南地北地说了遍。这是他们这些天来最开心的一个晚上。

# 第23章
# 张律师来了

律师张新军从北京赶回江州已经是晚上12时多了，第二天又临时有事，直到第三天中午才给胡俊生打电话。胡俊生接到电话后，马上与杨建飞取得了联系。两人趁着午休时间赶到张新军的律师事务所，把他接到四合院。

在看完沈世银的腿后，又询问了好些问题，张新军皱了皱眉头，重重地叹了一口气，不是觉得这个案子棘手，而是沈世银目前的状况大大出乎他的意料之外。张新军以往也接过不少类似的案子，但那些民工的伤残程度最高也在五级，而且对方也在，这样双方解决起来也方便得多。沈世银的伤残重伤一级，而且包工头刘三已经没了踪影，更主要的是沈世银在工地上干活还不到一个月，没有与对方签订劳务合同，与刘三之间也凭沈世友的一句话就去干活。也就是说

即使找到了刘三，从理论上他也可以否认沈世银在他手下干过活。虽然有人证，但至少要麻烦得多

"张律师，这个案子能接吗？"沈世友看到了张新军在皱眉头，有些不放心。

"叔叔，你是俊生的老乡，又是他的长辈，你的案子我无论如何都会接下来。"张新军斩钉截铁地说。但张新军没有把案子的复杂性先说出来，一是对于面前的这个老实农民工，他不懂得案子的复杂性，另外也不愿意给他增添更多烦恼。于是，张新军又说："这个案子得分几步走，我们首先要知道包工头刘三现在的去处，其次证明沈世银在工地上干活的证据，得有物证和人证，当然这两个证据容易找到。另外，把住医时的所有费用的发票准备好，还有你们去医院把沈世银的伤残级别鉴定证明开出来。"

"除了刘三的去处外，其余的我们会在最短的时间内准备齐全。"胡俊生替沈世友答应下来。

"我们这事先分两步走，第一步去劳动仲裁。当然就目前的情况来看，这一步比较难走，但我们还是按照这个程序走。第二步就到法院诉讼。"张新军想了想，还是把他担心的事提了出来，"到法院诉讼，也是比较合适，但时间肯定要拖很久。如果一直找不到刘三，或者他一直不出现，这个案子拖的时间就越久。所以，你们要做好这个思想准备。"

"时间要很长？"这是沈世友没想到的。时间对于他来说特别宝贵。刘三拖得起，沈世友拖不起。沈世银已经不能生活自理，如果自己一直照顾他，就没法挣钱。对于一个农民工来说，出门在外，做什么事都需要钱，正应了那句话：钱虽不是万能的，但万万不能没有钱。况且他的一双儿女还在读书，每天的生活费都指望着他呢。在听到张新军的话后，沈世友又怎能不在心里暗自叹气？

"张律师，还有没有别的办法？"胡俊生和杨建飞同时问道。张新军的话同样在胡俊生和杨建飞心里荡起了一道涟漪，他们都是地地道道的民工，出门打工的最大愿望，就是能找到一份能挣上钱的工作，平平安安地过日子。像沈世银这样的事他们做梦都没有想过。他们也只能在心里暗自祈祷，刘三快点出现，把沈世银的医药费付了，再商谈赔偿的事。

"别的办法不是没有，只是实施起来特别难。"张新军说，"以前我接别的

案子时，就曾遇到过。"

"快说，是什么办法？"一听到有新办法，刚刚失去信心的沈世友、胡俊生与杨建飞，瞬间又燃了希望。

"除非有媒体曝光。"张新军说他前几年也遇到一件类似的案子，诉讼到法院，因被告一直躲藏不见面，最后法院以信函方式把通知送到被告处，但被告仍然不出现。法院只得缺席被告来判决。往往是原告的官司赢了，但判决的结果却不能兑现。好在原告的一个朋友有省城媒体朋友，他把这件事告诉给了媒体，结果在媒体"施加"的压力下，被告终于现身了，服从了法院的判决，并履行了法院的判决。

"可惜我们连江州都没有媒体朋友，就更别说在省城了。"胡俊生重重地叹了一口气，他转过头去看了看杨建飞，但他从杨建飞的眼里也得到了答案。他们只是一介民工，就算他们想认识媒体人，媒体人也不 定想认识他们呢。

"所以我说这个办法是行不通的。"张新军也跟着叹了一口气，"就算认识，他们也不一定帮忙，因为像这样的例子太多了。现在的媒体都在挖掘深度新闻，就是我们所说吸引眼球的新闻。而这是一个普通民工在工地上受伤的事件而已，全国几乎每天都会发生。在我们眼里这算是重大新闻，可在他们的眼里已经是习以为常的事了。"

"唉。"众人一时没了主意。沈世友也听明白了，就算有媒体来介入，这事也未必就能很快解决。他和弟弟沈世银只是老实的外地民工，媒体又会怎样看待这件事？再说，即使媒体介入了，刘三会出现吗？他会有那么好的心吗？如果他真有那么好的心，也不会躲得不见人影，也不会只拿一点点医药费。他的良心就是被狗吃了。自己十来年里一直跟着他，帮了他不少忙，一牵涉到他的利益时，他却躲得不见踪影。

"我们还是先讨论一下写诉状的事吧。"张新军已经从朋友那里知道了胡俊生等人的情况，也知道他们在江州没有任何背景。目前他唯一能做的，就是写好诉状，在法庭上多替沈世银争些利益。如果刘三一直躲着，即使法院最后以缺席判决这个案子，但对于沈世银来说，仍然是一纸空文，实际的东西不会现实。

在众人的商量中，张新军很快就写好了诉状，又念给沈世银和沈世友听了，两人没有什么意见，便在诉状上按下手印。

在送走张新军后，胡俊生陷入了深深的沉思中。特别是张新军的那句"如果有媒体介入，结局或许不一样"的话，胡俊生觉得可以试一试。

# 第24章
# 失主找上门

仲裁的结果与张新军说的一样，无疾而终。张新军只得把诉状投递到法院，沈世友只能静静地等待，也在等待一个奇迹出现。奇迹没有等到，倒等来了一群警察。特别是其中一个没有穿制服的年轻警察，显得十分兴奋，又让人捉摸不定。警察一进四合院就问沈世友谁是胡惠芳。一听警察来找妻子，沈世友慌了，妻子只是一个打扫道路的普通民工，警察此时来找他，肯定与捡钱有关。但钱已经交给警察了，他们现在来是不是找妻子问罪的？

"不认识。这里也没有一个叫胡惠芳的人。"沈世友赶紧撒谎说，"是不是你们找错地方了？"

"怎么会呢？她给我们留的地址就是这里。"一个警察说着拿出一个本子来，"这是那晚她在我们所里交钱时，我作的笔录。怎么会有错呢？"

"肯定是你们弄错了。"沈世友对于警察除了敬畏之外，更多的是害怕。作为一个老民工，一直遵纪守法，从没招惹是非，与警察打交道，也就是以前办暂住证。现在改成了居住证，警察也不上门了，随便派几个协警或联防队员来就办了。因此，警察对于沈世友来说，几乎是一件很遥远的事。现在活生生地

站在他面前，还说找妻子胡惠芳，肯定没有好事。得找人给妻子报个信，让她暂时不要回四合院。最近出了不少事了，妻子不能再出任何事情。

就在沈世友着急时，谢依雪正要从门外走进来。沈世友赶紧用四川话说，小雪，你赶紧到外面去通知你胡婶暂时不要回来了。

谢依雪听到沈世友这么一喊，不知发生了什么事，但当她看到好些警察站在四合院里时，立即明白了沈世友话中的意思，赶紧停住脚步转身向别处跑去。跑了一段路后，谢依雪回过头看没有警察跟上来，赶紧加快脚步又跑开了，一边跑一边跟杨建飞打电话，说坏事了，警察找上门来了。杨建飞没有听明白谢依雪的话，问她出了什么事。谢依雪还想着沈世友的话，就说出大事了，警察现在抓胡惠芳，肯定是为了上次钱的事。如果警察抓住了胡惠芳，她也脱不了干系。说完又让杨建飞赶紧想办法，她现在去找胡惠芳躲起来。

杨建飞还是没有弄明白是怎么回事，谢依雪已经挂了电话，只得马上联系胡俊生："老胡，出事了。赶紧请个假出来，我们见个面。"

"什么事这么急？"胡俊生听到杨建飞焦急的话语，也着急起来，便向主任请了假，刚出公司大门，杨建飞又打来电话，说他已经到了指定地点。胡俊生把电瓶车开到最快的速度，几次差点与来往的汽车撞上。

"到底出了什么事？"胡俊生一到指定地点，还没从电瓶车上下来就问起来。

"我也不知道出了什么事。"杨建飞便把他刚才接到谢依雪莫名其妙的电话的事说了。

"警察到我们四合院找胡婶？"胡俊生终于听出了一点门道，又说，"你现在赶紧打电话给小雪，把事情问个清楚。"

"打不通了，她关机了。"杨建飞也有些慌了，事情不明朗之前，一切都未能预料。

"她是不是与胡婶一起躲起来了？"胡俊生问。

"有可能。"杨建飞被谢依雪突如其来的事弄昏了头脑。

"我们去找胡婶，我知道她在哪里扫道路。"胡俊生骑上电瓶车就要走。

"还骑什么车啊？打个车。"杨建飞已经拦下了一辆的士，等胡俊生一上车，他就让司机赶快开车。

当胡俊生和杨建飞乘坐的的士来到胡惠芳的工作面时，只见谢依雪正帮着胡惠芳收拾东西。胡俊生急忙叫司机停车，付了钱，两人下了车，走到谢依雪身边，杨建飞劈头盖脸地问道："出了什么大事？连手机也关了。"

"出什么大事？肯定是上次胡婶捡钱的事。我说不交出去，你们两个都说交出去。现在倒好，好处没得到，警察却找上门来了。我们现在是有理说不清了。"谢依雪其实也不清楚，只是听到沈世友叫她赶紧去通知胡惠芳不要回去了，说警察来找她来了。她从沈世友话中听出警察找胡惠芳，肯定与上次捡钱的事有关。

胡俊生觉得这事有点反常，便仔细地询问了谢依雪，但没问出个所以然来。胡惠芳平时也没有做违法犯纪的事，警察这时来才找她，多半是为了上次捡钱的事。只是，自己上次也去了派出所，20万块钱一分不少地交给了警察。

"老胡，这事来得太突然了。你想想警察来找胡婶到底是为了什么事？"杨建飞没了主意，还有些着急起来。

"我想应该没有什么坏事。"胡俊生也不知道是什么事，现在他也不敢打沈世友的电话。万一警察知道了他们的所在地，胡惠芳该怎么办？可是不打电话又弄不清是什么事。

"老胡，你老婆那天不是没有去派出所吗？何不让她回去一趟，把事情弄清楚，然后告诉我们不就行了？"杨建飞突然想起那晚任晓霞因加班没有去派出所。

"对啊，我怎么把这事忘了。"胡俊生醒悟过来，立即给任晓霞打电话，把事情详细地给她说了，最后又叮嘱，无论如何也要瞒着警察给他们打电话。

半个小时过去了，任晓霞也没打电话来，40分钟过去了，任晓霞仍没有打电话来，几个人像热锅上的蚂蚁，特别是谢依雪在走来走去。胡惠芳面带一副哭相，如果没有胡俊生和杨建飞在，恐怕她早已哭开了。

就在四人焦急不安时，任晓霞打电话来了："你们都回来吧，警察找胡婶是来感谢她的。"

原来是这么回事，几人悬着的心一下子松了下来。特别是胡惠芳听到这个消息，泪水马上流了出来，一下子瘫坐在地上："我就想我捡到的钱都交出去了，应当是做了好事，警察不会无缘无故来抓我啊。"

"既然是这样的好事，我们马上回去。"胡俊生和杨建飞也喜出望外。

　　四人回到四合院，沈世友急忙迎上来说："把我急死了，你们咋把手机都关机了。"

　　"还不是因为你这个老东西，让我们白白着急了好一阵子。"胡惠芳又气又笑地擂了沈世友一拳。

　　"谢谢你老妈妈。"那个没有穿制服的人上前紧紧地握住胡惠芳的手说，"如果你不把钱交到派出所，我这辈子就完了。"

　　"他就是失主，今天是特地来感谢你的。"胖警察上前解释说，原来这个没穿制服的人不是警察，而是丢钱的失主王先生。

　　"太谢谢你们了。"王先生马上掏出香烟来分发给在场的人。他说他那天与朋友去省城进一批货，本来是要转账的，可他刚刚收到一笔现金，还没来得及存进银行，就把这笔钱带上。出门时，因钱多不好装。他就用旧报纸把钱裹了起来，放在车里。朋友因头晚喝多了酒，早上还在迷糊，在车上睡着了。又因车里开了空调，朋友在途中开始呕吐，把污秽吐在旧报纸上，然后顺手就把旧报纸扔出了车窗，然后继续倒头又睡了。等他们到了省城，才发现包钱的旧报纸不见了。朋友酒醒后才想起他把旧报纸扔了，具体在什么扔的他也记不起来。于是，他们抱着试试看的心情先在省城报了案，然后又马上赶回江州报案。

　　很多天过去了，也没有丁点消息，就在王先生绝望时，江州的警察通知他，说有人交了一笔钱给他们。王先生便马上赶回江州。通过各种核对，警察确认了是王先生丢的钱。特别是那张旧报纸起到了关键性的证明。在拿到失而复得的钱后，王先生对警察说的第一句话，就是要当面感谢那个捡钱的人。

　　"原来是这样。"胡惠芳和众人都长长地舒了一口气。

　　"这里是两万块钱。"王先生拿出两万块钱来，递给胡惠芳，说，"这些钱是我感谢你们的。也是我的一点心意。你们见到这么多的钱不动心，仅这一点就够我学一辈子。以后我将挣到的钱拿出一部分钱做慈善。"

　　"啊，这么多。"任晓霞惊得失声说出口了。

　　"这钱不能要。"胡俊生说，"我们虽然只是民工，靠打工过生活，但不是我们的钱我们不能要。"

　　"是啊，听俊生的话。这钱不是我们的不能要。"沈世友和杨建飞也说。尽管他们现在急需要钱用，可那是别人的钱。

"这是他们的谢意，不要白不要。"谢依雪还指望把这些钱积攒下来做房子首付款。

"要什么？老胡的话没错。我们要钱就得凭我们本事挣。这钱也是别人挣来的，我们凭什么白要？"杨建飞见谢依雪想把钱拿住，不由喝住了她。

"这是正当得的，凭什么不要？"谢依雪不满杨建飞制止她拿钱。

"小雪，还是听他们的吧，这钱我们不要了，如果我们想要，也不会交出去了。"胡惠芳想清楚了，现在才只有两万块，当初20万块都交出去了。

"你们既然不想要钱，那需要什么？"王先生和警察见这群民工不为钱所动，心里更加产生了一种敬意。

"我们不需要什么，只是有一件事想请警察同志帮忙。我的这位长辈的弟弟在工地上受了重伤，落下终身残疾，那个包工头却跑了。现在他生活不能自理，还欠下很多债务……希望以后能帮帮忙，如果有媒体的朋友最好。"胡俊生说。

"媒体？我有一个同学在省城的卫视频道台当主任呢。"王先生听到这话，"如果你们需要，我马上就给他们打电话。"

"真是太好了。"胡俊生和杨建飞轮流把沈世银的事对他说了。

"原来是这样啊。这个忙，我一定帮。我马上就给他打电话。"王先生说着掏出手机拨通了他在省城同学的电话。

几个警察在了解了沈世银的事情后，都保证说，只要见到刘三，他们一定会帮沈世银把赔偿追回来……

# 第25章
# 骗子抓住了

　　杨建飞一觉醒来见谢依雪仍然在熟睡，便推了她几下，问道："都几点了，你还没有去做早点？"

　　"今天休息。"其实谢依雪早醒了，长时间早起，已经养成了习惯，一到点，她会准时醒来。她之所赌气没有起床做早点，是因为她还在生气，捡到的钱交到派出所，失主给的酬金也没有要，天下竟然有这样傻的人。谢依雪闷闷不乐，决定给自己放一天假，去城里公园散散心。

　　"休息就休息吧，你天天那么累，也该好好休息一下。"杨建飞见谢依雪是在赌气，想一想，谢依雪每天都天不亮做早点卖早点，太辛苦了。杨建飞是看在眼里，疼在眼里。虽然他平时忙于工作，没有好好照顾谢依雪，心中愧疚不已。现在工作虽然稳定了，沈世友打官司的事也有一点点眉目了，可自己的事一点眉目都没有。前些日子去省城签订单，下车后忘记了拿包，订单被人冒充签订了，至今也没有破案，这令杨建飞十分沮丧。

　　"你也不要去上班了，陪我好好玩一天。"这些天来，谢依雪一直把不快乐积累在心里，总想找个地方发泄出来，可她又找谁发呢？今年的事情特别多。先是胡俊生生日那天晚上，任晓霞回来的路上被人抢了，再就是沈世银出事，丈夫杨建飞两次本来都能赚到买房子的首付，结果两次都落空，再接着就是吕琪与李之杰闹离婚，胡惠芳捡到钱又交给警察，警察找上门。这一切好像电视剧情节一样，一波未平一波又起，一个悬念接着一个悬念，让人连喘气的机会都没有。

"我不上班怎么能行？"杨建飞不是不想陪谢依雪好好地玩上一天，可是前次去省城丢了合同，他已经把几年积攒下来的钱全部贴进公司，那两个骗子至今没有抓住。他只有努力工作，多跑些业务才能把损失弥补回来。虽然近来谈了几笔大订单，可对方都还在犹豫不决，在这个时候需要他再加一把火。特别是近来为了沈世友的事，耽误了不少时间，如今再不抓紧时间去加那把火，到嘴的肥肉又要泡汤。

"你真不陪我？"谢依雪把屁股朝着杨建飞，眼泪忍不住流了出来。这个女汉子，平时嗓门大，做事利索，从没偷过懒，更没流过泪。她的早点口味好，每天都是第一个卖完收摊，这归功于她的利索。现在的年轻人都是准点起床上班，买早点的时间都是计划好了的，如果在摊前久等，他们上班肯定要迟到。现在的工厂纪律特别严，迟到一分钟就要被扣工资，次数多了，挣的钱还不如扣的多。因此，他们一到早点摊前，右手把零钱一丢，左手就要拎早点走，手脚慢的摊主只能看着这些顾客到别的摊前去。谢依雪不存在这个问题，她一眼看顾客丢的钱，心里就在盘算该给他们多少个小笼包子。等顾客的左手伸过来，她已经用最快的速度将小笼包子装好，又递了过去。虽然每天卖早点只有短短两个小时，这可是强体力劳动。谢依雪的小笼包子可是实货，顾客吃得开心，除了味道好外，更多还是分量足。因为来她摊前买早点的人基本上是外地民工，他们可是一滴汗水挣不到一分钱，都知道挣钱的辛苦，在用钱的时候也是格外计较，相同的钱能把肚子填饱才是正事，当然味道好他们就更喜欢了。同时，谢依雪还要为其他摊主着想，自己不能一个人赚钱，得顾着大家的生意。因此，她每天早上只卖那么多的小笼包子，卖完就收工。

"我今天还要去一趟省城谈一笔订单，顺便去派出所问问上次的事他们有进展没有。"杨建飞早就有这个打算，只是这几天一直忙着沈世友的事，没有时间去省城。

"那你去吧。"谢依雪轻轻地叹了一口气，翻身起了床准备做早点。她不是不想休息，不去卖早点也只是一时的气话，她又怎能舍得每天近百块的收入呢？

前两天，城郊那个小区售楼处的置业顾问还打电话给她，说给她留的那套子房子虽然被别人买走了，但他们的另一幢楼也要马上开盘了。这幢楼的位置比以前的那幢更好，楼前就是小区最大的绿化地，还有一个游泳池，阳光也特别好。为了回馈业主，他们在开盘当天还要进行抽奖，特等奖是一辆小汽车。一听到有抽奖，特等奖还是小汽车，谢依雪的眼睛都绿了。如果能在那时交了首付就可抽奖，如果抽中了那辆小汽车，又可以省下一大笔钱。但谢依雪也只能苦笑一声，她的这个愿望根本不能实现。现在手边一分钱都没有，又哪来的抽奖机会呢？唯一的现实就是老老实实地卖早点，等把首付赚够。虽然这个愿望还很遥远，但有愿望总比没有愿望好。

"你不是休息吗？怎么又做早点了？"杨建飞见谢依雪起床忙了起来，也跟着起床帮着她忙了起来。

"你不是要去省城吗？还是多睡一会儿，精神好了，和客户谈生意也会精神集中些。"谢依雪有些心疼杨建飞每天那么忙，还时不时帮她的忙。

"只要你高兴，我就是累点也不要紧。"杨建飞说的是心里话。其他一些老乡挣上一点钱，就让老婆在房里做做饭，用城里人的话来说就是做全职太太，可有几个女人像谢依雪这样劳累呢？他不心疼她，谁来心疼她？

两人嘴上虽说着话，手里也没闲着，天刚亮，这一天的早点就好了。谢依雪骑着三轮车就出了四合院，杨建飞也匆匆地吃了几个小笼包子，拿起包匆匆出门，见胡俊生也早早地起了床，正准备送胡向上去学校读书。

"建飞，早啊。今天又要出差？"胡俊生首先打招呼。

"早啊，老胡。我今天去趟省城。"杨建飞打了一声招呼，便直奔汽车站。

早班车还没有出发。杨建飞买好票，在车站前溜达一会儿，顺便点燃了一支香烟，他在人群中寻找上次他坐的那辆车。尽管车站门口有很多黄牛贩子在喊去哪里哪里，但没有杨建飞要找的那两个骗子。

"哪有骗子在这里作了案，还待在这里让警察来抓他的呢？"杨建飞苦笑了一声，转身要进车站，一辆熟悉的车从外面驶进来。这辆车就是那两个骗子的车子。虽然杨建飞上次没有记下车子的牌照号码，但太熟那辆车了。杨建飞怕认错了车，便又悄悄地躲进人群等待那辆车停下来。

"天啦，真是他们。"待那辆车子停稳，杨建飞认真看清了司机的面孔，差点叫了出来。杨建飞马上记下那辆车的牌照号码，又悄悄地摸出手机拨打了110。车站后面就有一个派出所，那里的警察在接到110指挥中心的指令后，仅3分钟就赶到了车站，杨建飞以最快的速度跑到警察面前，指了指骗子的车辆，以最简洁的话说了事情的经过。警察听到杨建这样说，马上围了上去。骗子觉察到了什么，马上开车要逃跑，杨建飞以最快的速度扑向那辆车。骗子没想到会有人扑向他的车，一打方向盘，车子撞在车站的台阶上，熄了火。警察趁机控制住了骗子。

骗子抓住了，可他们已经把那笔钱挥霍得差不多了。杨建飞真想把骗子撕成几块。但他还是忍住了，马上把这个消息电话告诉给了谢依雪。

"真的？"谢依雪听到这个消息后，整个人都呆了，对前来买早点的顾客说，今天我请客，大家尽管吃。一群人听说有免费的小笼包子吃，纷纷拥了过来，没几分钟就把小笼包子抢了个精光。谢依雪马上把三轮车骑回四合院，又急忙赶去车站派出所。

见到骗子，谢依雪哭了："老天终于开眼了，你们这些天杀的，把我们害苦了。"哭完，谢依雪就要上前打骗子，却被警察拉住了。

经过审讯，杨建飞和谢依雪终于知道事情的经过。这两个骗子经常在车站前拉外地客人，然后借机调换客人的包，因很多是外地客人，他们为了赶时间，或者是丢钱不多，也只好不了了之。骗子正是抓住外地客人这个心理，屡屡得逞。那天，他们见杨建飞急着赶车，又拦不到车，觉得机会来了。就让一个骗子上前把杨建飞骗上了车，在车上不停地与杨建飞交谈，听出了杨建飞是外地口音，又听他去省城有急事，于是在省城趁杨建飞下车调换了他的包，又趁着车流甩开了杨建飞，一个骗子马上把杨建飞的包翻了个遍，当他们看到杨建飞签订订单的合同后，他们又胆大妄为顶替杨建飞去签了合同。巧的是杨建飞的客户因要马上赶飞机去美国，粗心大意，让他们钻了空子。

在得到那笔钱后，骗子躲了好一阵子，见没有风声，今天又来车站故伎重施，没想到遇到前去省城的杨建飞。真是应了那句话："善有善报，恶有恶报。"

# 第26章
# 俊生挨打了

胡向上被劝退学一事，在胡俊生心里隐隐作痛。虽然经过他的苦苦哀求，胡向上继续上学的机会总算保住了，但如果长此以往，很难保证胡向上下次还有这么好的运气。唯一能让胡向上留在学校里读书的机会，就是胡向上一定要好好学习，以优异的成绩让王老师及所有任课老师心服口服。胡向上正处在叛逆期，要劝他好好学习是一件难事。处在叛逆期的孩子，往往是好话听不进去，还会向着反方向去做。作为一个父亲，胡俊生又不可能把坏的方面教给他。

胡俊生深深知道要教育好正处于叛逆期的孩子是一件难事，有些学校也听之任之，家长再不配合，孩子将来的发展方向就是一个未知数。要让胡向上学好，会有什么好办法呢？胡俊生曾在电视上看到某地有一所培训学校，是专门教育走上邪道的孩子，但学费特贵，几个月就要好几万块钱。胡俊生拿不出那么多钱来，也不知道那所培训是否真的像他们广告上说的那样有效果。在这个希望破灭后，胡俊生一脸沮丧，不由感叹起来，现在的孩子为什么难教育呢？想想自己小时候读书时，每天去学校时都要背上一个背筐，在下午放学后打一背筐猪草才能回家。即使回家也不能马上复习功课，还要做家务。每晚9时后才能做完家务，也在此时开始复习功课，直到夜里11时才能睡觉。要说早上起床，家里连一个时钟都没有，都是听鸡叫声来判断时间，这都还不是主要的。一到春天，家里便青黄不接，断炊便成了家常事。胡俊生清楚地记得有一年春天，家里断炊三天，他和弟弟望着锅盖，幻想着锅里会突然出现许多鸡鸭鱼肉，让家人吃上一顿饱饭。幻想毕竟是幻想，现实中不会出现许多食物，只有他和弟弟流了一地的口水。第四天，父亲不知从哪里弄来了一把咸菜，煮了一大锅咸菜汤，连盐味都没有了，但胡俊生和弟弟却吃得津津有味，第五天，母亲才从外婆家借来几斤米，勉强渡过难关。

每每想起这段经历，无论遇到什么困难时，胡俊生都会信心百倍。胡俊生偶尔把这件事讲给胡向上听，本来想教育教育他，谁知胡向上只是"哼"一声，说现在是什么年代了，还提那个年代的事？但胡向上还是答应了，他的上（放）学仍由胡俊生接（送）。

教育失败啊。胡俊生有时候不由自责起来，为什么自己就没有教育好胡向上呢？其根源又在哪里？想了一天，胡俊生也没有想出一个教育好胡向上的办法来。又到下班时间，胡俊生只好骑着车子去接放学的胡向上。学校门口仍然是人山人海，各种高档汽车堵在校门口。胡俊生知道这些都是学生家长，相互显摆与攀比。胡俊生有自知之明，他看了一眼校门口，一些学生陆续出校门了，胡向上也该出来了。于是，他把车子骑到离学校不远的一条残败的弄堂口，这里是回四合院的必经之路，但行人少，而且胡向上的同学都不会走这条弄堂。只有胡向上走到这里，他才小声叫胡向上上他的车子。

可是今天，胡俊生在这里等了好一阵子，胡向上都还没有过来。胡俊生有些心慌，胡向上别出什么意外？正想着，在离弄堂不远的地方，传来了吵闹声，好些人都围了过去。胡俊生急忙锁好车，跑了过去。

"你们干什么？为什么要打人？"胡俊生跑进人群中，只见几个人小青年正围着胡向上，一个大个子还出手扇了胡向上一个耳刮子。胡俊生急忙冲过去，抓住那个小青年的手，喝道，"你们这是要干什么？"

"滚开。你要是护着他，连你一起打。"大个子小青年很嚣张。

"你们凭什么打他？"胡俊生看着捂着脸的胡向上，彻底火了，对着几个小青年问道，"你们也太无法无天了，怎么能随便打人？"

"打他又怎么啦？谁叫他走路不长眼，撞着我兄弟了。我兄弟现在受伤了。"那个小青年朝另一个倒在地上的小青年使了一下眼色，那个小青年就势喊叫起来，"我的腿受伤了，这都是被撞的，我要你们赔钱。"

"既然是受伤了，那我们去医院找医生医治。"胡俊生此时已经明白，这几个小青年是想讹诈他们，马上提出去医院。

"不行。我的兄弟受伤了，现在怎么去医院？"大个子小青年朝胡俊生吼道，"除非你赔钱，不然，今天的事没法解决。"

"向上，是你撞了他吗？"胡俊生转身问胡向上，想知道事情的真相。

"我没有，我被冤枉的。"胡向上说话有些急，也有些结巴。胡俊生已经明白胡向上说的是实话。他太了解自己的儿子了，只要胡向上说真话，他就会急，而且还有些结巴，如果是撒谎，他会说得头头是道的。

"你把事情说清楚。"胡俊生心想，只要胡向上当着围观的人把事情的真相说出来，这些小青年就不会这么嚣张了。

"我走在这里，他们几个人一起走过来，地上的这个人朝我扑过来，然后倒在地上，其他几个人扯着我的衣服，要我赔钱。"胡向上说这话时，脸都急红了，仍然有些结巴，费了好大的劲才把话说完。

"大家都听到了吧？"胡俊生朝围在四周的人说，"他们这是想讹诈人。"

可是，令胡俊生没想到的是，围在四周看热闹的人，都没有出声，好像在看一场精彩的表演，那冷漠的样子让胡俊生心痛，这人怎么啦？但胡俊生猛地想起，自己用的是普通话说的，围观的人早就听出了自己不是本地人，所以，他们用不着出声来打抱不平。既然没有人来帮自己，自己得想办法把事情解决掉。这些小青年其实就是小混混，他们在学校周围专门讹诈一些老实、软弱的学生。

"没有人说话，就代表他说的是假话吧？"大个子小青年冷笑着说，"如果你不赔钱，有你好看的。你总得上学，你一天不赔钱，我看见一次打一次。"

"你们也太嚣张了。"胡俊生心里窝着的火，一下子就发了出来，"你试试看。你再打一次，我就与你拼命。"

"打了又怎样……"大个子的话还未说完，就以迅雷不及掩耳之势给了胡向上一巴掌。

"你他妈的，还真打人。"胡俊生没想到大个子小青年还真动手，一急，连脏话都骂了出来，也一拳头朝大个子青年打去。大个子青年也没想到胡俊生会真的动手，胡俊生的一拳正好打在他的眼圈上，顿时，眼睛起了一个大黑圈。

"兄弟，还愣什么，给我揍啊。"大个子青年痛得不行，马上招呼其他小青年打胡俊生。英雄难敌四腿。没几下，对方四五个人就把胡俊生按在地上，拳头像雨点般打下去。胡俊生的嘴里鼻子里鲜血直流，但他没有屈服，一个劲地朝胡向上大喊："向上，快跑。"

胡向上也吓坏了，他没想到父亲为了保护他，竟然不顾性命，在关键时候还让自己跑，他此时胆子也大了起来，抓住一个小青年的头发，右手朝他的胸口猛地打了几拳，也骂道："你他妈的，敢打老子的爸爸，你们活得不耐烦了。"

胡向上和胡俊生的拼命劲头，把几个小青年吓坏了，他们以前都是欺软怕硬，没想到今天遇到了两个不要命的人，丢开胡俊生，拉起被胡向上抓住的那个小青年，赶紧逃之夭夭。

围观的人见没有热闹可看了，一哄而散。胡向上赶紧把还在地上的胡俊生扶起来，眼里充满了泪水，问道："爸，你怎么样？要不要去医院？"

"不了。"胡俊生站起来，擦了擦脸上的鲜血，看到几个警察正朝这边走来，说，"向上，赶紧走，警察来了。"

"警察来了，我们把这事告诉他们，让他们处理这件事。"胡向上还是有些不服气。

"向上，我们就不给警察添麻烦了。"胡俊生拉着胡向上就走，"向上，你还小，知道吗？有些事情你不懂。等你到我这个年龄时，自然就会明白的。"

两人快步走到那条残败的弄堂口，胡俊生以最快的速度开了车锁，待胡向上坐上车，便以最快的速度朝弄堂的另一头开去。

走到国道上，在一个没有店面的地方，胡俊生停了车，让胡向上也下了车，说："向上，我有几句话要对你说。"

"哈事？"胡向上不明白。

"我的脸上还有青的吧？"

"是的。"

"今天的事回去后不要对任何人，就是你妈问起来，你就说是我骑车摔了一跤，听到没有。"胡俊生叮嘱胡向上。

"为啥？"

"你想你妈担心吗？"胡俊生说，"这事只有你知我知。明天我会在学校门口等你的，当然车子仍然停在弄堂口。"

"我明白了。"

"明白就好。"胡俊生叹了一口气说，"如果当年我读了大学，又怎能跑到这个地方打工呢？你又怎么会去读这样的学校呢？至少我也会开着汽车接送你上学放学的。"

"嗯。"胡向上听到这话，突然低下了头，其实，他一直以为父亲胡俊生是一个胆小怕事之人，但今天他看到父亲勇敢的一面，特别是为了他，父亲可以不要命，以此来保护他。可父亲刚刚的话，又让他吃了一惊，原来父亲一直要他好好读书，是因为读好书可以不用像父亲一样打工，可以有好的工作，可以有钱，可以买汽车……

胡俊生见胡向上低下头在想心事，微微地笑了。

# 第27章
# 记者来采访

又一个星期天，任晓霞的公司里破例放了一天假。小道消息说自那次任晓霞在车间加班晕倒，被市里的有关部门知道后，把公司的老板叫去谈了话，说公司的工作固然要紧，但不能牺牲员工的身体，更不能出现意外。后来胡俊生听到的消息是市里正在创建全国文明城市，不能容忍任何一家企业出现意外。

正是这个创建，使任晓霞的公司出了一条不成文的规定，每月至少放一天假，让所有的工人休息休息。

对于任晓霞来说，这个休息天懒觉自然是睡不成的，胡俊生和胡向上的脏衣服已经堆了一大堆，床单也该洗了，还要收拾房间。用她的话来说，休息天比上班还要早起。做完家务，任晓霞身体像散了架似的，又马不停蹄地做早饭。胡俊生也早早地起了床，他在监督胡向上背英语单词。

突然院外传来重重的敲门声，任晓霞以为是谢依雪回来了，急忙去打开门，敲门的是一个陌生人，门停着一辆豪华的面包车。见到任晓霞开了门，面包车副驾驶门打开，下来一个长得十分漂亮的女人。任晓霞觉得有些眼熟，又记不起在哪里见过。

女人问道："同志，请问胡惠芳是不是住在这儿？"

"你们是……"任晓霞有些迟疑，与胡惠芳在这个院里住了七八年，从没听她说过有什么亲戚在这里，更没有人开这么豪华的车来找过她和沈世友。

"我是省电视台的记者，今天是来采访一个叫胡惠芳的女士。"女人说着亮出了她的工作证。任晓霞接过那个女人的工作证一看，正是省卫视频道的首席新闻主播何兰。

"原来是何记者啊。"任晓霞好像突然醒悟过来，怪不得刚才自己看到她时觉得眼熟。任晓霞看到何兰本人后，觉得她比在电视上要漂亮得多。

"你还没有回答我的问话，请问胡惠芳是住在这儿吗？"何兰又问道。

"是住在这里。不过，她一早就出去打扫道路去了，要到中午才回来。"任晓霞也觉得自己刚才只顾想别的，忘记了回答何兰的提问。

"谢谢。"何兰向任晓霞道谢后，又转过身走到车前，拉开了后车门说，"就在这里，大家下来开工吧。"

何兰的话音一落下，几个人从车里走出来，一个人马上扛起摄像机对着四合院拍了一通，朝何兰点了点头。何兰马上拿着话筒对着摄像机就讲起来话。何兰的讲话声把杨建飞、沈世友和李之杰与吕琪引了出来。

"谁啊，大清早就这么大声说话，还让人睡觉不？"李之杰的人还没有到，声音先到了。

胡俊生听到李之杰的声音后也出了门，看到摄像机上的标志，问道："你们是省卫视的记者？"

"是啊。请问你是？"何兰见有人问话，回答说。

"我叫胡俊生，住在这里。"胡俊生一边回答，一边拉过沈世友，说，"沈叔，省电视台来人了，你先对这位记者说说你的情况。"

"我们是来拍胡惠芳的事迹。"何兰见胡俊生把沈世友推向前，有些不满地说，"她才是今天的主角。"

"这是胡婶的丈夫，叫沈世友。"胡俊生见何兰误会了他的意思，解释说，"你可以先采访采访他。"

"还是先把胡惠芳请回来，我们再安排。"何兰有些不耐烦了。

"我去找她。"任晓霞马上答应下。

"晓霞，你难得有一个休息天，还是我去。"沈世友不想任晓霞因他的事再劳累。

"你们都别争了。还是我去吧。我骑电瓶车去，比你们都快。"胡俊生说着，已经骑上了电瓶车。

"那你快点，我们的时间有限，还要去下一个地方采访。"何兰此次本不愿意来江州采访，可这是台长亲自下达的任务。何兰从同事那里知道今天这个采访是部门主任向台长推荐的。何兰最烦这类凭熟人关系派她去采访，因为真正要采访的事件很多。今天的这个采访仅仅为了一个人捡钱交到派出所的事，与别的事比起来，根本不算个事。因此，对于这个采访任务，何兰只想快点结束。在她的心里，一个普通民工捡到钱交到派出所，只能说明她的良知没有泯灭，或者是别人看到了，她不得不交到派出所，一条简讯就能把这个任务完成。

没多久，胡俊生把胡惠芳接回来了，一起回来的还有谢依雪。何兰仔细打量了一下胡惠芳，原来是一个老人啊，心里有了微妙的变化，让胡惠芳去换一件衣服。不一会儿，胡惠芳换好衣服出来，但何兰看得有些心酸，胡惠芳所谓的新衣服，其实就是地摊上卖几块钱一件的衣服。

待胡惠芳站好，何兰就开始采访她："阿姨，你能说说当时捡到钱的心情吗？"

"害怕。"胡惠芳从没上过电视,也没有镜头这样对着她过,除了胆怯外,更多的是不自然,显得十分别扭,目光也十分不自然。

"阿姨,请你看镜头,就当我们随便谈话一样。"何兰也看出了胡惠芳怯镜头,"你当时捡到多少钱?为什么要交给派出所?"

"20万。"胡惠芳仍然胆怯,"是他们让我交到派出所。"

"20万?他们?他们是谁?"何兰一惊,这才明白台长为什么要让她来采访,看来这个采访有必要深入下去,"你没想过捡到钱要上交吗?"

"就是我们这里的所有人。"胡惠芳目光有些呆滞了,她在想钱已经交了,记者来采访她干什么,道路才扫到一半,如果巡查员来了,发现自己不在,要被扣工资,"没想过。我家正需要用钱。"

"你家需要用钱?"何兰觉得这里有新闻点,不由继续问下去。

"你不要采访我一个人。这事还有小雪,你去采访她。她比我会说。"胡惠芳只想快点结束这个不必要的采访,说完话,就往房间里走。

何兰见胡惠芳要走,有些急了,向摄像师点头示意后,便问在场的众人:"小雪是谁?"

"就是她,也是我们这个四合院的一分子。"胡俊生指了指谢依雪,又向谢依雪点头示意。谢依雪领会胡俊生的意思,于是上前,说:"记者同志,我就是胡婶所说的小雪,真名谢依雪。胡婶上交钱是我们大家的意思。因为,这钱不是我们挣来的,我们就不会要。尽管胡婶的弟弟,也是我身边这位沈叔的亲弟弟,从工地上的七楼掉下来,医药费花了几十万,性命虽然保住了,但落下终身残疾,包工头只给了两三万块医药费就跑路了,至今都没有见他人。沈叔为了治好弟弟的伤,已经欠下10来万块钱的债务。他们没有把钱藏起来,而是交到了派出所。"

谢依雪一口气说了这么多,是胡俊生去接胡惠芳时,特地走到她的摊前,把记者来采访的事说了,让她把沈世银的事说出来。因为胡俊生知道胡惠芳平时就不太会说话,也没见过这样的场合,哪里能把事情说清楚呢?况且,胡俊生一直在等待这场采访。当然不是他想上电视,而是借这次采访不仅要把胡惠芳拾金不昧的事报道出来,还要把沈世银在工地上受伤得不到赔偿的事也报道

出来。这就是上次那个失主王先生来感谢胡惠芳时，胡俊生问王先生有没有认识媒体人的真正原因。

"这样吧，我还是与你们先聊聊。"随着谢依雪的介绍，何兰才觉得今天来这里的收获不仅仅是胡惠芳拾金不昧的事那么简单。

很快，何兰就把这个小院里的人和事了解清楚了。她听完这些事后，眼睛湿润了。她没有想到在这座小院里发生的事让她难以想象。他们只是一群普通的民工，因为偶然的机会居住在这里，每对夫妻之间都有着一个故事，而这些故事是她从事新闻这个行业以来第一次听到，既像天方夜谭，又比小说的情节更离奇，比电视剧情节更精彩，连美国大片也望尘莫及。这群民工虽然地位低微，但他们都有一颗火热的心，都有一个伟大的梦想。虽然他们的梦想离他们很遥远，可他们从没有放弃。特别是谢依雪与杨建飞为了买房子，他们虽然上当受骗，但他们仍把买房子作为最大的梦想。在这个四合院里，何兰还看到了一种精神，一种不折不挠的精神。虽然他们地位低下，遇到许多不公，更没有金钱来解决，甚至他们连媒体都不会找，只能苦苦地挣扎着，但他们从没有气馁。此时的他们最需要有人来帮他们一把。自己有这个能力，而且是站在正义的立场来帮助他们。作为一个媒体人，其本职工作就是站在客观公正的立场上来报道每一件事。

这个忙，何兰决定帮了。于是，她与一起来的工作人员聚在一起商量了很久，决定重新拟定采访计划。她要让所有看到卫视频道新闻的人都知道这件事。作为一个媒体人，她有义务把这件事宣传出去。

# 第28章
# 看你往哪跑

何兰采访胡惠芳的新闻当晚在省卫视频道新闻联播中播出，顿时引起强烈反响，许多人都拨打省卫视频道的热线电话，纷纷指责刘三太不负责任了，并要求电视台做连续报道，他们一定要知道这件事的结果。

何兰没想到这条新闻会引起如此强烈的反响，心里忐忑不安起来。如果当时不是胡俊生的一番话，这么好的新闻就从她身边溜走。做新闻不能看表面，而是要挖掘新闻背后的东西。这次的采访给何兰上了一课。

就在何兰深思时，台长打电话给她。台长说他刚看了今天的收视率，提高了3个百分点，大家都是冲着这条新闻来的。他的意思与许多观众一样，这条新闻要做一个连续报道，希望何兰做好采访准备。

每个新闻人都明白单条新闻好做，连续报道不好做，特别是像报道民工维权的事。现在的民工与以前不一样了，他们当中很多人都有文化，一旦遇不公，他们就会拿起法律武器来保护自己的利益。但观众或读者看多了，就容易产生观看（读）的疲劳，一旦看到这样的新闻，他们就会换频道或者翻过此新闻。正是这样，一些媒体也改变了报道焦点，但依然没有多少观众（读者）。所以，今天的新闻能引起观众（读者）的共鸣，不单单是沈世银受伤的事，而是他嫂子在捡到20万块钱，虽然心动，但理智战胜了意念，最终把钱交到派出所。这才是这条新闻的焦点。当录制完这条新闻后，何兰感动了，在场的摄像和司机

都感动了。因此，那个叫胡俊生的人也趁这个机会让她在电视上呼吁一下帮他们查找包工头刘三。何兰当时答应了，可现在她的心却悬了起来，那些观众会帮这个忙吗？她的心血会白费吗？

第二天，何兰刚到电视台，就接到一位观众打来的电话，说他在萧山某工地上看到有一个人很像刘三，现在还不能确定。等他确定后再打电话来。刚放下电话，何兰又接到一个宁波观众打来的电话，说她也看到有一个人像刘三，也正在最后确认。一个小时内，何兰接到数十位观众打来的电话，他们说的都差不多，但没有一个人能确定。

看来新闻还是起了作用。更令何兰意外的是，多网站都转载了这条新闻，虽然有的网站题目更改成了《假如你捡到20万块现金，你该怎么办？》《在困境中，捡到20万块钱的女民工竟然上交……》等，尽管有些网站把标题改成乱七八糟的，但都表明了他们很重视这条新闻，而且都置了顶。

何兰立即把这些消息反馈给了胡俊生。听到有这样的好消息，胡俊生马上把这个消息告诉给四合院里的所有人。虽然这只是一个还不确定的消息，但他们还是看到了曙光。

真正让胡俊生请观众帮忙找到刘三的希望变成现实是何兰几天后中午的一个电话。何兰在电话那头说，胡俊生，你要找的包工头刘三正在温州的一个工地上。我们正与温州警方联系，希望他们能出面帮这个忙，一旦有好消息我会在第一时间告诉你。

何兰放下电话，又有些担心起来。因为台长在看到关于胡惠芳的新闻提高了收视率，又趁热打铁，在白天新闻时间里，把这条新闻作为头条滚动重播，关注这条新闻的人是越来越多。再加上网络上也把这条新闻一直置顶。可见这条新闻的影响有多大，如果刘三看到这条新闻后，他会怎么做？是继续躲起来？还是跑到其他省去？即使刘三看不到，他的熟人也会看到。

再不能这样拖下去了。何兰这次通过个人的名义向在温州公安局的朋友打电话，说了整件事的经过，希望他能帮忙，想办法把刘三稳住，不能让他再次从大家的视野里消失。那个警察朋友说，他也看到这条新闻，会尽一切努力把刘三稳住。何兰又与江州警方联系，希望他们能干预这件事。江州警方说他们也刚看到这条新闻，正在与沈世友等人联系再确认。何兰把这个消息再次反馈给胡俊生，希望他带着沈世友马上与江州警方联系，这样便于温州警方控制刘三。

做完这一切，何兰还是觉得不放心，决定马上赶往温州。一是她要亲自去会一会刘三，二是想采访一下刘三。

下午3时许，温州警察朋友给何兰打电话说，他们已经把刘三控制住了。

何兰见到刘三时，他正低着头叹着气，嘴里不停地念道："一个人不能没有良心，良心坏的人走到哪里都是众矢之的。"

何兰起初不明白是怎么回事，听那个警察朋友解释后，她才明白事情的真相。

刘三离开江州后，一直在托朋友打听江州方面的消息。比如沈世友有没有立案，有没有上法院告他。但朋友打听到的消息都一样，平静如水。刘三躲躲藏藏了一段时间后，便又出来找工作。他先是到了广州，由于人生地不熟，他在那里只能像普通民工一样干又累又脏的工作。对于指挥惯了一大帮人干活，自己能挣上一大笔钱的刘三，仅待了三天就离开了广州，悄悄地回到江州，却听到一个不愿意听到的消息，胡俊生帮着沈世友请了律师张新军准备起诉他。刘三觉得江州不能再待下去，于是又托朋友在温州找到了一份工作，干的仍是这老本行。刘三很满足，但他这次行事非常谨慎，不想让任何人知道他的过去。很多天过去了，什么事也没有发生，刘三的胆子也大了起来，对手下的民工吆五喝六，但他偏偏没想到就在昨晚他请客喝酒，居然喝多了，电视也没有看，更没有上网，手机也因电话多用完了电自动关机。

早上起来，又来到工地开始命令手下的民工干这干那时，发现手下的几个民工看他的眼光特异样。刘三很是生气，对一个民工干的活非常不满意，就对那个民工大声指责起来："你是吃干饭的？还是来干活的？这么简单的活都干不好，今天的工资要扣除一半。"

"凭什么？我是按照你的要求做的。"那民工也不示弱。

"我是包工头，你活没干好，就是要扣你的工钱，你不服就别干了。"

"不干就不干，你把工钱算给我。"

"算工钱？没门。"刘三不知是酒劲还没退，还是真不愿意算工钱，反正与那个民工大吵起来。

就在他们吵闹时，那个民工的几个老乡走了过来，围住了刘三。一个民工指着刘三说："就是他，电视上报道的就是他。"

"就是他。"另一个说，"我们把他送到派出所去。"

"你们想造反？"刘三想摆出包工头的架式，随手给了一个民工一个耳刮子。他的这一举动惹怒了在场的民工，大家纷纷围了上去。刘三见围上来的人越来越多，心虚了。但他没想到这些人已经知道他是谁了。同为民工，他们绝不允许他们的包工头丢下受伤的同伴，不付医药费就跑了，更不允许他们的包工头随便打他们中的任何一个人。因此，刘三被众人送进了派出所。

"你有没有想到，他们会把你送到派出所？"何兰在作了自我介绍后，问刘三。

"没想到。"

"你知不知道在江州的沈世银因在你江州的工地上摔成重伤成了残废，现在生活无着落。他们一直在寻找你？"

"不知道，你不要问我了。"刘三已经彻底绝望了，他没想到因酒误事，更没想到他在江州的事上了电视，上了网络。他成了"名人"，更成了一个黑心包工头的代言人。直到此时，他才知道事情后果的严重性。

第29章
全班第三名

张新军把沈世银的诉状送上去了，法院还没有正式通知开庭的时间，说是最好等到被告来一起开庭，这样最好。沈世友答应了，胡俊生也一边等候消息，一边抓胡向上的学习。胡向上毕竟还是个孩子。在胡俊生的监督下，胡向上打游戏的时间少了，而且也有了自觉学习的习惯。胡俊生有时候也要抽查胡向上的功课，尽管胡俊生有很多看不懂，但还是根据自己的理解，能判断是否做对，有时候不懂的就与胡向上进行探讨。没想到，胡俊生这一招竟然促使胡向上反复思考，对于本来半懂的知识在胡俊生的提问下，竟然找出了答案。慢慢地，胡向上喜欢上了学习。

这一天，学校进行本学期最后一次测试，也是学校的一个综合评定。将对成绩差的学生进行分班。学校教学的目的是为了升学率，把成绩好的学生集中在一个班，由学校教学最好的老师来教，成绩差的分到另外的班，让他们有选择性地学习，将来考不上一本二本，至少也有个大专好读。读了大专，也算是有了一技之长。学校的良苦用心，学生们是不会理解的。他们理解的是同样的学校，交了同样的学费，为什么要分个三六九等。

但这是现实。哪所学校都一样。胡向上给自己下定了决心，不能让老师看不起，更不能给父亲胡俊生丢脸，一定要留好的班里。

三天后，成绩发下来了。胡向上的成绩是全班第三名。这令班主任王老师没有想到，他用异样的眼光看了胡向上好一阵子，心里还是觉得有些不相信。可考试的教室里都装有监控器，没有发现胡向上在考试时作弊，这说明胡向上的成绩是真的。王老师确定了胡向上的成绩后，才向每位学生家长发送了考试成绩。

胡俊生正在赶材料，听到手机的信息铃声后，打开看到了王老师发来的胡向上成绩，心里也是一惊：儿子居然考了全班第三名。

这是个天大的喜讯。胡俊生下班后，去菜市场买了两斤猪腿肉，还特地买了好些蔬菜，然后给任晓霞打了电话，说了胡向上的事，并说今晚要请四合院的老乡们吃一顿饭。任晓霞说这事让胡俊生拿主意就行。如果她能请上假就回来，请不了假就不要等她了。

妻子同意了，胡俊生高兴的劲头来了，马上赶到学校去接胡向上。在见到胡向上的那一刻，胡俊生面上不动声色，心里却十分澎湃，回到出租屋，特地对胡向上说："向上，爸今天准许你玩一个小时，等吃好饭再做作业。"

胡向上应了一声，并没有出去玩，而是拿起书本到院子里看书去了。

"这孩子。"胡俊生摇了摇头，心里却十分高兴，几下把菜洗净，就烧起来。胡俊生的手艺不错，没多久，一股香气在四合院里飘荡开来，引得李之杰跑过来，倚在门口，歪着头问道："胡叔，你做的啥东西，这么香？"

"傻小子，胡叔能煮山珍海味吗？还不是家常菜了。"胡俊生说着话，手里也没闲着，又说，"阿杰，你去把杨建飞和小雪，还有你沈爷爷请过来，今晚在我家吃饭。"

"你光叫他们，就不叫我？"李之杰故意说。

"你这个傻小子，这事能少得了你吗？对了，你去请他们后，再给我带两瓶白酒。"胡俊生从口袋里掏出50块钱递给李之杰。

"不行。胡叔，今晚有什么喜事，你得先告诉我。"李之杰的确不知道胡俊生为啥今晚要请大家吃饭。

"傻小子，好故事的悬念都是要留在最后的。"胡俊生还在忙着，"赶紧去吧。一会儿就开饭了。"

一会儿，李之杰拎着两瓶白酒与杨建飞和沈世友等人来到胡俊生的房间。闻着满屋的香味，李之杰的口水都流出来了。李之杰虽然在酒店里上班，却从没有闻到这么香的菜肴，一个劲儿地夸奖胡俊生的手艺："胡叔，你不去太阳湾酒店当厨师，真是委屈你了。"李之杰所说的太阳湾大酒店是江州市最高档的酒店，号称八星级，听说最低人均消费要上千，普通老百姓只能望酒店叹息：这哪里是酒店，是人间天堂啊。

杨建飞和沈世友也早就被香味吸引，只是没想到胡俊生会叫他们一起来享用，不由满心欢喜。

"老胡，你是不是到专门的学校学过厨艺啊，平时你烧菜没有香味，是不是在隐瞒厨艺，怕我们来吃你啊。"杨建飞也是第一次闻着这么香的菜肴味，口水在嘴里转了一圈，又被他活生生地咽了回去。

"哪里，哪里，大家都坐下。"胡俊生见大家都来了，马上招呼，又马不停蹄地把菜端上了桌子。这时，任晓霞也回来了，大家便依次坐下来。

"俊生，快说说今天是什么喜事啊？搞得这么隆重。"沈世友也被胡俊生的这桌菜肴搞得摸不着头脑，又被菜肴的香味馋得想流口水。

"没什么事。近来我们四合院出了不少事情，今天大家难得高兴，我就想我们聚一下，高兴高兴。"胡俊生还在卖关子，他不想过早地把胡向上考了好成绩的事说出来。

"不对，你说过把故事的悬念留在最后。"李之杰记起他去买酒时胡俊生说过的话，"肯定有什么喜事。"

"胡叔，你就说啊。"吕琪也急得想知道答案。

"老胡，你卖什么关子？男人嘛，不要把话憋心里。"谢依雪说话很直爽，最不愿意转弯抹角地说话。

"俊生，别卖关子了，你就告诉大家吧。"任晓霞直接命令似的让胡俊生把话说出来。

"嘿嘿，嘿嘿。是我们家向上考了全班第三名。"胡俊生终于把他请客的原因说了出来，"大家认为这是不是喜事？该不该庆贺？"

"当然是喜事。"大家都吃了一惊，胡向上考了全班第三名，前段时间他差点被学校开除。

"来，大家干一杯。"胡俊生举起了酒杯。

"干。"

尽管这一桌菜肴除了两个晕菜外，都是素菜，但大家不在乎晕菜多少，而是这种情谊。他们住在一起的时间不短，但很少像现在这样热闹地聚在一起。胡俊生高兴的事不只是胡向上考到全班第三名这么简单，而是胡向上真正地懂得了学习的意义。只要胡向上好好学习，继续保持这个学习态度，他考上大学的希望就非常高，也不会辜负他胡俊生交的那几万块赞助费。其实，又有哪个父母不希望自己的孩子有一个好的前程呢？

胡俊生这样做虽然有些小题大做，可他只能这样，也只有这样做，才能释放他心中那口一直憋着的委屈。读好书并不是那些上学放学要父母用高档小汽车接送的孩子的专利，农民工的孩子一样能读好书。

两瓶白酒很快底朝天了，杨建飞又去买了两瓶。这顿酒对于杨建飞来说，也是十分重要。经过这些年的打拼，挣到了不少钱，但花费也不少。用那句话

来说挣得多，花得也多。跑营销，如果你不愿意花钱，你就挣不到钱。杨建飞在第一家公司的订单被刘副经理让他同事代签就是一个例子。

沈世友更是为胡向上的好成绩高兴，尽管胡向上现在还在上高中，不像他的一双儿女一个清华大学，一个四川大学。但他深知胡俊生一直过着苦日子，不为别的，只愿胡向上读好书，将来有一个好的前程。

李之杰喝着喝着就泪流满面，胡向上现在终于走上正道了，自己那个时候却没有认识到这一点，只顾玩游戏，以至于过早地结了婚。他不知道婚姻是不是一道枷锁，但他知道这辈子不能一直在底层生活着。

大家越是高兴越是喝酒，原本计划喝两瓶，现在三瓶酒都干了。四个男人都有醉意了，但他们都说自己没有醉，从屋里又搬到了屋外，把剩下的一瓶又倒上了。喝酒不在乎菜，而是对方的情谊。他们喝得管不住自己的舌头，从小事扯到国家大事，又从天上扯到地上，最后又扯到各自的梦想。

这一晚，说话最少的人是胡向上，他绝没想到因自己考了个全班第三名，父亲胡俊生竟然这样高兴，而且还把院里的几户人都请来为他庆贺。如果自己像沈世友的儿子一样考上了重点大学，父亲胡俊生又会怎样庆贺呢？胡向上不由反思自己以前的所作所为，以前有很多地方任着性子玩耍，做了很多对不起父亲的事，可父亲从来没有骂过他。特别是学校要开除自己的那天，还是父亲去说情的。无论班上的同学怎样看待自己，但父亲永远是自己的靠山。父亲在外面无论如何辛苦，回来后从不对他说，而是一直憋在心里。可父亲也是一个普通人，他有坚强的一面，也有脆弱的一面，他只能借着酒劲把自己平时没有说的话说出来。

胡向上想到此，偷偷地流下了泪水，心里也在暗暗地给自己打气，一定要好好学习，将来考上一所好大学来报答父母对他的关爱。

# 第30章
## 这事就仲裁

沈世友在家等待着法院开庭，希望沈世银的案子能够尽早地了结，但当他听到何兰说刘三被温州警方送回江州的消息后，整个人都呆了。这个消息虽然来得迟，但给了沈世友一个无限的希望，他期待弟弟沈世银的事情在这几天有一个圆满的结局。

这天，当四合院里该上班的人都去上班后，沈世友推着沈世银出来晒太阳，然后准备去帮妻子胡惠芳干些活。刚走到院门口，几个人走了进来，为首的一个是头发有些花白的老者，径直走到沈世友身边用流利的普通话问道："请问你就是沈世友？"

"是啊。你是哪位？"沈世友不认识他们，有些犹豫地答道，"你们有什么事？"

"我是市仲裁委员会的老沈。500年前我们还是一家人呢。"老者说，"今天是来与你谈你弟弟沈世银与包工头刘三赔偿的事。"

"原来是家门，沈……"沈世友没想到会有人找上门来解决弟弟的事，不由高兴起来，特别是听到对方也姓沈时，多了一份亲切，却又不知该怎么称呼对方。

"他是我们的沈科长。"与沈科长一起来的另一个人说。

"沈科长，你……"沈世友一激动又不知该从何说起。

"不要叫我沈科长。看样子你的年龄比我要大些，就叫我老弟吧。"沈科长

说话不急不慢，"你弟弟的事我都知道了。这不，我们来了，是帮你解决你弟弟的事。我们将最大努力为你弟弟争取权益。"

"您们真是为我弟弟的事而来的？"沈世友不相信沈科长的话，此前他与胡俊生和杨建飞等人多次去仲裁委员会，都无功而返。今天他们突然找上门来，让沈世友不知所措。

"我都这么大一把年纪了，还骗你不成？"沈科长笑着说，"我们怎能与您开玩笑呢？"

"可是……可是……我已经委托了张新军律师把状纸送到法院……"面对突如其来的好事，沈世友说话结巴起来。

"状纸可以撤回来的。"沈科长说，"只要你愿意仲裁，这事就包在我们身上，前提是你答应仲裁。当然我们肯定会秉公执法，绝不会让你和你的弟弟吃亏。"

沈科长说的在理，沈世友不知该如何是好，正好谢依雪收摊回来。沈世友把目光投向谢依雪。谢依雪一进院已经看到几个人正围住沈世友说话，不由问沈世友："沈叔，他们是干什么的？"

"他们是市里仲裁委员会的，来谈我弟弟赔偿的事。"沈世友多了一个心眼，用四川话说，"我不知道是真的还是假的，你马上给俊生和建飞打个电话。"

"晓得了。"谢依雪急忙走进屋里分别给胡俊生和杨建飞打了电话，让他们马上赶回来。

不一会儿，胡俊生和杨建飞回到了四合院，听了沈科长的介绍后，胡俊生思考了一会儿，说："沈科长，这事我们先商量后再给你答复，如何？"

"行行，你们先商量。商量好了，你就给我们打电话。这里有我们的办公室地址和电话号码。"沈科长说着拿出一张名片递到胡俊生手里，又说，"请你们相信我们。我们一定会秉公执法的。当然，像老沈弟弟的事，拖到今天才办，是我们的工作没有做好。所以，我们今天上门来服务，算是向你们赔不是。"

"非常感谢你，为我弟弟的事，你还亲自来一趟。"沈科长没有一点官架子，令沈世友十分激动。

"老沈，你这样说太客气了。为你们办事是我分内的事。你们一定要相信我们。"沈科长说，"你们想过没有，去法院打官司，那得需要多长时间？如果对方不服，还要上诉，那得二审，即使你们又一次赢了，对方再不服，还要上诉……你们说说，这个案子要拖到什么时候？对方可以拖得起，你们拖得起吗？你们都是民工，不打工不挣钱吗？"

"你的话不无道理。"胡俊生与杨建飞交换了一下眼色，说，"沈科长，其实我们也不希望把事情闹得太大，只要公平公正地办理，我们都会接受的。"

"是啊。沈科长，沈叔为了治他弟弟的伤，把自己仅有的几万块钱都贴了进去，还借了很多债。虽然小沈叔叔的伤治得差不多了，但离不开人照顾。这个任务自然落在沈叔身上，他也因此没法工作，现在连生活费都没有。"杨建飞把沈世友的真实情况又说了一遍。

"你们的困难我们都清楚，所以，我们亲自上门来与你们商量，只要不出什么意外，明天可以仲裁，并尽快把赔偿款给你们。"沈科长说，"你们先商量商量吧。我们走了，记住啊，你们商量好了就打电话给我。"

送走沈科长一行，胡俊生就把大家召集到他房里，说："沈科长的话十分诚恳，但人家亲自来这里解决沈世银的事，何不仲裁一次？如果仲裁达不到预想的结果，就不仲裁了，还是去法院。"

"我赞同老胡的意见。"杨建飞听了沈科长的话后，觉得仲裁可能靠谱。

"既然你们两位都同意仲裁，我就听你们的。"沈世友没了主意，但他相信胡俊生和杨建飞绝不害他。

"即使是仲裁，也离不开张律师。毕竟他是专业的，懂的比我们多。"胡俊生说，"不然，我们吃了哑巴亏还要谢谢人家。"

"对，张律师是专业人员。仲裁时肯定离不开他。"杨建飞觉得胡俊生考虑得十分周到。

"就按你们说的吧。"沈世友想了想，又说，"先联系张律师吧，听听他的主意"

"行，就这样。"胡俊生立即给张新军律师打电话，并把刚刚沈科长来这里的情况说了。张新军说他马上赶过来。

不大一会儿，张新军来到四合院，又让胡俊生把情况仔细说给他听。待胡俊生讲完，张新军思索了好一会儿，说："上法院是比较麻烦，即使法院判你

赢了，如果刘三一时不给钱，不知要等到什么时候。如果仲裁，刘三能够爽快给钱，这倒不失为一个好办法。既然仲裁委员会找上门来了，可以试一试，万一不行，还是上法院。"

"张律师说的有道理。只是仲裁，刘三能出多少钱，我们不得而知。但这事还得麻烦张律师，请你大致算一下，刘三该赔多少钱。不然，我们都说不好。"胡俊生也同意张新军的意见。

"就按张律师说的做。如果仲裁达不到沈叔的要求，我们再上法院，这样行不行？"杨建飞插话说。

"那就这样办。"沈世友心中很乱，根本没有主意，只能听胡俊生和杨建飞的话。

"可惜下午我就要乘火车去新疆，那边有个案子，至少要半个月后才能回来。"张新军显得很无奈，又说，"如果仲裁那天我还没有回来，你们千万要当心，不能随便答应其他附加条件。"

张新军又把仲裁时需要注意的各种事项向对沈世友说了，又叮嘱胡俊生和杨建飞，一定要达到沈世友的要求，才能让沈世友签字。

第二天，沈科长打电话来了，说刘三那边已经准备好了。只要沈世友有时间，随时好仲裁。沈世友还是想等张新军律师回来再去仲裁，于是回绝了沈科长的请求。第三天，沈科长又亲自到四合院来，说，仲裁对沈世友绝对有好处，他一定不会亏待沈世友的。沈世友被沈科长的热情"逼"得没办法，只好答应三天后去仲裁。

这天一早，沈世友、胡俊生和杨建飞来到仲裁厅，刘三已经在哪里等候了。沈科长让沈世友他们与刘三坐到一起，又亲自泡茶，说大家边喝茶边谈事，这是缓和大家的气氛。沈科长又说，大家没有必要做得非常严肃，不要产生敌意。既然是谈事，大家和为贵，有不同的意见，可以随时提出来，大家商量着办。

等大家都稳定了情绪后，沈科长就对沈友世说："老哥，我们开始谈正事。你是当事人的哥哥。你说说你的要求，只要不是过分的，我们会尽量帮你争取。"

沈科长一脸笑容地对沈世友说完，又马上转过头问刘三，"刘三同志，你也好好想想。"

"这个……"沈世友不知该怎么说。

"不要慌,慢慢来,就像拉家常一样。对,就像你们四川摆龙门阵一样。"看来沈科长对仲裁这件事,已经做足了功课,连四川话都学会了。

"50万。一分都不能少。"沈世友按照张新军律师的话说。

"50万?"沈科长微微地笑了,又问刘三,"你的意思呢?"

"太多了。"刘三一直低着头,不敢正视沈世友,小声地说,"我没有那么多的钱。"

"一分都不能少。"沈世友渐渐地适应了仲裁厅的环境,想着刘三无情地躲起来,医药费只付了很少的一部分,不由气不打一处来,"我弟弟才40岁呢,正是一个男人一生中最佳时期。但现在,他这一辈子都得要人照顾。50万会多吗?"

"我只有20万。"刘三嗫嚅地说,"其余的一分都拿不出来。这钱还是我父母从老家银行贷的款。"

"老哥,你要的也太多了。刘三,你出的价钱也太少了。"沈科长见双方都在僵持,就打起圆场来,"这样吧。我来说句公道话,折个中,30万,如何?"

"不行。"沈世友坚决地说,"我弟弟就靠这钱过后半辈子。"

"我真拿不出这么多钱来。"刘三一口咬定没有多余的钱。

"就30万吧,这事我做主了。"沈科长打圆场说,"老沈,毕竟你弟弟在刘三这里干活的时间不长,如今出了这样的事,是谁都不愿意看到的。如果我今天不来这里仲裁,你们到了法院,他们也不一定能判决这么多钱给你。况且,法院需要调查、取证,要花费很长的时间。刘三,你也不想多吃些苦头吧?你出30万,只要老沈认可了,这事就算圆满了,你不要认为你的钱出得多了,算起来,你还捡了个大便宜。"

"不行,30万太少了。"胡俊生和杨建飞异口同声说。

"你们不是当事人吧?"沈科长说,"老沈才是当事人的哥哥。只要他点头,这事就可以解决了。"

沈世友思考了很久,说:"30万就30万吧。"

"那就好。"沈科长又对刘三说,"这事就这么定了,你没意见吧?"

"没有意见。"刘三很不情愿地说。

"那就办手续吧。"沈科长三下五除二地把该走的程序，在几分钟内让沈世友和刘三走完，并让刘三马上把钱交给沈世友。

拿着沈世银用双腿换来的30万块钱，沈世友感慨良多。在走出仲裁厅时，杨建飞有些不解地问沈世友："沈叔，明明还可以多要些钱的，你为什么却不要了呢？"

"人啊，讲的是一个良心。刘三可以不讲良心，但我一定要讲良心。"沈世友叹了口气说。

"沈叔，我明白你的心思，只是苦了你了。"胡俊生明白沈世友的意思。

"唉——"杨建飞长长地叹了口气。只是他与胡俊生一样，一直没想通这事就这么仲裁了，而且这么快。

# 第31章
# 新年晚祝福

胡向上放寒假了，离除夕也就没几天了。胡俊生打算回老家过春节。这些年来，不单是为了省下来回的车费，而是很多时候买不到火车票，因此，胡俊生很少回老家过春节。每当看别人买年货时，胡俊生回老家过春节的愿望就越来越强烈，但他去火车站买了好几次车票，都以无票而终。单看那排队如长龙一样，也让胡俊生有些心灰意懒。这样的长龙胡俊生有好几年都加入其中，但每次轮到他排到窗口时，都被告之没票。

"回一趟家比买彩票中500万还要难。"这是胡俊生最深刻的体会。回老家的愿望不只是胡俊生一个人的愿望，妻子任晓霞在一个月前就提出来。她说都五六年没回老家过个春节，家中老人们也都要见见已经读高中的孙子。妻子一直都在任劳任怨地打工，连这个小小的要求都满足不了，胡俊生又有何颜面呢？尽管胡俊生每天起早贪黑地排队买火车票，仍然无结果。

这天，胡俊生又准备去车站买火车票时，杨建飞就劝他不要去了。杨建飞原本也打算回家过春节，可尝试过几次买票后，就再也不去排队买票。他说："老胡，你就省省吧，你又不是不知道这年头买张火车票的难处。我已经想尽了各种办法，都买不到票，你又何必去排队耽误时间呢？"

"晓霞和向上都想回家过个春节，我也没办法啊。"胡俊生重重地叹了一口气，火车票啊火车票，你咋就那么难买呢？

"老胡啊，就在这里过年吧。我已经问过沈叔了，他们不回去，李之杰花高价也只买到大年初一的火车票。往年，大家不是你回家，就是他回家，从没聚在一起过个年。如果你今年不回去，我们四户人家就可以在这里过年了。"其实杨建飞也在犹豫，他也很想回家去过春节。

"我得与晓霞商量一下。"胡俊生也明白要买上火车票太难了，多半是回不了家的。

"行。你与嫂子先商量商量，有了准信给我说一声。"杨建飞说，"我得去办些年货了。"

晚上，任晓霞下班回来，胡俊生就把买票难与杨建飞说在这里过春节的事说了，任晓霞想了想，在这大冷天的，再让胡俊生去排队买票，有些不忍心。于是，任晓霞提议说："既然不回家过年，就买些年货吧。大家都不回去过年，我们就在这里再过一个年。既然是在外面过年，也要过一个热闹的年。不要像往年……"

胡俊生知道任晓霞后面的话，往年春节前一个月沈世友就带着胡惠芳回老家了。他老家还有老人和一双儿女，他们必须回家，今年不回家，是因为沈世银受伤成了残疾，他们一直没有把这事告诉给年迈的父母。如果他们回家过年，又怎能丢下沈世银？杨建飞往年虽然买不上火车票，但买上了飞机票。今年，

杨建飞没有去买飞机票，是谢依雪的主意。谢依雪要把一切能省下来的钱都省下来，再存起来，因为房价越来越高了，再不想办法买房子，将来肯定后悔。李之杰则不一样，他年轻有父母罩着，可以买高价票。

在离除夕还有两三天时，杨建飞提议大家在一起吃年夜饭，就不要单独烧了。还说胡俊生虽然斯文，却烧得一手好菜，谢依雪也会烧菜。烧年夜饭的事就包在他俩身上。胡俊生想了想，也觉得这样最好。大家租住在四合院好几年了，本来就是一家人，但真正在一起过年还是第一次。

除夕这天，四合院并没有胡俊生想象中那样热闹，但比往年热闹多了。往年只有胡俊生一家三口在这里过年，买点菜，一家人坐在那里说是吃年夜饭，其实与平时吃饭没两样。今天，胡俊生早早地起了床，帮着谢依雪打下手，洗菜炖肉。沈世友帮不上忙，只能在一边干着急。任晓霞和胡惠芳在这天都还要上班，李之杰与吕琪想帮忙，又帮不上忙，便去买了些鞭炮在院子里与胡向上东放几串，西放几串，把年味推向高潮。

下午4时半，任晓霞下班回来，说公司只给他们放三天假。胡惠芳没有假可放，因为越是春节期间，卫生情况越是脏乱差，也是环卫工人最忙的时候。他们不但要把道路打扫干净，还要让来往的车辆司机和行人在新年都有一个好心情。

无论怎样，年是要过的。天还没黑透，大家都聚在胡俊生的房间里，开始吃年夜饭。这顿年夜饭虽然菜不是很多，也不是十分丰盛，但大家很满足。酒是最便宜的江州糟烧，饮料是可口可乐。胡俊生给沈世友、沈世银和杨建飞倒了满满一杯，却给自己倒了半杯，杨建飞不依，说："老胡，过年了，大家都高兴，你也倒满吧。"

"是啊，俊生，你也满上吧。过年了，大家喝一个满心满意的酒。"沈世友拿起酒瓶就要给胡俊生加满杯中酒。

"沈叔，我不能多喝。"胡俊生不是不想在这个高兴的日子多喝点酒，是酒买得不多，他想尽量让大家多喝些。

"就倒满吧。"任晓霞说，"过年了，大家都高兴高兴。"任晓霞一发话，胡俊生没话可说，就让她给把饮料给胡惠芳、谢依雪等人倒上。

几杯酒下肚，大家的话也开始多了起来，特别是沈世银遭遇变故，要不是胡俊生和杨建飞一直不离不弃地帮他，他的赔偿又怎能拿到？虽然只有30万块钱，可对于一个一年纯收入只能挣上一两万块的民工来说，这可是十几年的收入啊。因此，沈世友又给自己倒满一杯，举起酒杯说："我这杯酒代表我和我弟弟敬你们，以表示对你们的谢意。"

"这是哪里的话？我们一起喝。"胡俊生和杨建飞也赶紧站了起来，"大家都亲如一家人，这是我们应该做的。"

喝完这一杯，杨建飞也给自己满上一杯后，站起来对大家说："这一杯，我来敬大家。我们住在同一个院子里，就是一家人。今天是个好日子，我们聚在一起，把不好的事忘掉，面向美好的未来。来，干杯！"

"是啊，我们前面的路是美好的。"胡俊生喝了几杯酒，酒劲也上来，头有些晕，但他又怎能忘记以前的事呢？只有经历过，才知道那些事情的痛苦。虽然这些事已经成了往事烟云，毕竟在生活中出现过，要忘记那是不可能的。就拿妻子任晓霞在车间里晕倒一事来说，作为一个男人应当给妻子一个好的归宿，可胡俊生没有做到。这就是他们的生活。

"老胡，你又在想什么？来，你来几句。"杨建飞见胡俊生走神了，拉了拉他的衣服没反应，就大声提醒他。

"我先敬大家一杯，再给大家拜年。"胡俊生端起酒杯摇摇晃晃地站了起来，"我只希望今年发生在我们身上的事，从此画上一个句号。来年，我们争取都能实现自己的梦想。比如，建飞，能够买上新房。"

"对，我很同意胡叔叔的话。今年我们过得都很不如意。我真希望我们的新年来临就有一个好的希望，新年新气象，在新的一年中实现我们美好的梦想。"李之杰拉着吕琪站了起来，说，"明天一早我和琪琪要回老家，不能多喝酒，就以饮料代酒，祝大家在来年都过得一帆风顺。"

"阿杰，看不出你还能说出这样的话来。"杨建飞拉着谢依雪也站了起来。

"来来来，我们干了这杯酒，旧年就过去了。我们会迎来美好的新年。"沈世友与胡惠芳了起来，任晓霞也拉着胡向上站了起来。唯一坐着的是沈世银，也象征性地端起了酒杯。今晚，除了喝酒吃菜，沈世银没有说一句话。自从受伤后，他把自己的心藏得紧紧的，从不多说一句话。

"干了。"在胡俊生提议，无论是喝酒的，还是喝饮料的，他们都一口而干。

这顿年夜饭在这样的气氛中结束了。大家虽然吃的是普通得不能再普通的家常菜，但他们的心是热的，精神气是向上的。他们只想让不堪回首的往事过去，不要再回到他们的身边，在新年新气象中，给他们一个美好的希望，梦想都能成真。

# 第32章
# 输掉三十万

除夕夜，胡俊生他们在四合院里掀起了迎新年的高潮。尽管在异地过年，而且全都是租住的房子，但大家伙把四合院当成了家。特别是胡向上和李之杰这些还没有长大的孩子，他们盼望天天都过年。因为在四川老家有一句老话："大人望种田，孩子望过年。"孩子望过年，是因为过年时有压岁钱，还有新衣服穿。尽管李之杰已经结婚了，但他与吕琪在沈世友他们眼里还是没有长大的孩子，更别说还在读书的胡向上了。胡俊生平时都省吃俭用，哪有多余的钱给胡向上零用呢？所以，在众人中，胡向上是最希望过年的人，他不但可以收到很多压岁钱，父亲胡俊生也会特地给他放假，他可以尽情地玩上两天。在这几天中不用做作业，不用看书，因此，在除夕夜里，他与李之杰尽情地放着鞭炮，把一年的压抑都在这天晚上释放出来。

在吃年夜饭时，沈世银就显得闷闷不乐。这一晚，外面的鞭炮响个不停，沈世银一点睡意都没有，有好几次，都想爬起来到外面去感受这浓浓的除夕夜，可那不听话的双腿让他连翻身都困难。他几次想叫喊住在隔壁的哥哥沈世友扶他起来。每次话到嘴边都咽了回去。自从摔伤后，沈世银的起居都是哥哥来服侍，在这除夕夜里，也应该让哥哥好好地睡上一个觉。再说久病床前无孝子，何况他是自己的哥哥呢。他也有一家人，特别是读书的那双儿女的一切费用都指望着他呢。可就是因为自己的腿，哥哥一直没有再出去打工挣钱，全靠嫂子打扫道路的工资来维持生活。

但是，如果不是哥哥叫自己来江州打工，又怎能有如此的现状？这次的江州打工之行，改变了沈世银的一切，也改变了他以后的一生。失去双腿，这是何等的悲哀。在老家时，虽然老婆孩子另立家门，至少他仍然可以与别人一样快乐，想去哪里就去哪里，但现在一切都改变了，自己还不如一个孩子欢乐。

沈世银越来越生气。如果自己坚持在老家不来江州，就不会遇到如此倒霉的事。自己的一双腿只值30万？如果有谁愿意，他可以把30万拿出来换他的双腿。但世上没有后悔药卖，也没有如果，时间更不会回到从前。

突然，外面的鞭炮声大作，越来越多的鞭炮声似乎要把整个江州包围起来。接着有很多人都在高声呼喊着："新年快乐！"沈世银明白刚才密集的鞭炮声是人们在迎接即将到来的新年。

"又过了一年了。"沈世银喃喃自语，只是语气带有哭声。他强忍着从床上爬起来，开了灯，又在床头的席子下面找了好久，终于找到了那张30万的存单。这是沈世友与胡俊生他们向刘三要来的赔偿金。当时，大家拿着钱时，都提议沈世友收起来，可沈世银死活都不愿意，说这是他用双腿换来的。胡俊生等人又提议把钱存进银行，沈世银还是不愿意。虽然他是一个断了双腿的人，不能任人摆布，但最终还是妥协了，但条件是存单上一定要写上他沈世银的名字。对于这个要求，大家没有说什么，毕竟这钱是属于他沈世银的。因此，沈世友只是帮着数了钱，在存进银行时，还是胡俊生帮着填的单子。当银行把这张存单递出窗口的那一刻，就属于他沈世银一个人的了。

"大家这个时候肯定在赌大小了。"虽然好几个月没有去隔壁的茶馆，但还是能清楚地记得什么时候大家打什么牌。在晚上12时以前，大家通常打打麻将，赌注也不大。很多人都卡在这个时间点上，基本都是打完手中的这一局就回去

睡觉，来天还要上班。当然还有剩下的赌到天明。但这些人的赌注就不小了，他们是赌大小，输钱很快，赢钱也很刺激。如果手气好，一夜能赢好几十万块，但也有人输得一塌糊涂。沈世银在出事前，悄悄地瞒着沈世友赌过几次大小，因为下本小，所以赢得也不多，却从没输过。

正是因为没有输过，今晚又勾起了沈世银的赌瘾。平时，沈世友都要过来看他好几次，帮他大小解。可是，今晚大家高兴，沈世友喝多了，到现在一次都没有过来。

但沈世银还是有些不放心，他爬到门口听隔壁的声音，传来哥哥的呼噜声。他悄悄地爬出了门，又费了好大的劲，才出了院门。外面还有零星的鞭炮声，沈世银像一只困在笼中的老虎，要想获得自由，就必须逃出囚困他的笼子。几个月来，沈世银从没像现在这样自由，即使出来晒太阳，都是哥哥推出来，不大　会儿，哥哥又要做家务，就迫不及待地把他推回院子里。

沈世银用了九牛二虎之力，终于爬到了茶馆里。今晚赌钱的人特别多，这出乎他的意料。

"你来干什么？"茶馆老板老冯在见到沈世银的那一刻，他简直有些不相信这是真的。听到老板的说话声，正在赌博的人都停了下来，用怀疑的眼光看着沈世银，像是看外星人似的。

"来碰碰手气。"沈世银没有理睬大家异样的眼光，而是想从地上站起来，但不遂他愿。老冯急忙招呼几个人把沈世银扶起来。

"你出来你哥哥知道吗？"老冯试探着问。

"他知道了我能出来吗？"沈世银说，"快给我找个位置。几个月没有碰这宝贝玩意儿了，手痒心也痒了。"

"你看看可以，但不能赌。"老冯不想让沈世银也加入赌博行列。沈世银是偷着出来的，身上有没有钱还是一个未知数。即使有钱，万一他输了，沈世友和胡俊生等人还不来找他麻烦？

"今晚的事我做主。"沈世银见每桌前都摆着一大堆钱，眼光都直了，心想，如果自己能把这些钱都赢回来，这辈子就不会窝在哥哥那里生活了。有钱就是好，想干什么就能干什么？自己虽然断了双腿，还可以找个老婆来伺候。

"你又没钱来凑什么热闹？"那些赌大小坐庄的老赌客见到沈世银执意要赌，纷纷讽刺他，一个坐庄的赌客说，"我们今晚的赌资与以前不一样。今年大家都挣到了钱，今晚就是快活快活的，你呢？吃喝拉撒都要你哥哥照顾，还跑来赌。就那个包工头赔偿给你的钱都被你哥哥管住。"

"谁说我没有钱？"沈世银认得这个坐庄的赌友，姓刘，大家都叫他刘老板。今晚居然被他看不起，沈世银被激怒了，从口袋里掏出那张30万的存单往桌子上一丢，"看看，这是什么？是钱，不是纸。"

"你这钱又不能提现，拿着就是一张纸。"刘老板冷笑着说，"再说你现在被你哥哥管着，你又能干什么？"

"好了。老沈，你回去吧。这里不是你来的地方。"老冯见沈世银拿着他用双腿换来的钱来赌，于心不忍，又怕把事情闹大了，"今天是过年，大家都高高兴兴，你不能扫了大家的兴，我还要开门做生意呢。"

"不行。我今晚就要赌，谁要拦我就跟谁急。"沈世银被刘老板的话刺激后失去了理智。他不想赌都不行了。作为赌鬼的沈世银，最怕别人说他只看不赌。

"你真来，我们得先说好。"其实刘老板在看到沈世银拿出那张30万块的存单时，就在打主意，如何把这30万块弄到手里，因此，他又刺激沈世银，"你敢立字据？"

"立什么字据？"沈世银被问得莫名其妙。

"就是赢了钱，你拿走，你输了，你得拿这张存单作抵押，直到把现金拿来才算数。或者你把存单的密码写出来。不然这存单就是一张废纸。"刘老板说，"我们可不想陪你一个晚上，你赢了把钱拿走，输就耍赖。"

"你的话太多了，就一个字：敢。"沈世银看中了赌大小，以前他的手气一直很好，今晚他们面前都放着那么钱，只要自己稳扎稳打，哪有不赢钱的？

"那就好。"刘老板马上从随身带的包里拿出笔和纸来，立即写出几行字来，递给沈世银看，"你觉得行，就在上面签字画押。如果觉得不行，趁早走开，不要扫了我们的雅兴。"

"算了。刘老板，你不要与他一般见识。"老冯见沈世银来真的，知道制止他是不可能的，希望刘老板放沈世银一马。

"算了？算什么。老冯，这好像与你无关吧？你开你的茶馆，给我们把茶水供应好，再说我们赌我们的，是你情我愿的，我们又少不了你的茶钱。"刘老板不屑地说，"如果不是我们这些赌徒，你的茶馆只卖点茶水，能赚几个钱？"

"哎哟。我的祖宗哟。"老冯只能叹了一口气。刘老板说得没有错，如果不是他们天天来捧场，他的茶馆仅凭几个喝茶人，还能赚钱？可一想沈世银是自愿来赌博的，他已经劝过了，这也怪不得谁。

沈世银签上名字后，又按下了手印，就把存单往桌上一丢，开始赌起来。刚开始，他的手气确实好，没几下就赢了好几万。天啦，沈世银像做梦一样，嘴里不停地喊着："开开，大大……"

但沈世银没高兴多久，赢来的钱一点一点地减少。很快，赢来的钱都跑到了刘老板的面前。他急眼了，说："这次下赌1万，钱就在这存单里。"

"好。爽快。"刘老板摇着色子，"你买大还是买小？"

"大，大，买大。"沈世银说完，又在心里默默地许愿开大，但开出的结果是小。

又几局下来，沈世银的存单上的钱去了1/3，头上的汗如雨点般落下来。老冯见状，求刘老板："刘老板，你手下留情啊。"

"什么留情？赌场上愿赌服输。他要赌，我陪他赌。赌博嘛，肯定有输赢。谁的手气好谁就赢。今晚谁叫他的手气不好呢？"刘老板得意地说。

"走开，这里没你的事。"沈世银越输心里也越没底，火气也上来了。

"唉，真是把好心当成驴肝肺啊。"老冯摇着头往门外走，他要去找沈世友把沈世银劝回去。

# 第**33**章
## 哭天天不应

沈世友从来没有那么高兴过，在胡俊生和杨建飞的频频举杯下，他竟然喝了近1斤的糟烧酒。虽说这糟烧是米酒的酒糟烤出来的酒，却是米酒的精华。这酒喝着顺口，可酒劲在后头呢。因此，在喝下去后，沈世友倒没有觉得什么，等安顿好沈世银后，他回屋连衣服都没有脱，倒头便睡。在睡梦中，他还在回味着喝酒的情形。

直到茶馆老板老冯在外面使劲地敲门，沈世友还沉在睡梦中。第一个醒来的是胡惠芳，她虽然没喝酒，累了一天，睡意也浓。但外面的敲门声把她惊醒了。她使劲踢了沈世友一脚，喊道："老沈，快起来，外面好像有人在喊你。"

沈世友从睡梦中惊醒，喃喃地问道："大过年的，哪个来喊我。"

"是不是你弟弟要上厕所？"胡惠芳首先想到的是沈世银，"一晚上了，你都没有过去看他一眼。"

"不对啊，那人好像在外面喊我呢。"沈世友听到妻子说弟弟，他急了，刚刚只顾睡觉，忘记了这档子事，可他仔细一听，声音是从外面传来的。

"那你还不快起来去看看是哪个。"胡惠芳说着拉开灯，也开始穿衣服。沈世友赶紧下了床，去院子里，边走边问道："是谁？大半夜了有啥事情。"

"是我。隔壁茶馆的老冯。"老冯回答道，"快去把你弟弟背回来。"

"我弟弟咋啦？"一听到沈世银在老冯那里，沈世友慌了。

"他拿了一张存单在我们那边赌呢。"老冯说着，又说，"你快去，千万不要说是我来找你的，不然我的生意没法做了。"

沈世银拿了存单在茶馆里赌博？这让沈世友无法相信。弟弟双腿残废了，没人背他，他怎么去茶馆呢？沈世友有些不相信老冯的话，马上推开沈世银的房间，屋里果然没人。他这才慌了，急忙朝胡惠芳喊道："完了，那个短命的弟弟真去赌博了。"沈世友一急，在过年时忘记了忌口，转身朝茶馆跑去。

待沈世友跑到茶馆里，只见赌桌已经散了，桌前只剩下低着头的沈世银一人。老冯则在一边叹着气。

"存单呢？"沈世友看到沈世银那狼狈样，已经明白了几分，但还是忍不住问。

"输了。"沈世银有气无力地回答说。

"输了？整整30万都输了？"沈世友有些不相信，但看着眼前这个亲弟弟却是那么的陌生。都是一个爹妈生的，两人的差别咋就这么大呢？

"全输了。"沈世银自知理亏，可他就是不服软，声音还是那么硬邦邦的，好像输的不是钱，而是一堆废纸。

"你这个败家子。"沈世友想骂，却一口气没上来，倒在地上，不停地抽搐起来。

"怎么啦？"从外面跑进来的胡俊生和杨建飞见此情景，不由得问起来。

刚才老冯来喊沈世友时，也惊动了隔壁的胡俊生。胡俊生也喝得差不多了，恍惚中只听到"赌博"二字。待他清醒后，一想不对，马上翻身起来穿上衣服去敲沈世友的门，听胡惠芳说沈世银拿了赔偿的钱到老冯的茶馆店里赌博，沈世友已经赶了过去。胡俊生觉得这事情不小，急忙叫醒了杨建飞赶过来，没想到还是晚了一步。

"老头子，你这是咋啦？你不要丢下我一个人先走了啊。"胡惠芳哪见过这场面，扑在沈世友身上，大声哭喊起来。

"赶紧救人。"胡俊生急忙上前，紧紧地按住沈世友的人中，杨建飞也端来一碗凉水，喝上一口朝沈世友的脸上猛吐了上去。

"哎呀。"沈世友这才清醒过来，他怔怔地看着胡俊生，问道，"我这是怎么了？"

"老头子，你急死我了。"胡惠芳还在流泪，她实在想不出沈世友刚刚还是好好的，就一会儿就倒在地上，"是俊生和建飞把你救了。"

"哦。"沈世友紧紧地盯着胡惠芳，突然挣脱了她的怀抱，走到沈世银跟前，甩手就给了他一巴掌，"你这个败家子，还是不是我的家人啊。"

沈世友还想打，却被胡俊生拉住了："沈叔，大过年的，不要打人，有话好好说。"

"是啊，沈叔，这大过年的，消消气。"杨建飞也劝沈世友不要打人。

其实，杨建飞和胡俊生已经明白几分了。他们从来没见沈世友发过火，就是这样一个老实还有点软弱的人，今晚对着弟弟大出打手，肯定是沈世银输了不少钱。

"这个败家子把他养老的30万块钱全输了。"沈世友再也忍不住，眼泪像雨一样流了出来，"我怎么跟爹妈交代啊。他们都是近80岁的人了，为了不拖累我们，至今还在家里种庄稼。"

沈世银把30万块钱都输光了，这让胡俊生和杨建飞都吃惊不已。30万啊，那可不是一笔小数目，这得要他们打多少年的工才能挣上。再说为了这笔赔偿费，他胡俊生和杨建飞没有少跑路。这好不容易才争取来的赔偿金，却被这样一个不争气的人不到一个晚上就输得精光。这可是沈世银下半辈子的生活费啊。

"他是怎么来这里的？"胡俊生把目光转向了老冯。

"他是爬着来的。我已经劝过他了，可他就不听我的话，还与别人签订了赌博协议。"老冯也没想到沈世银会这么快把30万块钱输光，如果早点去找沈世友也许不会出现这样的事。

"他与谁赌的？人呢？"杨建飞不由怀疑起来，他们进来除了沈世银坐在赌桌边，没见其他人。

"是一个叫刘老板的人，就是经常在这里坐庄的那个刘老板。怎么能与他赌呢？他是专门吃赌饭的。"老冯显得有些无辜的样子，说，"我刚刚过来叫老沈，回来就没见到刘老板。这事你得问他。"

"你说话啊。你就那么不争气，把钱全部送给别人？"沈世友还在气头上，朝着沈世银吼了起来，"他们是怎么赢了你的钱呢？"

"这是我的钱，输了赢了都与你们无关。"沈世银还捂着脸，见沈世友气势汹汹地问他，也来火，"你们捡到20万都交了出去，还来管我的事，真是狗咬耗子多管闲事。"

"你，你这个败家子。"沈世友又要上前打沈世银，却被胡俊生死死拉住。

"你们别在这里吵了，好不好。大过年的。你们不睡觉，我还要睡觉呢。"老冯见事情没法收拾，便做出一副撵人的样子。

"你少来这套，他的钱在你这里输的。你明知他是个残疾人，还留他赌博，于情于理你都脱不了干系。"胡俊生对老冯说，"你知不知道聚众赌博是违法的。"

"胡俊生，你少拿这事来吓唬我。我上面没有人敢开这个茶馆？"老冯不屑地说，"你们一群外地人又能把我本地人怎样？"

"既然你这么说。那我们报警吧。"杨建飞已经摸出了手机，就要拨打110。

"不准报警。"老冯没想到杨建飞真要报警，赶紧跑过来抢杨建飞的手机。

"你聚众赌博本来已经违法了，还敢抢我的手机。"杨建飞怒气一下子上来了，一侧身，一手把跑过来的老冯按倒在地上。老冯哪里是杨建飞的对手？杨建飞觉得不解气，加上他的酒劲还没缓过来，便一脚踏在老冯身上："等警察来解决这事件事。"

"建飞，不要冲动。"胡俊生赶紧拉开杨建飞，扶起老冯，说，"老冯，我们也不想多事。你是个生意人，知道30万块钱来之不易，再说这是小沈叔用双腿换来的赔偿金。这钱关乎着他后半辈子的生活，就这么一下子输了，谁没有气？要是换作你，你又该如何？"

"这事我管不着，我已经劝过他不要赌，义务已经尽到了，但是他没有听我的话。他输了，活该。"老冯仍怒气冲冲，又骂道，"过年过节，你们还敢仗着人多势众来打我。好，我们现在就等警察来断个公道。"

不大一会儿，两个警察走了进来。胡俊生认识其中一个胖警察，胡惠芳捡到20万块，交到派出所时，就是那个胖警察作的笔录，后来又带那个失主到四合院来找胡惠芳。

"又是你们？大过年的不在屋里待着，跑到这里来打架？"胖警察有点想不通。

"警察同志，这大过年的，我们也不愿意麻烦你们，可是这事非得麻烦麻烦你们。"胡俊生掏出香烟递给两个警察，待点燃香烟后把事情说了一遍。

"好啊。老冯，不是说过多少次了吗？你开茶馆就开茶馆，不要聚众赌博。"胖警察斜眼看着老冯，又问道，"你有那个刘老板的地址吗？"

"没有。他经常来这里喝茶，平时也就打打牌玩玩。今天过年，大家说来点刺激的，就来钱了。于是……"老冯看到胖警察的斜眼，马上就装出一副无辜的样子。

"这事就麻烦了。"胖警察说，"胡俊生，你们给老冯道个歉，今晚打架的事，我看就免了。大过年的，大家都高高兴兴的。至于那个刘老板以赌博骗钱的事，我们会立案追查的。"

"这要等多久啊？"沈世友有些不甘心，问道，"那可是30万啊。我们捡到20万都上交了。"

"你放心，我们警察是为人民办事的。至于要等多久，我现在也不能给你一个准确的回答。我保证，我们以最快的速度破案。但是……"胖警察说，"要年初七才上班。领导都在放假中，只有等过了年后正式上班时，这事才能展开调查。"

"还有好几天啊。"沈世友觉得时间太长，担心刘老板跑了，以后找谁？

"我们办案也有一套程序的。不是我说办马上就办的。主要是那个刘老板不在啊。如果他在，我们就好办好了。刚才你们也说过，这位老沈给刘老板的不是现金，是存单，你们也可以等银行上班时拿着身份证去报失，不就完了？"胖警察没有先前的耐心了，还不住地打哈欠，"再说，我也不听你们一面之词，要调查，要取证。这是一系列的工作。"

"我们怎么没有想到这个呢？"胡俊生看出警察的不悦，担心这样下去也没有结果，就劝沈世友先把这事放放，把沈世银弄回去才是个办法。明天一早就去银行门前守着，只要银行里一上班，赶紧就报失，量他刘老板也无法从银行把钱取走。

但是，胡俊生回到出租屋后，一想胖警察的话不对。他们可以去银行报失，但存单在江州市任何一家同名的银行都能够取出来。银行年初四才上班，不是

年初七。再说江州市这么多家银行，谁知道刘老板会去哪一家银行？除非他们在银行上班时，抢在刘老板取款之前马上报失。否则，后果难料。

但等到沈世友向沈世银要身份证时，才知道沈世银已经把身份证也给了刘老板。沈世友再一次晕了过去。

# 第34章
# 违心说套话

虽然明知银行不上班，又没有沈世银的身份证，但沈世友与胡俊生、杨建飞还是去银行门前守着，害怕刘老板把钱取走了。好不容易熬到年初四，各大银行都开始上班了。沈世友与胡俊生、杨建飞赶紧排队来到柜台前，但他们还是慢了一步。银行工作人员告诉他们，系统里显示这笔钱刚刚被取走，不是在本市里，而是在下面的一个县城。

听到这个消息，沈世友仅有的一丝希望破灭了。他呆呆地望着银行天花板发愣。还是胡俊生反应快，让杨建飞扶沈世友坐下，他掏出手机马上与胖警察联系。胖警察却推托说才开年，他们都很忙，会去县城调监控录像，找到那个刘老板，让沈世友先等待。警察等得起，沈世友也等得起，胡俊生和杨建飞等不起，过了年初七，他们都得上班。

胡俊生因"嘴笨"，不太喜欢说话，又年过40岁。虽然他高中毕业，算是一个文化人，但时代在变化，现在有知识有文化的人多的是，特别如今的大学生多如牛毛，何况他一个过时的高中生呢？因而,要保住他的工作才是最重要的。

但胡俊生与沈世友是老乡，又住在一个院子里的，几年的友谊下来，比亲人还亲，他岂能不管沈世友的事？但怕引来妻子任晓霞的不悦。

"过年喝什么酒，你顺心了，却出了事，更给自己找上事了。"晚上，待胡向上睡后，任晓霞坐在床边与胡俊生说话。她一直在自责，除夕那晚不该多嘴。当时胡俊生把几杯酒一喝，就想适可而止，任晓霞觉得大家都忙碌了一年，除夕夜聚在一起喝点酒，也算是开心开心。如果她不让胡俊生喝酒，就等于不让大家喝酒，这又哪里说得过去呢？因此，她就让胡俊生继续喝酒。谁知那个不争气的沈世银会趁大家喝多了酒跑出去赌博呢？

"还不是你让我把杯酒倒满的。"胡俊生不是想怪妻子，又说，"你也晓得我这个喝一点酒就管不住自己，后来的酒是怎么喝下去的，我自己也不知道。"

"算了，世上也没有后悔药卖的。既然事情已经出来了，你还是赶紧找建飞去想想办法，这事不能拖。30万啊，能找回几万算几万。好歹比一分没有强。"任晓霞清楚在老家乡下过年也有很多人喜欢赌博，大家都是愿赌服输，何况在城市里与一个老赌棍赌博，你不愿赌服输能行吗？何况沈世银还与他签订了协议。

"别人又不知道他是哪里人，要找到他还不等于大海捞针？"胡俊生心里明白，这事发生在像他们这样的民工身上，只能算是倒霉。一无关系，二无背景，现在，又有谁愿意来帮这个忙？

"俊生，我们只想平平安安地打个工，为啥会出现这么多的事呢？"任晓霞说这事时有些伤感。她只是一个普通的民工，活儿苦点、累点无所谓，只要能拿到应得的工资，另外就是要平平安安地生活。可是，这些年来几乎没有一件顺心的事，胡俊生好好的工作说丢就丢了，再就是儿子胡向上读书的成绩一直很好，说下降就下降了，一点征兆都没有。好不容易才出高价费让他读书，他又不珍惜。儿子现在倒是听话了，成绩好起来，可是，隔壁的沈世友连续不断地发生许多事情，就是铁打的人也受不了。

"人生在世，哪有一帆风顺的？哪个人的道路不是崎岖不平的？只有坎坷不平，人生才有乐趣，才有故事。"胡俊生之所以对妻子这样说，他是安慰妻子。他这个人平时就不爱说话，更不会说一些甜言蜜语。这么多年以来，他从没有

对任晓霞说过一句"我爱你"之类的话，但他一直用行动来证明对妻子的爱。多年来，任晓霞也习惯了。她理解丈夫，甜言蜜语不能当饭吃，也不能当钱用，平淡生活才是真。

"过年放假时，我看过一本书。"任晓霞突然想起在一本书看到的故事，"说有一个直性子人，在公务员的考试时，他的成绩是第一名，可在面试时，因是直性子，在听到考官提问时，他发现这个问题有多种歧义，便率着性子说了出来。结果是可想而知。后来有人点评说，如果这个人能够说说空话、套话，他又岂能失去机会呢？这个故事也告诉我们。空话、套话是多么重要的。你以后也要多练练嘴皮子，无论是套话，还是空话，你要学会。"

"老婆，你今天怎么突然有雅兴说这些话呢？还能悟出这么多的道理来，难道你得道成仙了？"胡俊生取笑任晓霞。他又何尝不知道妻子的良苦用心呢？如果他喜欢说空话、套话，又岂能丢掉前面的那份工作？自己就是一个直性子的人，对于看不惯的事情敢说敢做。胡俊生明知这是自己的缺点，也多少次想过改正，但是每每看到看不惯的事情，又忘到九霄云外去了。

"我是说你对沈叔家的事，得多想想办法。再找警察啊，你说话不要太直，要说些空话、套话，还要说假话。人家最喜欢听这些。如果你按照你直性子的话，就是好听的话都被你说成不好听的。"知夫莫若妻。任晓霞与胡俊生生活了20年，他的性格，她又怎么不了解呢？

"这个自然。只是有些话我明明想那么说，可话一到嘴边就变味了。我心里不想那么说啊。"胡俊生又怎能不知道如何说讨别人欢心的话。可他的性子决定了不能违心或者说背着良心说话，错的就是错的，对的就是对的。

"我是说开年了，你也到新公司好几个月了，上下也该熟悉了，说话做事要稳重些，不要像以前那样直性子。虽然这个公司比不上你原先的单位，但总算有一份工作。做工作就得与人打交道，打交道就得说话办事。"任晓霞怕丈夫与同事熟悉了，说话办事又口无遮拦，"都是40多岁的人了，我们都禁不起折腾了。胡向上读书要用钱呢。"

"我知道了。睡吧，时间不早了，明天还要上班呢。"胡俊生说着就躺进了被窝。被窝却是凉凉的。

天刚亮，胡俊生就起床了。因为昨晚公司办公室主任打电话通知胡俊生，说今天单位里要来一个市里某领导给公司职工拜年。让胡俊生准备准备，将市领导的到来写篇消息报道送到晚报去发表。

对于一直与文字打交道的胡俊生来说，写篇消息报道当然是他的拿手好活。可最让他不愿意的是每次都是唱赞歌，有时候胡俊生写出来自己都觉得肉麻。可是，为了工作，他又不得不这样写。就像任晓霞所说的，他这个人太直了。性格直率的人是藏不住话的，看到什么就会说什么，不会转弯抹角。

市里某领导到公司来拜年，说白了就是做做样子，握住公司老板的手，让大家拍个照，说还有下一家，然后就坐车走了。这哪叫拜年，纯粹是为了出镜。大家都明白这个道理，就像安徒生童话《皇帝的新装》里写的一样，大家明知皇帝没有穿衣服，却都说皇帝的衣服好看。而胡俊生就是那个说皇帝没有穿新衣服的小孩，这不是另类是啥？

来到公司时，时间还早。胡俊生又翻看了以前写的消息报道，琢磨了一番，就站在公司门口等那位大领导。足足等候了两个小时，那领导才姗姗来迟。胡俊生尽量记住妻子给他说过的话，往好的方面写。

稿子完成后，胡俊生自己看了一遍，又修改了错别字，矫正了一些句子后交到办公室主任那里。没多久，办公室主任来说，这稿子写得非常好，他已经转交晚报的编辑了。晚报的编辑看后也大为赞赏这篇消息报道，还问这是哪位专业记者写的。在得知是公司的文秘人员写的时，那位编辑对主任说，人才啊人才。

得到主任和晚报编辑的称赞，胡俊生觉得好笑，原来消息报道可以这样写。

# 第35章

# 他敢养小三

　　春节期间，四合院里最闲的人要数谢依雪。工厂一放假，外地民工多数回家过年了，自然没人买早点，她也乐得清闲几天。在沈世友、胡俊生与杨建飞天天去银行蹲点时，她除了与任晓霞聊聊天外，更多的是觉得无聊。她对任晓霞说，她们都是劳苦命，清闲了反而觉得不习惯，但是没几天，任晓霞也上班了，李之杰与吕琪早已回老家了，谢依雪去她卖早点的地方看了看，几乎没人买早点。按照往年的惯例，过了正月十五，大量的民工才返回，她才开始出摊。

　　闲来无事的谢依雪除了看电视还是看电视外，有了早上睡懒觉的机会，自从有了起早的习惯，想睡个懒觉也是一件难事。如今到点她就醒了，连闹钟都不用了。于是，谢依雪就在床上滚来滚去，突然被一件硬物顶了背，她立马翻身起来，摸到了硬物，居然是一枚好几克重的金戒指。

　　"这家伙居然背着我买这么大的金戒指。今年准备买房呢？买这么贵重的戒指不是浪费钱吗？"谢依雪拿起金戒指看着就发了呆。结婚这些年来，杨建飞从没给她买过一件像样的首饰。谢依雪知道杨建飞家穷，但杨建飞却与其他民工不同，有着远大的抱负。她与杨建飞结婚，也正是看中了他这一点。

　　"不对。如果是他给我买的金戒指，怎么不在除夕那晚给我呢？"谢依雪想了想又觉得不妥。如果杨建飞是真心买给她，这么大一个戒指，怎么会忘记呢？难道说他有隐情？最近电视剧里都在上演小三与"正宫"抢一个男人。难道杨建飞在外面也有了小三？谢依雪不敢想下去，决定等杨建飞回来试试他。

这一天，谢依雪把自己关在屋里，如坐针毡，午饭也随便凑合了一顿。当然这事对谁都不能说，况且事情没弄清楚之前，也不能随便乱说，这关系着自己男人的清白。

好不容易才熬到杨建飞下班，谢依雪便在暗中仔细观察杨建飞有什么异样。可杨建飞与往常一样，这令谢依雪非常失望。

"不能就这么算了。"经过激烈的思想斗争后，谢依雪试探着问杨建飞："建飞，这年也过了，你是不是忘记了在年前有礼物送给我？"

"都老夫老妻的了，还送什么礼物？"杨建飞苦笑着说，"你不是说存钱买房子吗？买礼物也需要钱的。"

"不会吧？"谢依雪仍在观察杨建飞的脸上有何变化，"买房虽然是大事。但是，你给我买点小礼物也需要不了多少钱啊。"

"小雪啊，不是我不想给你买礼物，就去年出了那档子事，还没有把我们折腾够啊？"杨建飞说这话时，脸上没有丝毫变化，"再说，我们这点钱只能够买房子的首付，家中的孩子还需要钱。老人在家带孩子，总不会让他们出钱吧？"

杨建飞句句在理，令谢依雪找不到反驳的理由。可这枚金戒指又是真的，而且在自己的床上，难道说有其他的女人在床上睡过？谢依雪困惑了。她要怎么才能让杨建飞吐出真情呢？这事又不能急，一急只能坏事。

"你今天是怎么啦？突然提起要礼物的事呢？"杨建飞发现谢依雪有些反常。

"没什么，我只是随便问问。"谢依雪现在还不想把事情挑明，她想给杨建飞一个说出事情真相的机会。再说，也不能凭一枚金戒指就确定杨建飞在外面养小三。

"烧饭吧。我饿了。今天也很累。刚开年，公司的事情太多了，多得自己有些不适应了。"杨建飞说着往床上一躺，就闭目养神起来。

杨建飞所在的公司虽然不大，事情却不少，大家要相互拜年，还有些客户也得打电话向他们拜年。对于跑业务的业务员来说，客户就是上帝，你不向他们问好，他们随便出一个难题，一笔订单就会因此泡汤。虽然有时候一笔订单挣到的钱不多，但挣钱就是积少成多，不能因为订单挣的钱少就得罪客户，这

是他们跑业务的最大忌讳。在市里的客户，他还要登门去拜年。本来这些事是放在假期去办的，因为沈世友的事耽误了，这两天他一笔订单没做成，却跑了不少路。

以前，杨建飞却从没有喊过累。今天是怎么啦？谢依雪心里忐忑不安起来，害怕自己的预测是真的。谢依雪只得去烧晚饭，在烧菜的时候，又不知不觉地想着那枚金戒指的事，竟然把菜烧煳了。

"小雪，你在想什么？菜煳了。"杨建飞躺在床上并没睡着，他在思考在新的一年如何把业绩做起来，突然闻到菜煳的味道，从床上爬起来，看见谢依雪站在灶前发呆，全然不知菜已经烧煳了。

"啊。"在杨建飞的喊声中，谢依雪才惊醒过来，赶紧关掉煤气，刺鼻的菜煳味让她有些不知所措，"老公，你再等等，我重新烧。"

"你啊，从我一进门，就发现你不对。是不是想孩子了？想了，就打个电话回去问候一下。"昨天晚上，谢依雪对杨建飞说，她非常想孩子了。要不是为了买房子，她过年无论如何都要回趟家的。可是为了省钱，只有等下一个春节了。

"没……老公，对不起，都是我的错。"谢依雪一听到孩子，心里更加酸楚起来，如果杨建飞真在外面有了小三，孩子还那么小，万一杨建飞与她离婚了，孩子会跟谁？

"好了，好了。你去休息，我来烧。"杨建飞跟着谢依雪做早点，早就把烧饭的手艺练了出来，虽然没有胡俊生烧的那么好吃，但也不差。

"还是我来吧。"谢依雪不想让杨建飞烧菜，其实她是心疼杨建飞。

"算了吧。你再烧一锅煳的，那可是浪费。"杨建飞拒绝了谢依雪的好意，自己动起手来。

谢依雪见杨建飞来真的，也只得放手，坐在桌前看起电视来。电视里又在播放言情剧，还是小三与"正宫"吵架的言情剧。

"天啦，这电视也与自己过意不去。"谢依雪一生气就把电视关了，望着电视机发呆，心里却想着那枚金戒指的事，杨建飞把菜端到桌子上，她竟然全不知。

"你今天到底是怎么啦？"杨建飞见状，又不由问起来，"自从我一回来，你就心不在焉，到底在想什么？"

"老公……"谢依雪把到嘴边的话又咽了回去，她确实不想因为一枚金戒指误会丈夫，可这枚金戒指又像一块大大石头压在她心里，让她喘不过气来。

"有什么就说什么，不要吞吞吐吐的，这不像你的风格。"谢依雪平时是一个做事雷厉风行的人，今天竟然吞吞吐吐的，肯定有什么重大的事，"小雪，你是不是认为我帮沈叔有错？"

"没有。你帮他，我没有一点怨言。毕竟我们都是住在一个院子里的，又是近老乡。"这次谢依雪回答非常干脆，"我们不帮他谁帮他？"

"那又是什么事让你不高兴，做事走神？"杨建飞已经看出谢依雪有什么重大的事想问自己，又一时说不出口，"无论你做错了什么事，我都会原谅你的。夫妻嘛，要相互信任。"

"老公，我确实有一件事想问，又怕你生气。"谢依雪终于鼓足了勇气，又觉得不吐不快，憋在她心里难受，遂说，"那枚金戒指是怎么回事？"

"金戒指？什么金戒指？"杨建飞被问得莫名其妙。

"就是这个。"谢依雪从口袋里掏出那枚让她困惑了一天的金戒指递到杨建飞面前，"有好几克呢。"

"啊。原来是它啊，想起来了。这是一同事买给他老婆的。"杨建飞恍然大悟，"昨晚我不是去应酬了吗？同事喝多了酒，把手机啊、香烟等什么东西都往我口袋里塞。最后掏出一枚戒指给我，让我帮他保管好，走时，他只拿了手机和香烟，忘记了拿戒指。你不说，我倒把这事忘了。"

"就这么简单？"杨建飞的这个理由，谢依雪根本不相信，"这是电视里的台词吧？"

"老婆，让我怎么给你解释呢？"杨建飞终于明白了谢依雪今天不高兴和走神的原因了。

"他昨晚给你保管，今天怎么不拿去？你没拿去，他怎么没问你？"谢依雪的话有道理。

"这……我忘记了，估计他也忘记了……"杨建飞正说着，手机响了，他一看正是那个同事打来的，"他打电话来了。如果你不相信，我按免提键听。"杨建飞就接通了电话，并真按下了免提键，电话传来那同事急切的声音，问昨晚是不是把戒指也给了他。在得到杨建飞的肯定回答后，他说他就院门外，马上进来拿。

"这下你相信了吧。"杨建飞说，"我杨建飞对天发誓，只爱你小雪一个人……"

"好了，不要说这些肉麻的话了，你同事进来听到了。"谢依雪刚制止了杨建飞的话。杨建飞的同事就在敲门了。

等同事走后，杨建飞问谢依雪怎么会胡思乱想的，谢依雪说现在的电视都播放小三与"正宫"争抢老公的事。

"狗日的电视剧，带坏了不少人，也破坏了不少的家庭。"杨建飞骂了一句，紧紧地搂住了谢依雪，"老婆，我是真心与你过日子的，又怎能去找小三呢？就算是我有这个胆，也没有哪个女人愿意跟我啊。"

"谁说的？不是有人跟着你吗？"谢依雪破涕笑了起来。

"老婆，当然除了你。她们又怎能与你相比呢？把不愉快的事都忘记了吧。"

"嗯。"谢依雪点了点头，也把杨建飞紧紧地搂住。

# 第36章
# 她想要孩子

李之杰怎么也想不通，吕琪从老家回来后就像变了一个人似的，话不多了，人也变得勤快了，对李之杰变得十分恭敬起来，在饭菜方面也尽量做得可口些，另外，还不让李之杰喝酒和抽烟，更不准他打游戏，而且她还带头不打游戏。

即使李之杰偶尔查点资料，她也离电脑远远的。

　　起初，李之杰有些莫名其妙，认为是吕琪一时的兴头，等过了这个兴头，她就会带头打游戏，那时候他们就可以在网络游戏里双宿双飞了。可是，半个月过去了，吕琪仍然一样，这让李之杰受不了，不明白吕琪为什么要这样做。

　　这天下班后，李之杰见吕琪不在，马上坐到电脑前开始他的网络游戏大战，可是一盘游戏还没打完，吕琪就出现在他身后，用命令的口气让马上把电脑关了。

　　"你这是为什么啊？琪琪，连游戏都不让打了，你这不要了我的命啊。"李之杰的爱好不多，但现在不打游戏，只能坐着看电视。但李之杰对那些电视节目都不喜欢。另外，李之杰是为了配合吕琪才打游戏的。如今吕琪说不打游戏了，这让李之杰有些适应不过来。

　　"我说不打游戏就不打游戏。你还记得咱们回家的约法三章吗？"吕琪说的约法三章，是她与李之杰回老家后的几天，吕琪突然对他说，如果两人以后要好好过日子，就要制订一个协议，叫作约法三章。李之杰想都没想，就答应下来。令李之杰没想到的是，在他开口答应后，吕琪就像变戏法似的，拿出一张打印好的纸，让他签字。李之杰看都没看就签下自己的名字。

　　"什么约法三章？"李之杰早就把这件事给忘了。

　　"一切听我指挥。没经过我的允许，你不能打游戏，不能抽烟，不能喝酒，时间期限为一年。"吕琪说着，从床头的箱子里翻出那张协议来，"如果你不相信，这上面写得明明白白的，还有你的签名呢。"

　　李之杰拿过协议一看，上面除了写着吕琪说的那几条，另外还有几条，工资要节约，后面还真有李之杰的亲笔签名。

　　"这是哪跟哪？我看都没看，你就让我签了，这不算数。"李之杰后悔起来，当初怎么看都没看就签名了呢？

　　"黑字落在白纸上，你想抵赖？我去找小雪姐来断个公道。"吕琪抢过协议就要出门。

　　"别别，你总得给我说个理由啊。"李之杰最怕别人知道他与吕琪签了这个协议，这可是丢人的事。

　　"我想要个孩子。"吕琪这次倒爽快，把她签协议的真实理由说了出来。

"你想要个孩子？"李之杰没想到吕琪会有这个想法。虽然两人在一起也有好几年了，但真正结婚还不到一年，现在就要孩子，吕琪自己还是个孩子呢。等孩子出生了大孩子带小孩子？何况凭他们现在的条件怎么去抚养小孩？特别是与城里人相处久了，李之杰知道他们结婚都非常晚，有好些人30岁还是单身，哪像他们还不到20岁就结婚了。

"怎么？你不愿意？"吕琪看出了李之杰的犹豫，不高兴起来，"哪个女人跟男人在一起，不是为了生孩子？"

"琪琪，我不是这个意思。我在想我们的年龄都不大，现在就要孩子，万一你以后后悔……"李之杰慌不择言，这话一说出来就后悔不已。

"后悔？我后悔什么？你的意思我们的婚姻不长久？"吕琪抓住李之杰的话柄，不依不饶地说，"原来你是真心不想与我过日子。怪不得这次回老家，你对我爸妈不冷不热，原来你心里在打另外的主意。好，你不与我过就明说，我也不会赖着你的。"

"琪琪，我不是这个意思。"李之杰知道自己说错了话，赶紧解释，"我们都还很年轻，很多事都要依靠父母。再说我们在外面打工，目的是多挣钱，也想趁这个机会实现自己的梦想。要是有了孩子，我们就会被孩子绑住，以后想发展自己的事业都不可能。"

"你这是托词。"吕琪越听越生气，眼泪忍不住流了出来，"年龄还小？我们在一起都好几年了。我给你说，李之杰，如果你不想要孩子，我们俩只有一条路可走。"

"哪条路可走？"李之杰还没有反应过来，但随之马上明白了，"琪琪，你不要任性好不好？我们现在不是生活得好好的吗？"

"你只想过好日子，从不体谅我的感受。"吕琪又嘤嘤地哭开了。

其实，吕琪这次回家受了她母亲的影响，母亲告诉吕琪，农村女人没有文化没有技术，找个男人干什么？就是替男人生娃生仔，收拾家务。这也是女人的职责。如果女人想心高气傲，哪个男人受得了，弄不好就离婚。农村人啊不能与城里人相比，农村人是要面子的，女人最好是从一而终。虽说现在离婚的人很多，但是，一个女人的最终目的不就是找一个好的男人做依靠吗？判断一个好男人的标准又是什么呢？这个男人再有钱，他不爱你，你找这样的男人又有什么用？如果这个男人没有钱，但他非常爱你，什么事都宠着你。即使穷到要饭，他也会把要来的饭分你一半，这样的男人才值得女人去爱。虽然母亲是一个农村妇女，可她的话还是有道理的。吕琪以前从没想过结婚是怎么回事，认为一女人与一个男人睡在一张床上就算是结婚。可母亲的话提醒了她，结婚并不是一件很简单的事，而是关系着两个人、两个或三个家庭是否幸福美满。

"琪琪，你说说为什么突然想要孩子。"李之杰自从与吕琪在一起后，从没想过要孩子，因为他觉得自己还是一个孩子。对于结婚，对于家庭的责任，他根本没有考虑过。

"我们结婚不就是为了生孩子吗？"吕琪没想到李之杰在这件事上像一个白痴一样。

"琪琪，我们才刚过了20岁，总觉得我们都还年轻，还有很多事情要做，现在就要孩子，对我们以后的发展会有许多不便。"李之杰说，"你看看江州这些城里人，哪个年轻人不是到了30才养孩子，我们要向他们学习。"

"你又不是城里人。"吕琪见李之杰用城里人来搪塞她，止住了哭声，指着李之杰的鼻子，说，"你是一个农村人。农村人就得有农村人的样子，我嫁给你就是为了给你生孩子，做家务的。"

"你从哪里学来的这一套？"李之杰从2岁开始跟着打工的父母在江州生活，14岁辍学打工，总的来说，他的根虽然在农村，可他已经是地道生活在城市里的农村人，思想虽然赶不上真正城里人前卫，但他对事物的看法已经不是用农村人的那种眼光。而吕琪不一样，她是从小跟着奶奶长大，根在农村，也一直生活在农村。直到前几年母亲生了一场重病，回到老家，再没有出去打过工。父亲为了照顾母亲也回了老家。在那个时候，吕琪才辍学出来打工，并与李之杰认识到结婚。虽然同为"90后"，但他们自小生活的环境不同，思想自然也就不相同。

"我妈说的。孩子是维系家庭的纽带，也能套住男的人心。"吕琪耳边响起母亲的话，不由自主地说了出来。

"胡说。照你这么说，人家丁克族就不要过日子？"吕琪的话让李之杰哭笑

不得。

"丁克族？什么是丁克族？"吕琪听到李之杰的话，不由问起来。

"丁克族，简单地说就是不要孩子的夫妻生活。"李之杰当然不想当丁克族，他还没有到那种境界。

"你想当丁克族？不要孩子？"吕琪被李之杰的话说蒙了。

"这是哪跟哪？我只是说现在我们不能要孩子，等到了一定的年龄，自然会要孩子的。"李之杰突然觉得与吕琪之间有很大的差距，当初在一起时为什么没有发现呢？难道真应了那句"恋爱中的人是白痴"的话？现在的年轻人有谁愿意过早生孩子，把自己绑在孩子身上？现在舒适的生活有哪点不好？想玩就玩，想吃喝就吃喝。

"你……我……"吕琪被李之杰气得说不出话来。

"琪琪，如果你真不明白的话，你可以找小雪姐问问，也可以问晓霞阿姨。她们都是过来人。"面对吕琪的纠缠，李之杰实在想不出更好的办法来，就把这事推到谢依雪和任晓霞身上。同样是女人，她们的话吕琪也许会听。

# 第37章
# 向上长大了

时间似乎过得很快。好些人还没从过年的气氛中缓过神来，胡向上却迎来了第一次月考。总的来说，月考的试题既难又不难。胡向上对这些试题把握特别大，可是真正做起来，又有点似是而非。有些题他曾演算过多遍，现在看来非常简单，但是运算起来，胡向上发现这与他以前做的题完全不一样。比如语文的分析题，这样分析也觉得过得去，那样分析也觉得可以。但是标准答案只有一个，老师只看标准答案，而不是看你分析得如何精彩。因为这是在考试。因此，胡向上谨慎多了，除了分析正确外，还要看评卷老师的喜好。

成绩好不好的关键是看分数，如果你的分数上不去，就说明你的成绩差。因此分数高低至关重要。胡向上知道父亲看中的是分数，老师看中的也是分数。

分数是决定一个学生的命运的，胡向上这半年来明白了这个道理。读高中以前，胡向上一直以好玩为主，父亲供他读书，供他吃穿都是应该的。自从上高中以来，他慢慢发现他的想法不但是错误的，还有一定偏向，尽管他也想过逃避，躲在虚拟的网络世界里，以游戏来逃避人生。可是，无论怎样逃避，最终还得面对事实。就拿上次老师要开除他这件事来说，你的成绩不好，老师对你另眼相待，同学会孤立你。何况，自己还是个外地民工子弟，在那些本地同学的眼里，你的成绩不好更像一个异类。

白眼、不满、不屑，从小学就一直伴随着胡向上，正是因为如何，他才想在网络的虚拟空间中生活，也养成了不与别人交流的习惯。如今，他明白了，要想别人看得起自己，首先就得自己看得起自己，只有挣脱绑捆在自己身上的那把无形枷锁才能解放自己。

在三天的考试中，胡向上度日如年。在等待成绩下发的时间里，胡向上坐立不安。在胡向上眼里，成绩的下发就是判决书。他没有考全班第一名的愿望，只想保住上学期的第三名。这话说来简单，做起来得花费许多工夫。你认真学习，同学也在认真学习，而且他们在寒假里还请了家教。胡俊生没钱请家教，因此，胡向上只能靠自己复习。虽说是复习，不懂的地方仍然不懂。在四合院里，除了父亲和杨建飞是高中毕业外，其他人连初中都没有毕业。可是父亲胡俊生20多年没有摸书本了，早就把那些知识忘记掉了，杨建飞更不要说了。

第四天，成绩终于下发了。胡向上根本不敢看分数，因为他从第三名倒退至第十名。虽说只倒退了几名，与第三名的分数也就差了10分，但是，数学才刚刚60分，对于任何一名高中生来，如果数学只能及格，那将是一个危险的信号。

"1分之差也是差。"这是班主任王老师的话。王老师说，别小看那1分之差，

全国有多少学生都因这1分之差，与好的大学擦肩而过。今天不努力，明天就得努力找工作。王老师的话不无道理，很多同学都因听了这几句话，挑灯熬夜是常事。特别是胡向上前桌的同学，刚进这个班时，都没戴近视眼镜，就半年多时间，据说双眼已经是800度的近视了，但他的成绩前进了好几名。这令胡向上不得不佩服他。

"回去如何向父亲交代呢？"胡向上在拿到成绩单的那一刻就在想这个问题。这事要在以前，胡向上绝不会放心上，可这次不一样。原因有两点：一是自己好不容易在班里抬起头来，却倒退了7名；二是因自己的成绩上去，父亲胡俊生特地买了些菜请四合院的人来喝酒，以示庆祝。尽管父亲平时对自己十分严格，可是他从心里是爱自己的。天下父母哪有不爱自己的孩子的？胡向上觉得自己以前一直与父亲唱反调，那是自己处在叛逆期，根本不理解父母的一片苦心，更不懂得一个民工在外地打拼是如何的辛苦和艰难，如今才明白这个道理，为时也不晚。

总得面对现实。只有真诚地向父亲坦白这次月考没考好的事，父亲肯定会原谅自己的。胡向上的思想斗争了许久，终于下定了决心向父亲坦白。胡向上也知道，即使自己不说，父亲的手机上也已经有了这次月考的成绩了。按照惯例，王老师统计好分数就向每位学生家长发送。

就在胡向上思想斗争时，胡俊生已经看到了他的成绩。虽然只有各科的分数，没有名次，但胡俊生在看到数学分数时，就明白胡向上这次月考肯定不会在前三名。胡俊生知道胡向上的成绩历来就是反反复复的，但他希望这个想法是错误的。

下午，胡俊生仍在老地方等待胡向上放学，在看到胡向上低头的那一瞬间，他已经明白了自己的想法是对的。

"爸，我这次没有考好，让你失望了。"胡向上鼓足勇气，承认了这次考试失利。

"回去再说吧。"胡俊生不想在路与儿子讨论分数。分数已经下来了，在路上把儿子骂一顿，还是打一顿？从儿子承认的态度来看，他已经知道错了，单凭这一点，胡俊生就没有骂他的理由。

胡俊生与胡向上回到四合院时，任晓霞已经回来了，她正忙着做家务，院里的其他人也都在忙着烧晚饭。

　　看着低头进屋的胡向上，任晓霞忙向胡俊生使了一个眼色，胡俊生明白任晓霞的意思，就对胡向上说："向上，你去隔壁小店买包盐回来。"

　　胡向上应了一声，默默地接过胡俊生给的钱就出了四合院。

　　"怎么回事？"任晓霞问。

　　"他这次没考好，心情正烦着呢。"胡俊生不想隐瞒妻子，毕竟妻子也是这个家的主人，她有知道一切的权力。

　　"没考好？上次不是考了第三吗？成绩下降这么快？"任晓霞读书不多，但看到儿子的成绩一直不好，心情也不会好。这次儿子的成绩下降了，她的声音有些大。

　　"小声点。"胡俊生轻轻地叹了一口气，又说，"别为难孩子。虽然他这次没考好，数学才刚刚及格，说不定是试题太难呢？从总体来看，向上比以前进步多了，至少他知道学习了，而且这次没有考好，他也非常难过。我们作为父母的，就应当体谅一下他，让他从这个阴影中走出来，下次才能考好。"

　　"他没考好，你打算怎么办？"任晓霞其实是心疼胡向上的，她不知道胡俊生会对胡向上怎样，怕他骂胡向上。俗话说女儿是妈妈的小棉袄，儿子却是妈妈的心头肉。尽管任晓霞很是反对胡俊生花高额赞助费让胡向上读书，可钱既然已经交了，儿子也在进步，就应当多鼓励鼓励他。他们挣钱的目的是什么？还不是为了儿子。

　　"既然儿子认识到了他的不足，今天的事就当没有发生。"胡俊生收到王老师发来的短信，在看到胡向上的分数那一刻就在考虑这个问题。其实，胡俊生一直觉得胡向上没有长大，可事实却不是如此。随着日子一天天过去，胡向上也在一天天长大，正在向成熟的方向迈进。这个时候再用以前的方法来教育他，显然已经行不通了。在他这个年龄阶段，把面子看得比命还重要，稍有不慎，就会适得其反。唯一的办法就是不说话，让他先把话说出来，再适当的时候引导引导。胡向上这次没有考好，并不代表下次考不好。就像上学期，胡向上的成绩在期中很差，在期末就有了长进，这就说明了一切。

"那就别说了，向上快回来了。"任晓霞见丈夫有他的主意，也只能算了。

两人的话音刚落下，胡向上就拿着一包食盐走了进来，放在桌上就去旁边拿出书本来做作业。其实，胡向上知道父亲让他去买食盐，目的是支开他，好与母亲商量事情。从刚刚在门口听到父母的谈话，他也明白了是怎么回事。没有考好就是没有考好，分数决定一个人的成绩。但是，正如父亲刚才与母亲说到的这次没考好，不等于下次就考不好。这事一定要向父母表明自己的心思，不然他们会难过。

在吃晚饭时，胡向上替父母盛上饭，端到桌子上，说："爸妈，我这次没有考好，但向你们保证下次一定考好，绝不会让你们失望。"

"向上，你这次没考好，我们没有说你。"任晓霞说，"你爸说你会理解我们的苦心。"

"向上，吃饭。你认识到自己的不足，说明你已经长大了。"胡俊生替胡向上夹一筷子菜，说，"向上，要记住，你是个男人，是男人就得有责任感，你的责任就是好好读书。"

"爸，妈，我明白了。"胡向上没想到父亲会这样说，眼泪忍不住想流出来，他憋了好几次，才把眼泪憋了回去。

# 第38章
# 兄弟你好傻

春节都过去一个多月了，派出所仍没有刘老板的消息。沈世友有些坐不住了，对于这个不争气的弟弟，他欲哭无泪，只得又去找胡俊生和杨建飞商量商量。其实，沈世友也不愿意再麻烦这两人。他们也要打工挣钱养活家人，特别是胡俊生家中还有老人，还要供一个读高价书的儿子，已经经不住折腾。但沈世友别无他法，在江州，他只能把胡俊生和杨建飞当作最亲的人。前些日子，为了弟弟能在包工头刘三那里得到应得的赔偿，这两人都尽了全力。他们也只是民工，无钱无权，要办成一件事是相当的难，不但要耗费许多精力，还要耽误许多工作。出门打工的人都知道，只有劳作一天，才有一天的收入。特别是在工厂上班的人，旷工不但要扣工资，还要扣本来就不多的奖金，如果一月旷工几天，几乎是半个月的工资都没有了。但胡俊生却无怨无悔地帮着他跑这跑那。还有杨建飞，他是跑业务的人，为了沈世银的事常常耽误他的业务，那可是不少的钱啊。可弟弟这次赌博被人骗去的不是一笔小钱，而是30万块钱啦，那可是他养老的钱。

晚上，胡俊生刚把胡向上接回四合院，沈世友就迎了上来，说："俊生，有空不？"

"沈叔，有事？"胡俊生把车子停下，让胡向上先进屋，说，"沈叔，那边仍没有消息？"

"我今天又去问了，他们都说还没有找到那人。"沈世友说着眼泪在眼眶里直打转转。

"沈叔，别急。我们慢慢想办法。"胡俊生在心里叹了一口气，不由心酸起来。春节才过去一个多月，沈世友瘦了，头发也白了许多，人也显得憔悴不已。对于刘老板在除夕晚上把沈世银的30万块钱的存单赢去后，在年后的第一时间又从银行把钱取走了，这令胡俊生和杨建飞都十分生气，对沈世友十分同情，谁摊上这样一位亲人，都是一件不幸的事。虽然他们多次与沈世友去派出所询问进展，但每次都得到一样的答案。其实，胡俊生和杨建飞都明白，他们只是普通的外地民工而已，胡俊生该找的熟人都找过了，但他们都表示这事非常难，或者直接就推辞掉了。胡俊生也去找过张新军律师。自从上次有关部门对沈世银的硬性赔偿一事后，他也劝胡俊生这事就算了。胡俊生也明白，张新军只是一名律师，很多事也有为难之处。

两人正说着，杨建飞也下班回到四合院。

"建飞，你回来得正好。我们再商议一下沈叔的事。"胡俊生招呼杨建飞。

"正好，我也在想这件事呢。"杨建飞说，"到我屋里来吧。小雪到她小姐妹家里喝生日酒了。"

沈世友本想去胡俊生房里，可又怕打扰胡向上学习，见杨建飞这样回答，便说："也好。"

进屋后，杨建飞给他们倒上茶，说今天终于找到了一个朋友，愿意帮这个忙。只不过那个朋友说要一笔费用，他暂且还没有答应，回来与沈世友商量一下。如果沈世友答应，他就给朋友回话。

"只要合理，我可以答应。毕竟那是30万啊。我那弟弟后半辈子就靠这钱生活了。"沈世友想了想，说，"都怪他不争气，要去赌博呢？把后半辈子的钱都输了。"

"沈叔，我也觉得建飞的提议不错。只是……"胡俊生也觉得这个主意不错，毕竟是以小钱去换大钱，但他还是有些担心杨建飞的朋友能否有把握把钱要回来，万一钱没有要回来，沈世友又填进去一笔钱，那可是不划算的，因此胡俊生试探着问，"沈叔，你也一直没有工作，手里也没什么钱了。我想几千块钱不可能打发的，你认为呢？"

"老胡说的有道理。我也是这么想的，万一我那朋友狮子大开口，我就成了好心办坏事。"杨建飞几乎是病急乱投医，只想着帮沈世友办事，没有想到后果。

"超过2万块钱我不敢出了。"沈世友咬了咬牙，说，"舍不得孩子套不住狼。如果2万块钱能解决问题，我就出。"

"那行。我马上与他联系。看看他那边的意见如何。"杨建飞见沈世友答应出2万块钱，心里也有了底，又把目光投向胡俊生，想听听他的意见。

"既然沈叔答应了，那就试试。"胡俊生见沈世友都答应了，他再表示异议，会让杨建飞多心。

"那我打电话了。"杨建飞拿出手机与那朋友联系起来。好一会儿，两人才商谈定。

"他说行。"杨建飞放下手机，马上把刚刚商谈定的消息告诉给沈世友和胡俊生，"他说他会通过道上的朋友找到那个刘老板，让他把钱退回来。只是退多退少就难说了。"

"他这样说我心里有数了。"胡俊生听一些朋友说过，道上的朋友比较讲义气，只要他们之间有利益来往，或者之间有联系，他们会卖另一路朋友的面子。至于像杨建飞刚刚说的退多退少，也要看杨建飞朋友的朋友与刘老板之间的渊源了，如果他们之间关系好，有可能全退，如果一般就难说了。

"能退多少是多少，总比没有强。"遇到这样的事，沈世友只能把死马当成活马医了，"建飞，你再与他联系一下，过两天我就想办法把钱凑出来交与他。"

"行。"杨建飞又与他的朋友联系。

直到五六天后的中午，沈世友终于凑足了2万块钱，交到杨建飞手上，让杨建飞交与那朋友。杨建飞想了想，说："沈叔，这毕竟是一笔不小的数目，我们还是老胡叫上，一起去交给我朋友，万一我那朋友没有把事办成，我们也多一个见证人。"

沈世友想想也对，遂把在督促胡向上做作业的胡俊生叫上，一起去了杨建飞朋友那里。

令胡俊生和沈世友没想到的是，杨建飞那朋友挺讲义气，他已经与朋友联系好了，还说已经找到了刘老板。刘老板答应退还25万。另外5万他要给他手下的兄弟。能找回25万，令胡俊生、沈世友和杨建飞都十分意外。朋友还说，他听说沈世银的钱是用双腿换来的，说象征性地收点酒钱，5000块就行了。

"没想到，道上的朋友竟然这么讲义气。"胡俊生有些哭笑不得，他们花了多少时间，多少经历，担心多少个日夜的事，竟然会这么简单。

沈世友像经历了一次大劫，马上得到了释放，激动得不知该如何说话，只是一个劲儿朝杨建飞的朋友不住地点头称谢后，才与胡俊生与杨建飞回四合院。

一路上，沈世友走起路来脚步也轻松了许多，压在心里的那块石头总算落了地。只是想起这半年多来发生的事情，又忍不住流出泪来。日子啊总得过，无论有多大的困难，身边有这么多的朋友在帮助自己，没有过不去的坎。

但是，令沈世友没想到的事情又发生了。当他与胡俊生和杨建飞回到四合院时，胖警察带着几名协警正在四合院等他，妻子胡惠芳正在一边抹泪，谢依雪、胡向上和李之杰的脸上也凝聚着沉重的神色。

还没等沈世友反应过来，胖警察就把他拉到一边问起话来。三个人在半个小时前还是喜悦的心情，在这一瞬间被砸得粉碎。

"不好，出大事了。"这是胡俊生的第一反应。果然，胖警察问沈世友去哪里了，又问他为什么没照顾好沈世银。

"发生了什么事？"胡俊生和杨建飞异口同声地问谢依雪。

"沈世银上吊自杀了。"谢依雪说话时，声音还有些颤抖。

"什么？他自杀了？"胡俊生和杨建飞这才明白是怎么回事，除了吃惊还是吃惊。早上去杨建飞朋友那里时，沈世银还让他们早点把好消息带回来，怎么说自杀就自杀了呢？

"兄弟，你好傻啊。"胡俊生和杨建飞还沉浸在悲伤之中时，就听到沈世友大哭起来，"为啥要选择这条路啊，世上哪有过不去的坎啊……"

胖警察又过来询问胡俊生和杨建飞，他们刚才是不是一直与沈世友在一起。在得到所要的答案后，胖警察说他们已经确定了沈世银是自杀的，刚才只不过是例行公事而已，并把一封信交给了胡俊生，说："胡俊生，这院里数你有文化，这是沈世银的遗书，你替沈世友先保存一下吧。另外，你和我到派出所去拿死亡证明书吧，记得早点火化了。"

胖警察说完带领几个协警就走了。

拿着沈世银的遗书，胡俊生像拿着一个沉甸甸的生命。一个人的生命为什么会如此脆弱？他不敢看这份遗书的内容，只得走过去安慰沈世友，轻声说："沈叔，节哀顺变吧。我去一趟派出所，等会儿回来。"

"节哀顺变吧。"杨建飞也劝沈世友。

# 第39章
# 悲情的遗书

在拿到沈世银的死亡证明时,胡俊生的眼泪再也忍不住,哗哗地流了出来。人不到伤心处,男儿又岂能轻易掉泪?胡俊生深知这个道理,他在最困难的时期,曾几度有过轻生的念头,但理智战胜了轻生的念头。如今,沈世友为了找回沈世银赌输的那30万块钱,把所有的该借钱的地方都借了,生活都成困难了,已有好几个月没有给他那双儿女寄生活费了,却最终没有挽回他弟弟的生命。

晚上,大家给沈世银守灵。12时许,几个女人就熬不住了,先后回房睡觉,杨建飞和李之杰守到凌晨3时,也回屋睡了。胡俊生本想早点回屋睡觉,但他不愿意让沈世友一个守在沈世银的灵堂前。说是灵堂,其实就是在沈世银的房间里。屋中间的那根横梁格外显眼,这就是沈世银上吊的地方。胡俊生一直没有想通,双腿都残废的沈世银是如何把绳子放上去的,他又是如何上吊的,也许成了一个永远的秘密。

"俊生,我这一生最不起的就是我这个弟弟。小时候他就任性调皮,父母一直宠着他。因为他是最小的,经常在外面惹是生非,一旦出了事,都要我替他出头。以至于后来因他的任性,连婆娘都不跟他了,这真是造孽啊。就连他离婚这事都是我帮他办的,但我没有能力帮他把孩子要回来。"沈世友说着眼泪又忍不住掉下来,从不抽香烟的他,也点燃了一支,刚吸上一口,就忍不住咳起来。胡俊生劝他不要抽了,可沈世友摆了摆手,又说:"我是千不该万不该叫他来

167

这里打工，先是双腿残废，现在又丢了性命。"

"沈叔，不要自责了，也不要想往事了。"胡俊生静静地听沈世友述说往事，担心他悲伤过度，便劝了起来。

"俊生，你让我说吧，现在不说，以后就没有机会了。"沈世友说着又抹了抹眼泪，"你婶子一直都说我这辈子欠他，没想到她的话灵验了。他就这样走了，连年迈的父母面都没见上一面。"

"沈叔……"胡俊生还想说什么，可话一到嘴边，觉得说什么都会苍白无力，就任沈世友继续说。

"他才刚满40岁啊，正是好年华，却走上绝路，叫我如何面对家中年迈的父母啊？他们为了我们，近80岁还在老家做农活。如果他们知道这个消息，又会伤心到哪个样子？"一想到年迈的父母，沈世友的泪水又模糊了双眼。

沈世友的悲伤触动了胡俊生。他与妻子出门在外打工近20年了，别说平时回家去看看父母，就连过春节都很少回家。已为人父的他明白儿女在父母心中的分量。又有谁家的父母愿意白发人送黑发人？想到此，胡俊生也忍不住掉下眼泪来。

"我只想他好好地打几年工，挣些钱回老家，再找个二婚嫂一起过下辈子，谁知他会走这条绝路。"顿了一会儿，沈世友又说，"虽然他双腿残废了，我可是丢了活儿来照顾他，吃穿没有少他一点。就算他治伤时，花光了我所有的积蓄不说，还欠了几万块的债，我没有说什么，你婶子也没说什么。俊生，你说说，他为什么会走这条绝路呢？"

"这个？"胡俊生不知道该怎么回答，猛然想起，胖警察把沈世银的遗书交给自己。现在是该拿给沈世友了。

"沈叔，这里有他写的一封信，警察好像看过了。"胡俊生说着摸出那封信来。

"俊生，我不识几个字，你就念念吧。"沈世友又点燃了一支香烟，他要弄明白这个弟弟有什么想不通的事，偏偏要走上自杀这条绝路。

"沈叔，那我念了。"胡俊生打开了沈世银留下的遗书，足有四张纸，用圆珠笔写的，字迹一般。胡俊生曾听沈世友说过，沈世银曾读完了初中，并考上了高中，但他只上了一天高中便辍学了，说是上学不好玩，还不如在家玩呢。

也就是那时，沈世银迷上了赌博。

胡俊生给沈世友念了起来：

哥、嫂：

当你们看到这封信时，想必我已经离开你们了。请你们不要难过，也不要伤心。我自己种下的苦果，我自己会咽下。

这几天，我想通了，我就是一个废人，即使有远大的理想，也不可能实现。何况我还是一个被人唾弃的赌鬼呢？我也想有个家，一家人团团圆圆坐在一起，哪怕是吃稀饭，我也很高兴，但这一切都被我亲手给毁了。如今想起来，我还真对不住我的前妻和儿子。儿子与他母亲走了有好些年了，从不见我。即使是我去看他，他也不愿意喊我一声爸爸，对别人说，我是他以前的邻居。听到这话，你说我有多伤心，有多难过。我也想过改正，在儿子面前树立一个良好的形象，可是，赌博害了我，就像吸了鸦片一样上瘾，有时候身不由己。为了赌博，我成了穷人，也成别人眼中不求上进的人。

我也想过过正常人的生活，努力地去做，但最终实现不了。我也知道要实现这个目标，得需要很长的一段时间，可我等不了。于是，我从一个赌鬼变成另一个赌鬼来安慰自己。我也知道这是掩耳盗铃、自欺欺人的把戏，就是改不了这个不良习惯。

之所以到江州跟着你打工，我是想挣点钱，过上正常人的生活。但那个赌博的确害了我，如果那晚我不去打麻将赌博，也不会从楼上掉下来，以至于双腿残废。我不甘心啊，我才刚满40岁。

双腿的残废，我的最后一线希望也没有了。曾多次想过自杀，可你们看得紧，我没有机会。像我这样的残疾人，行动已经被限制了。我曾想过喝药自杀，可是我接触不到药品。

我也曾想过为难你们，可你们的细心照料，让我更是过意不去。除夕夜里，看到大家那高兴的劲儿，我心痛啊。你们都是一家人高高兴兴，而我却是独自一人。虽然与你们在一起过年，可我的心早已碎了。

晚上，趁你们喝多了酒，我出去赌博，是想让你们把我撵走，以此减轻你们的负担。令我没想到的是，那个刘老板居然下套把我的钱都赢了去。但我也觉得你们一定会因为我输了所有钱，把我赶走，可是，你们太善良了，不但没有赶走我，还要为我的下半辈子着想。我才发现我真的做错了。

我不能一错再错，只有选择永远地离开你们，才能为你们带来欢乐。

哥嫂，家中的父母就靠你们了。

永别了。

弟弟沈世银绝笔

"他真是个可恶的人啊，咋就那么绝情呢？"胡俊生念完沈世银的遗书后，沈世友再也忍不住了，大哭起来。沈世友一直以为弟弟残废后，替他治好伤，照顾也得体，却没想到只照顾到身体，没有照顾他到的心。弟弟虽然好赌，可他也是一个男人，他有他的想法。

"沈叔，我们都没有想到事情会是这样的。其实，我们都忙于打工挣钱，没有好好地了解他的内心，这事我也有责任。"胡俊生本来是一个心细的人，虽然有空的时候会看看沈世银，陪他说说话，可他竟然没有看透沈世银的内心，也不由伤心自责起来。

"俊生，你不要难过和自责。我天天和他在一起都没有发现，怪就怪我这个当哥哥的不了解弟弟内心。"沈世友见胡俊生自责，不由反过来安慰他。

"沈叔，别说了。我们还是想想办法，明天送世银叔到殡仪馆吧。"当时胖警察就要叫殡仪馆的车子把沈世银的遗体送至殡仪馆，胡俊生好说歹说才让留一夜。天一亮，殡仪馆的车子就会来，胡俊生知道沈世友现在根本拿不出一分钱来，可车子一来就要钱的。

"俊生，你帮我想想办法吧。"沈世友不是没有想过这个问题，只是羞于没钱，又不好向胡俊生开口，刚刚一直沉浸在悲痛之中，居然把这事给忘了。

胡俊生不能看到沈世友一直沉浸在悲痛之中，因此，他说："沈叔，你放心，这事我和建飞来想办法。"

天亮后，胡俊生把他的想法对杨建飞说了。杨建飞当即拿出3000块钱来，胡俊生收下钱后，表示自己也会出3000块钱。

早上8时许，殡仪馆的车子来了，将沈世银的遗体拉到火葬场，但6000块钱还不够，李之杰得知后也拿出3000块钱。

在几家人的联合下，终于把沈世银的后事搞定。沈世友和胡惠芳不停地表示感谢，并说等拿到刘老板退回的钱后就还过来。但大家都摇了摇头，表示帮助沈世友是应该的。

# 第40章 迷茫的吕琪

想要一个孩子是吕琪最大的梦想。作为一个已为人妻的女人，孩子是她的唯一寄托。可李之杰偏偏说他们都还很年轻，现在根本不是要孩子的时候，他们自己现在还是一个孩子。凭他们现在的能力，又哪能养得活一个孩子呢？吕琪认为这是李之杰的托词，其真实心意是不愿意与她过日子，还让她去找任晓霞和谢依雪商量商量。要个孩子还要去找别人商量，这哪里是吕琪的性格？

因此，吕琪表面上答应李之杰，其实她又去小姐妹那里玩。反正李之杰上班也忙，没时间理她，乐得个清闲。在小姐妹那里玩够了，吕琪才回到四合院，得知沈世银的事后，她的心凉了好一阵子。

才走几天，一条生命就这样消失了。吕琪心里很痛。虽然她很讨厌沈世银这个赌鬼，但对于沈世银有自杀的勇气，她又十分佩服。当然吕琪佩服的不是沈世银想不开自杀这件事，而是他敢于鼓足勇气自杀，这是很多人鼓不起来的勇气。她吕琪想要一个孩子也应当有勇气。

晚上，李之杰下班回来，见到吕琪，感到十分意外。令李之杰更意外的是，吕琪的一脸淡淡的忧伤，令人怜惜不已。带有淡淡忧伤的吕琪更加美丽动人。李之杰以前没有这么仔细看过吕琪，不由走上前紧紧地搂住吕琪，在她的脸上轻轻地吻了一口，细声细气地问道："老婆，你怎么不在你小姐妹那里多玩几天才回来？"

"你是不是想让我在她们那里永远都不回来，你才高兴？"吕琪嘴上说这话时，心里乱极了。她还在想着沈世银的事，好好的一个生命就这样消失了，又岂能不让人伤感？

"琪琪，我不是这个意思。我是说你的心情不好，你就在她们那里开开心心地玩，等心情好了再回来。"自从吕琪提出要孩子的事后，李之杰极力反对，让她去找谢依雪和任晓霞讨个主意，吕琪就对他说她要去小姐妹那里玩几天。李之杰知道吕琪一不开心，就会去小姐妹那里玩上几天，等她心情好了，自然会回来。但吕琪今天回来仍然不开心，说明她还惦记着要孩子的事。

"阿杰，你说说，一个人出生后是为了什么？"吕琪挣脱李之杰，问道。

"琪琪，你怎么问出这样的问题？这可是有哲理性的，我真答不出来。"李之杰被吕琪的话问得莫名其妙。

"不。你得回答我。"吕琪突然撒娇地说，"如果你不回答我，我从此不理你。"

"这个嘛……"李之杰从来没有考虑过吕琪会问出的这样问题。小时候在父母的怀抱里慢慢长大，再接着就是读书，可那书能读懂他，他却读不懂书。现在打工挣钱，多干多得，少干少得，不干就一分钱都没有。还有就是不能得罪顾客，万一哪个顾客不高兴，投诉到大堂经理那里，就会扣工资。就像以前的那场婚礼上，因为生气说了一句话，被那个新娘诬陷，差点下不了台。

"你回答不出来吧？我就知道你答不出来。"吕琪幽幽地说，"这也不能怪你。你是从农村出来的，又是在父母的温暖和甜蜜的怀抱里长大的，没有吃过苦，不知人间的饥寒，当然不知道人的一生是为了什么。"

"你说的话好有哲理啊。"李之杰弄不清吕琪今天为什么要说出这样的话来，也不知道她心里是怎么想的。人家夫妻在一起，一个人想干什么，对方会马上明白他或她的心思，我李之杰为什么就弄不明白吕琪的心思呢？难道我们之间沟通真有问题？李之杰在心里不由自责起来。

"你去做饭吧，我饿了。"吕琪此刻想清静一下，好好地想一想刚才自己说出来的话。其实，如果李之杰问她这样的话，她也答不出来。见李之杰真的去做饭了，吕琪便往床上一躺，一点睡意都没有，死死地盯着天花板。

人的一生到底是为了什么呢？吕琪真想找个人给自己准确的答案。可自己最亲爱的人都答不出来，又有谁能答得出来呢？难道是因为沈世银的死，给了她这样的问题，或者说一个生命的离去，给了她沉重的打击和反思？

李之杰很快做好了饭，见吕琪还望着天花板发呆，叫了几次，她都没回应，心里也不由嘀咕起来：吕琪这次出去几天回来就像变了一个人似的。她心里到底在想什么呢？一定要问个清楚。

"琪琪，吃饭了。"李之杰一边喊，一边把吕琪从床上抱了起来，"琪琪，你到底在想什么呢？告诉我好吗？不要一个人憋在肚子里。"

"能说什么呢？"吕琪的眼里还有泪水。

"你这是干啥？都委屈得流眼泪了。"李之杰大惊，不由失声叫了起来，"是谁欺侮了你？我这就给你报仇去。"

"吃饭。"吕琪擦干眼泪说，"谁敢欺侮我？你又不是不知道只有我欺侮别人的分。"

"琪琪，你有啥话别憋在肚子里，好不好？你一憋屈，我也憋屈。"其实，沈世银的死对于李之杰的打击也很大。虽然这次处理沈世银的后事，他出力不多。沈世银也不是他的亲人，但他总觉得沈世银的事就像一块烙铁一样，在他的心里烙了一个深深的印记，抹都抹不掉。

"我还是想不通，一个人来到世界上，到底是为了什么？"吕琪又重复着这句话。

"琪琪，不要那么伤感好不好？"李之杰夹了菜给吕琪，说，"刚刚在做饭时，我也一直在想这个问题，觉得这个道理很深奥。你想想看，我们都是打工的，如果工作顺利，挣钱又多，这不是我们所要的目的吗？"

"只有这些？"吕琪停下筷子又问道，"你这样太容易糊弄我了。"

"琪琪，我的话还没有说完呢。"李之杰见吕琪不买他的账，只得再次认真思考那个问题，又说，"其实每个人的想法都不一样。你想想，每个人处境不一样，出生地方不一样，他们的想法肯定就不一样了。一个人如果他当上官了，他的想法肯定是官越当越大；如果他成了老板，肯定是想把产业越做越强；农民呢，就想一个好的收成。我们是农民工，当然是想多挣钱。"

"这不是我所需要的答案。"吕琪赌气地狠狠吃了一大口饭，却被噎住了。李之杰赶紧给她敲背，赶紧舀了勺汤让她喝下。

"你要的答案我实在是想不出。"李之杰今天还真猜不透吕琪的内心。心中也不由嘀咕起来，这吕琪是不是哪里犯了病？要不然为什么老逮住这个问题不放呢？

"其实，我也想不出。"吕琪犹豫了一会儿，又说，"我还是想要个孩子。"

"这是哪跟哪啊？"吕琪的话把李之杰弄糊涂了。

"你想想，我们来到这个世界上，不就是延续生命吗？孩子就是延续生命的唯一条件。只要有了孩子，我们的目的也就达到了。"吕琪突然想起了要孩子的事来。

"你这是歪理。孩子，我们肯定会要，只是这么早要。现在我们怎么养活他？"李之杰还是有顾虑。

"阿杰，不是我想要孩子，是我很迷茫，隔壁的沈世银不是死了吗？我怕有一天，我们都离开这人世，没有留点什么。孩子也许是我们留在这世上的最好礼物。"吕琪说着又嘤嘤哭开了。她一想到沈世银的去世，就忍不住想哭。沈世银虽然留了个孩子在世上，可他没有尽到一个做父亲的责任，他的离开会不会有遗憾呢？

"琪琪，你的话好让我伤感。我也想哭了。"李之杰没想到因为沈世银的死，会给吕琪沉重的打击。好在沈世银死时，她不在四合院里。如果在的话，她不知要哭成啥模样。

"阿杰，这是我唯一的要求。我只想做个贤妻良母，我们在一起的日子不短了。你就满足我这个虚荣心，好吗？"吕琪的话太伤感了，"每当我看到别人的孩子叫妈妈时，我的心哪，好像被针刺了一样。"

"琪琪，我……"李之杰不知道该说什么好。结婚生子是他的义务，只是他和吕琪都太年轻了，两人刚满20岁，现在要孩子也太早了，如果不要孩子，就不能满足吕琪这个唯一的心愿。

"你还是不答应吗？"吕琪几乎是用哀求的声音问李之杰。

"琪琪，我不是这个意思。你能不能让我好好想想，毕竟这是件大事。"李之杰的话没有错，得与父母商量。但他也明白，父母早就盼他们生一个孩子，好抱孙子了。

"好吧。"吕琪口头上答应，心里一直犹豫着，现在要孩子会是一件正确的事吗？毕竟养活或者说养好一个孩子不容易。

# 第41章 群舌战房东

办完沈世银的后事，大家都疲惫不堪，胡俊生的工作也耽误了，虽然公司的领导没有说什么，但脸色还是有些难看。人家公司发给你工资，不是叫你天天请假去办私事的。胡俊生当然明白这个道理，只好一个劲儿地把时间用在工作上，好在每年春节后，公司里的事情不是很多。没几天，胡俊生就把请假时耽误的工作都做完了。

这天下午，胡俊生正等着下班，就接到了杨建飞的电话。电话那头，杨建

飞显得十分焦急，让胡俊生马上赶回四合院，就挂了电话。

"一定是又出什么大事了。"胡俊生从没见杨建飞这样着急过，更没有只说一半就挂电话的例子。好在离下班时间还有半个小时，胡俊生只得再次厚着脸皮向主任请假，提前赶回四合院，只见房东站在四合里，铁青着脸，还有怒气。

"是谁得罪了房东？"胡俊生来不及多想，与房东匆匆打了个招呼，刚跨进院里就看见沈世友的门口放着许多行李，杨建飞在帮着胡惠芳从屋里抬出一些行李来。胡俊生急忙走过去，把杨建飞拉到一边，问："这是怎么回事？"

"房东让沈叔搬走。"杨建飞说着，也一脸的无奈。

"房东让沈叔搬走？是沈叔没有交房租，还是没钱交房租？如果沈叔没钱交房租，我们可以先给他垫上，也用不着搬家啊？再说天都这么晚了，搬到哪儿去？"胡俊生没见到沈世友，又问道，"沈叔呢？他去哪儿了？"

"房东今天来收房租，得知沈叔弟弟死在这里的事，他们认为不吉利，下了逐客令，让沈叔在天黑之前必须搬走。我也是刚刚才知道这事的。"杨建飞有些无奈地说，"房子是别人的，他想租谁就租谁，唉。这不，沈叔出去找房子了。"

"原来是这样。俗话说，人生最大的痛苦莫过于失去亲人。沈叔还没有从失去弟弟的悲痛中走出来，房东却这样对待他，是不是有些不近人情？"胡俊生说，"我要与他理论理论。"

"还是别去找不自在了。我已经说过了，他还说，如果我再去说情，让我也搬走。"杨建飞说这话时，一肚子的火。

"你等着。我不相信他是一个不讲人情味的房东。"胡俊生心里很生气，他们在这四合院里租住了好几年，从没拖欠过一分房租，而且都会在房租到期前两天打电话给房东，以此提醒他该收房租了。房东也很相信胡俊生，今天怎么说翻脸就翻脸呢？

"小胡，你别来替沈世友说情，说什么也没有用。"房东见胡俊生向他走去，断定胡俊生是替沈世友说情，便先断去了胡俊生的后路。

"说情？说啥情？"胡俊生见房东先断了自己说情的后路，便反其道而行之，"我为什么要替他说情？又不是我要出租房子，也不是我要收房租。你才是房东，你想让谁租你的房子就让谁租，你才有这个权利。再说，你出租房子不就是为了收房租吗？你不想收房租就不出租房子，这也是你的权利。"

"唉，你这是……"房东没想到胡俊生会这样说话，一下子被胡俊生堵住了嘴，不知该如何说下去。

"不说了，我还要帮着沈叔收拾东西呢。我们都是老乡，住在这里好几年，是有感情的。而且这种感情不是钱能买得到的。"胡俊生说的是真心话，与其向房东去说情，还不如反其道而行之。这年头，只要肯交房租又哪里租不到房子？只是大家一起住在这个四合院里久了，都有了感情，而且亲得像一家人似的。一旦分开，还真有点舍不得，但是，这房子毕竟是别人的，他们也不可能永远地租住在这里，分开也是迟早的事。

"小胡，你是话中有话啊。"房东听出了胡俊生的话外之音，"其实，我也不想这么做。你们毕竟在这里租住了好些年了，都是我信得过的人，只是老沈的弟弟死在这里，不吉利啊。"

"不吉利？什么不吉利？"胡俊生见房东是为了这事才让沈世友搬走，有些生气，但他还是忍住了，说，"这里是你的房子不错。但你已经有新家了，而且这里也即将拆迁。也就是说根本不存在吉利不吉利的事。再说，你让沈叔搬走，这房子再租出去就难了。别人一听说这里死过人，他们还愿意租这房子吗？"

"小胡，你这是……"房东听胡俊生这么一说，心想，胡俊生的话没有错，不免有些着急起来。

"再说，即使让沈叔搬走，也得提前通知啊，怎么一来就让他搬走，这不是给他出难题吗？他不少你一分房租，更没有做违法乱纪的事，也没有做对不起你房东的事，你就一句话让人家马上搬走，于情于理都说不过去，也让人难以置信，说得不好听点，你这是不近人情的。"胡俊生越说越生气，一股脑地把心中的不满全发泄出来。

"小胡，你说得对，我是有点不近人情。"房东觉得胡俊生的话很对，想把刚刚不近人情的话收回去。他也非常清楚，胡俊生和沈世友这些房客从没迟交过一分房租，而且在这里也没有出过什么乱子，沈世银是死在这里，他是自杀，与别人无关。现在回想起来，他还真觉得自己做得太过分了，于是对胡俊生说："小胡，你去让老沈别搬了，继续住在这里吧。刚才都是我不对，减免他一个

月的房租，好不好？"

"你有这样的好心？"胡俊生有些不屑地问房东。其实，房东今天的事做得太过分，让胡俊生对他产生了反感。

"是我对不起你们，刚刚听了你的一番话，才发现是我不信任你们，这是我的最大的过错。你们在这里住了好些年了，与我都成了朋友。连朋友的话都不相信，又怎能相信别人呢？"房东见胡俊生与杨建飞不一样，没替沈世友说情，而是以道理来说服人，怪不得自己一直觉得胡俊生与其他民工不一样，急忙道歉，"如果不是我来收房租，还不知道沈世银死在这里，我生气的是我一直被蒙在鼓里。所以，我让沈世友马上搬走。小胡，真是对不住，这都是我的错。"

"也行。我让沈叔暂时不搬走。"胡俊生见房东答应下来，也就来了个顺水推舟。不答应又能怎样？这么晚的天，沈世友又会在哪里找到房子？虽然已是江南三月天，可晚上的寒气仍然逼人。

在送走房东后，胡俊生急忙让杨建飞停下来，又打电话给沈世友，让他马上回来。做完这一切，胡俊生与杨建飞坐下来抽着香烟，思考着今天的问题。作为在异地的民工，租房出钱不说，还要饱受房东的刻薄。

"老胡，你用什么办法让沈叔留下来的？"杨建飞终于忍不住问胡俊生。

"没用什么办法，我只是与他说理。"胡俊生说的是实话。

"老胡，今天我算是明白了。"杨建飞叹了一口气，"没有房子还真能把人难住。沈叔今天的事就是个例子，今天我也明白了我家那口子为什么一直坚持要我买房。她现在除了卖早点，下午还去摆摊到天黑才回来。原来有了房子才有家的感觉啊。"

"建飞，你的话没有错。你的孩子还小，现在买房，付了首付，还有能力还贷款。我呢？"胡俊生其实也想在江州买一套属于自己的房子，可是目前的经济根本不允许他这么做，儿子胡向上正是用钱的时候，妻子任晓霞也有病在身，对于买房子的事，他只能存在幻想中。

"老胡，万事别急，只要你家向上读大学了，你也会轻松的。到时候买房，我们还做邻居。"杨建飞知道胡俊生目前的困境，光胡向上读书的费用就不少，况且老家还有父母，也需要寄些钱贴补家用。

两人正说着，沈世友回到了四合院。

"俊生，建飞，这次又亏你们帮忙。"沈世友见到胡俊生和杨建飞，眼泪忍不住流出来，"要不是你们，我们今晚就要露宿街头了……"沈世友说他去了好几个地方，都没租到房子。原因是才过春节不久，从四面八方来的民工都在找房子租，这下，那些房东得意忘形了，房租一个劲儿地往上涨，还是供不应求。沈世友想着今天晚上要露宿街头，心中不免长叹起来，却接到了胡俊生的电话。胡俊生的那句话真是给了他温暖。

"沈叔，这是应该的。我们一不偷二不抢，都是老老实实地打工挣钱，又不少房东一分房租，他要赶我们走，总得拿出个理由来。"胡俊生说完，又安慰沈世友，"我们在一起好有个照应。"

"是的，在一起好有个照应。"沈世友让胡惠芳赶紧烧两个菜，晚上他要请胡俊生和杨建飞喝酒。

"沈叔，算了。我还要去接向上呢。"胡俊生这才想起，刚才只顾着沈叔的事，忘记了去学校接胡向上。

"是啊，叫婶子不要忙。我来帮你把东西再搬进去吧。你再整理整理，晚上也好早点休息。"杨建飞说着刚站起来，谢依雪也收摊回来，他让谢依雪赶紧做饭，自己则与沈世友一起把东西搬进屋里。

# 第42章
# 女人的心思

吕琪一直想要一个孩子，李之杰却不同意，这让令她既生气，又闹腾。她只好又去小姐妹那里玩耍，等玩够了回来，李之杰仍然不提要孩子的事，上午9时去上班，晚上9时才下班，回来就说累，洗澡后倒头便睡。

这天，李之杰又准备去上班，吕琪借机提出要孩子的事，李之杰却让她去找谢依雪商量一下。该说的道理都与吕琪说过了，但吕琪还是不回头，李之杰实在没有办法了。吕琪不依不饶，他又不得不苦口婆心地与吕琪说，他们现在都还很年轻。他们是什么？他们是"90后"的小青年，不要被上一代的思想所捆绑。孩子肯定会要的，只不过不是现在。说完，像贼一样逃跑着去上班。

吕琪赌气又想去小姐妹那里玩，可想着刚刚才从小姐妹那里回来，现在又去，有些不好意思，便搬了把椅子坐在院子里望着天空发呆，直到谢依雪收摊回来才把她叫醒。

"琪琪，又有啥事想不开啊？"谢依雪开玩笑地问她，"我到院子里好一会儿了，看到你望着天空，一点反应都没有。"

"小雪姐，你收摊啦？"吕琪说这话时，目光有些呆滞。

"有什么心事给姐说，不要憋在心里。"谢依雪本来就是一个心直口快的人，她最见不得吕琪这样闷闷不乐。

"我……"吕琪见谢依雪这样问，不由鼻子一酸，竟然说不出话来。

"你们俩在说啥？"任晓霞在屋里听到谢依雪和吕琪在说话，不由走了出来。

"霞姐，你没上班？"谢依雪说，"我看到琪琪在发呆，问她话呢。"

"今天上面来检查，公司里放假，难得的一天。"任晓霞说着，转身回屋里搬了把椅子，还拿着一件衣服出来，"今天的太阳真好。俊生的衣服破了，我得替他缝补缝补。"

"小雪姐和任姨都在啊。"吕琪突然缓过劲来，李之杰不是让她问问谢依雪和任晓霞要孩子的事吗？正好她们都在，正是向她们讨一个好主意的机会。于是，吕琪把椅子搬到任晓霞身边，又给谢依雪搬来一把椅子，说："小雪姐，你也过来坐坐，休息一下。"

"你这个小丫头，无事献殷勤，肯定不怀好意。"谢依雪坐下后见吕琪不说话，又问，"是不是阿杰欺负你了，你给姐姐说，让我家杨建飞收拾他。"

"是啊，琪琪，有啥事你尽管说，你家的阿杰是不是欺负你了？"任晓霞也看出吕琪有心事。

"他啊，他敢欺负我？都是我欺负他。"吕琪见两人看出了她不快的心思，急忙辩解说。

"你就自欺欺人吧。"谢依雪站起来回屋里拿出一笼小笼包子说，"我还没有吃早饭呢。你们吃了没有？没吃，一起吃。咱们边吃边聊。"

"这事该怎么与她们说呢？"真正面对任晓霞和谢依雪时，吕琪又不知如何开口，再说要不要孩子是她与李之杰的事，向这两人讨主意，总觉得有点不好意思。

"琪琪，不要有什么顾虑，说出来吧，心里会舒服些。"任晓霞毕竟是过来人，她又把吕琪当成自己的女儿一样对待，怕吕琪有什么事闷在心里。

"任姨，我想要个孩子……"吕琪见任晓霞这么关心她，终于把憋在心里的话说出来，"可是，阿杰，他说我们还年轻，现在不是要孩子的时候。"

"原来想要孩子啦。"谢依雪听到吕琪为这事而烦恼，忍不住笑了出来，"想要孩子，生呗。谁能拦住你？再说你们是合法夫妻，生孩子是天经地义的事。犹豫什么？想当年，我与杨建飞结婚后，我说要孩子，他没敢说一个不字。"

"要孩子？这倒是一件大事。"任晓霞的脸色凝重起来，"琪琪，你可要考虑清楚。生孩子毕竟是大事。姨是过来人，这事嘛，你们真要好好考虑一下，毕竟你们还都年轻。"

"还考虑什么啊？想生就生吧。女人迟早都会走这一遭的。"谢依雪却持不同的意见，"生孩子是我们女人一生中的大事，没有孩子，那可不是一个完整的家。只有孩子，男人的心才不会野。"

谢依雪有亲身体会，当年她与杨建飞结婚，俩人是挣一分钱就用一分钱，要不然，他们早攒够了买房子的钱，等明白这个道理时，他们的孩子出世了，以至于现在与孩子分居两地。谢依雪深深体会到与孩子分居两地的痛苦，每每打电话回家，孩子在电话那头叫她妈妈时，整颗心都碎了。如果他们早一点要孩子，他们也不会乱花钱，房子早已买好了，也会把孩子接到身边。所以，谢依雪现在后悔不已。

"但我不这么认为。"任晓霞说，"琪琪才20岁，如果现在要孩子，将来谁带孩子？还不得给送回老家，让老人带。"任晓霞顿了一会儿，又说，"老人带孩子，毕竟隔了一代人，孩子的教育该怎么办？如果把孩子放在身边，你们都还年轻，能把孩子带好吗？这些问题都要思考。"

任霞晓的话也不是没有道理。当年，她与胡俊生也是一结婚就要了胡向上。胡向上刚满周岁，他们出门打工，把胡向上放在家里。直到胡向上9岁时，他们才把他接出来，很明显的是胡向上与他们显得特别生分，做事时处处与他们作对。特别是胡向上在老家就迷上打游戏，不好好学习。直到年前，她与胡俊生费大力气才把他改过来。胡向上虽然学习上去了，毕竟给他带来了一定的伤害，也给他幼小的心灵带来了伤痛。这也是任晓霞与胡俊生的痛。

"照你们这么说，我是要孩子，还是不要啊？"原以为能向她们讨个好主意，谁知两人的意见不同，让吕琪陷入了迷茫之中。

"别急，这事让我们好好想想。"任晓霞在心里还是主张吕琪不要过早地生养孩子，将来给孩子带来的是什么，谁也无法预料。

"霞姐，还想什么呢？女人结婚养孩子是天经地义之事，琪琪为什么就不能要孩子呢？"谢依雪做事利索，说话也利索，"要是我，说要，就马上要。等什么？等得久了，黄花菜都凉了。"

"小雪，话不能这么说。你与杨建飞是'80后'，琪琪可是'90后'，比我家向上也大不了几岁，我家向上还在读书呢，不懂事也很正常。你要站在她的角度来想一想这个问题，千万不能误导了琪琪。"任晓霞毕竟是满了40岁的女人，这一路走过来，见过很多事，加上自己的亲身经历，认为吕琪要孩子的事还应当多考虑考虑，不要盲目地作出让自己后悔的选择。

"小雪姐和任姨说的话都有理，让我迷茫了。"吕琪听着两人的争论，更加茫然了。难道过年时母亲说的话也不对？这事到底该怎么办？吕琪细细想了母亲的话，又觉得没有什么错。谢依雪的话也没有错，女人结婚就是生子做家务，但是，任晓霞的话也没有错，就是把孩子生出来后谁抚养？放在老家让母亲抚养？那孩子肯定与自己会生疏，如果放在身边自己抚养，就凭李之杰那点工资能养活一家人吗？自己年纪轻轻不可能只带孩子。

"这真是个两难的境地。"吕琪有些痛苦。

正在几人各抒己见时，胡惠芳下班回来。她见院里这三个女人坐在一起聊天，心里也高兴起来，便停好三轮车搬了椅子坐了过来。几个女人这样坐在一起，除了过年，还是头一次。

"奶奶，你来帮我想想办法。"吕琪见到胡惠芳，便把刚才的事说了，她想听听胡惠芳的意见。

"你这傻孩子，自己还是个孩子，就想要孩子了。"胡惠芳笑着说，这是这些天以来第一次露出笑容。

"胡姨，你说说琪琪该怎么办？我和霞姐都表达了自己的意见，就是不统一。你来统一吧。"谢依雪把这个难题推给胡惠芳。

"我还真有一个不错的主意。"胡惠芳说，"老沈家里穷，30多岁了才与我结婚，当时我们根本不懂得要不要孩子，就按照自己的日子过，结果我就怀上了我儿子，后来又怀上了女儿。两个孩子生下来，老沈就对我说，有一儿一女够了。那时候，我们在家种地，觉得这是很幸福的事。但今天想来，我不得不佩服老沈当初的决定。如果那时候，他不说那句话，我们可能还要养几个孩子。"

"胡姨，你没有说到重点。"谢依雪有些急了，"你快把重点说出来。"

"小雪，你这孩子就是急。"胡惠芳浅浅一笑说，"说话都有一个开场白啊。"

"原来我们胡姨也打起官腔来了。"谢依雪也笑了。

"别打岔，让胡姨把话说完。"任晓霞打断了谢依雪的话。

"其实，要不要孩子，不是一个人说了算，是夫妻两人说了算。我话的意思是，你得与阿杰好好商量商量，不要意气用事。此外，你们做好要孩子的准备没有。这包括经济和家庭，两者缺一不可。我们都是民工，不是城里人。城里人有雄厚的经济作基础，家庭就不用说了。我们除了有力气外，还有什么？所以，琪琪，你想要孩子的愿望没有错，主要是你准备好了没有——家庭与经济。如果这些都没有准备好，还是等准备好了再要孩子吧。"胡惠芳一口气说了这么多话，而且口才这么好，连她自己也不敢相信。

"姜还是老的辣。"任晓霞和谢依雪不得不佩服胡惠芳的这一番话，说到她们的心坎上。

"谢谢胡奶奶，我知道该怎么做了。"吕琪像在黑夜中找到了亮光。

"你这傻孩子，明白就好。"胡惠芳轻轻地拍了吕琪的头说，"要孩子的事，你得与阿杰多商量商量，只有两人准备好了，要孩子就生。如果两人还没有准备好就要孩子，将来会有很多麻烦的。"

"是啊，只要你家阿杰答应，你就要孩子，如果没答应，就等等，毕竟你们都还很年轻。"任晓霞说，"多过过二人世界，不要把自己捆在孩子身上了。"

"胡姨的话也令我大开眼界。"谢依雪没想到，她与任晓霞争论的事，被胡惠芳几句话就解决了，看来老人还有老人的长处啊。

# 第43章
# 杀人的流言

沈世友病了。胡俊生接胡向上回到四合院听杨建飞说的，杨建飞是听谢依雪说的。杨建飞从省城回来，直接回四合院帮谢依雪准备下午摆摊的事。谢依雪一边忙事一边告诉杨建飞沈世友前两天又去工地上找工作，可今天是被几个工友抬回来的。她以为沈世友受伤了，结果工友告诉她，说沈世友在工地上昏倒了，包工头赶紧让人把他送了回来。

"他怎么会昏倒呢？他的身体一直都很好。"杨建飞有些想不通，便问胡俊生，"是不是最近他太劳累了？"

"建飞啊。他最近摊上的事还少了吗？"胡俊生也认为沈世友是太劳累了，"我们去看看他。只有问清了原因，才知道是怎么回事啊。"

"我们去安慰安慰他？"杨建飞有些担心。

"那怎么办？我们不能眼睁睁地看着他倒下去了。"胡俊生让胡向上回屋做作业，他与杨建飞进了沈世友的房间。

沈世友躺在床上睡熟了，胡惠芳坐在床头抹着眼泪，见胡俊生和杨建飞进去后，马上起身去搬凳子。

"胡婶，你忙你的，我们来看看沈叔。"胡俊生小声制止了胡惠芳，轻轻地走到床边，看着沈世友熟睡的面孔，心里不由一酸。自从沈世银来江州后后，沈世友的麻烦事就一件接一件而来，先是沈世银赌博，接着是沈世银受伤成残疾，找包工头刘三要赔偿的事，再就是沈世银输掉30万和自杀，这一切就像一座山压在沈世友身上，好不容易才缓过劲来，房东又让他搬走，要不是胡俊生，他不会留租在这里……等这一切事情都过去了，沈世友心里的那根防线自然就会垮了。他经历了太多的事。

杨建飞想，如果换成自己，也许早就身心都垮了。在杨建飞心里，除了胡俊生外，沈世友是杨建飞最敬佩的人。在这个小院里他是长辈，在生活中是他的引导者。虽然在工作上大家没有多少接触，但在生活中，沈世友的确起到了带头的作用。无论是杨建飞失意的时候还是与谢依雪吵架后，沈世友都会来劝他，给他讲生活中的一些道理。让他懂得了生活就是生活，现实就是现实。特别是像他们这样的民工，找工作本来就不容易，如果家庭再搞不好团结，又怎能过好生活？要想好好地生活，首先得搞好家庭团结。这是沈世友的打工生活定律。就是这条生活定律让杨建飞痛改了以前挣一分就用一分钱的毛病。

"看来没什么大碍，我们先回去吧。"胡俊生不想打扰熟睡的沈世友。

"你们来啦？"在胡俊生和杨建飞准备出去时，沈世友醒了。其实，沈世友并没有睡熟，他只想躺在床上好好休息一下。

"沈叔，吵醒你了。"胡俊生停下了脚步，回过头见沈世友翻身起来，"沈叔，你躺下，好好休息。"

"没啥，我的身体还没有那么金贵。"沈世友叹了一口气，"我是一时气不过啊，才觉得身体不舒服的。"

"气不过？啥事情让你这么生气？"杨建飞问道。

"唉，你们不知道，自从我那个不争气的弟弟死后，我常常听到一些流言蜚语。"沈世友说这话时，眼泪忍不住流了出来。

沈世友所说的流言蜚语，是自从沈世银的赔偿金拿到后，很多人都说沈世友这下发财了，拿着弟弟差点用生命换来的钱，能好好地过一辈子了。后来的流言成了另一个版本，说沈世友为了占有这笔钱，逼死了亲弟弟，世上哪有这样当哥哥的。今天早上，沈世友刚到工地上，又听到几个工友在背后议论，就想上去理论几句，谁知那几个工友越说越离谱，他一生气，胸口的那口气上不来，就昏倒了。

"流言真会杀人啊。"杨建飞感叹道，"如果换成别人，听到这样的流言肯定会上去理论，可依你沈叔的个性，只能听之任之。但这样下去，不是办法啊。"

"沈叔，别理他们，只要你走得正，行得端，随他们去议论吧。"胡俊生安慰沈世友，可在胡俊生心里，又何尝不知道流言的凶狠？正如杨建飞所说的，流言比之那些武林高手的任何暗器都厉害，可以杀人于无形之中。胡俊生之所以这么认为，是因为他曾有过亲身经历。这是胡俊生前一份工作中遇到的。尽管这事已经过去很久了，胡俊生每次做梦时都会梦到，有时候还会从梦中惊醒。

"我也想不听，可工友那怪怪的眼色总让我觉得不安。毕竟我弟弟是我叫来的，出了这么大的事，我还没有给家中的父母说呢。他们要是知道这个消息，不知要急成什么样呢？"沈世友一直害怕这个流言传回家乡，让年迈的父母知道了，他便真成了一个不孝子。

"沈叔，你一直没告诉家中老人，也不是个办法。他们迟早会知道这事，到时候你又该怎么办？"胡俊生有些担心。

"能瞒一时算一时，老人禁不住这个沉重的打击。"沈世友不是不想把沈世银受伤和去世的消息告诉父母，但他们的年龄太大，如果听到白发人送黑发人，他们受得了吗？沈世友说着，忽然觉得胸口很闷，忍不住咳嗽起来，只觉得喉咙里有一口痰，使劲一吐，吐出来的竟然是一口鲜血。

"沈叔，你吐血了。"杨建飞看到沈世友吐的鲜血，没忍住大声喊起来。

"他吐血了？"正在做晚饭的胡惠芳听到杨建飞的喊叫声，猛地一惊，傻傻地站在那里，连拿在手里的盆子掉在地上都浑然不知。

"胡婶，你怎么啦？"胡俊生听到掉盆子的声音朝胡惠芳看去，只见她傻傻地站在那里，没有任何反应。

"老婆子，你咋啦？"沈世友也看到了，忍不住问起来。

"没什么。"胡惠芳听到沈世友的问话，这才惊醒过来。胡惠芳一边做晚饭一边听胡俊生与沈世友谈话。当听到沈世友是听到流言蜚语后才昏倒的，胡惠芳猛然一惊，她又何尝没有听到那些流言蜚语呢？每天去打扫道路时，总有同事对她指指点点的，以前大家有说有笑的，现在显得十分生疏了。即使见了面，也只是点点头，不像以前大家时不时聚在一起聊聊家常，开开玩笑。自从沈世

银死后，好像整个世界都变了一样。胡惠芳只能把这个秘密埋在心里，不想让任何人知道。现在连丈夫也听到那些流言蜚语，她又怎能不担心呢？

"老婆子，你有事瞒着我。"知妻莫如夫。与胡惠芳结婚20多年，沈世友又怎能不知道胡惠芳的心思呢？

"你就莫问了。我没有事。"胡惠芳极力想掩饰内心的不安，她不想再增加丈夫的负担，他是一家人的主心骨，如果他垮了，那双还在读书的儿女该怎么办？

"胡婶，你有什么事就说出来吧，多一个人多一个主意。"胡俊生已经看出了胡惠芳肯定也遇到了与沈世友一样的事。这段时间只顾着上班，对沈世友这边的事少了些过问，有些不安。

"婶子，你就说吧。你和叔从没有把我们当成外人。"杨建飞也看出了胡惠芳有事情瞒着沈世友。

"说吧。俊生和建飞都是自己人。"沈世友急忙从床上起来，走到胡惠芳身边，"如果你不说，我心里也不安啊。"

"那我就说了。其实，我也遇到和你一样的遭遇……"胡惠芳是个老实人，既然丈夫让她说，她再推辞，有点觉得对不住丈夫，也对不住一直帮助他们的胡俊生和杨建飞。

"不让人活了。"杨建飞没想到胡惠芳也听到这样的流言蜚语，不由生气起来，"那些人真是吃饱了没事干了，不好好做自己的事，只晓得嚼舌头，也不怕吃饭时被咬住。"

"嘴长在别人身上，由他们说去吧。"胡俊生深深知道流言的厉害，只得安慰沈世友夫妻俩，"只是他们在背后说，又没触犯法律，拿他们有什么办法？只要我们走得正行得端，就不怕他们说什么，等过了这段时间，他们就会忘记了。"

"就让他们说去吧。我们还要生活，还要打工挣钱。"沈世友被胡俊生这么一安慰，也想开了，说，"对了，俊生，建飞，这段时间尽瞎忙着。那个刘老板答应返回的25万块钱有消息没有？"

"对啦。大家都在瞎忙着，我怎么把这事忘了。我得马上与朋友联系，问问情况。"杨建飞说。

"建飞，你赶紧问。沈小叔已经死了，万一刘老板赖账，这事就不好办了。"

胡俊生这些天也把这事给忘了。

"我这就问。"杨建飞马上掏出手机给朋友打电话。朋友告诉杨建飞，钱早已到他的手里，只等杨建飞与沈世友去拿。

没想到这事解决这么快，而且这么容易。胡俊生听到这个消息，鼻子一酸。沈世友也更是眼泪忍不住流出来啊："弟弟啊，你做什么孽啊，这钱哥哥给你要回来了，可哥哥没有本事把你的命要回来啊。"

"沈叔，节哀吧。钱能要回来，已是万幸。你可得保重身体啊。"胡俊生和杨建飞劝道。但他们心里都明白，沈世友说的是实话，钱能要回来，可命没了能要回来吗？

## 第14章
# 美丽找上门

这天，胡俊生出差回到四合院时特别早，看到四合院来了一个40岁左右的陌生女人。女人头发光亮，但面部毫无表情，给人一种不怒自威的感觉。是谁家的亲戚，还是走错了地方？胡俊生本想上前问，女人却先问他："先生，请问沈世友住在这里吗？"

女人说着半生不熟的普通话，胡俊生一下子听出了乡音，不由用四川话回答她："是的。你找他有什么事？胡婶不在吗？"

"我敲了半天的门，都没有人应。"女人也用乡音回答。

"我想起来了，她跟着谢依雪出去摆摊了。"胡俊生这才想起，胡惠芳最近

一直上早班，中午就下班了，回来睡一会儿，又跟着谢依雪去摆摊，她不是想多挣一些钱，而是还杨建飞与谢依雪的一些人情。

"先生，我刚从老家来这座城市，顺路来看看他们。"女人怕胡俊生不相信，又从放在角落的背包里拿出许多家乡特产来。

"难道这女人真是沈世友的亲戚？"胡俊生觉得沈世友最近发生的事情太多，突然又来个陌生女人，会是他的什么亲戚呢？千万别是来找沈世友麻烦的。女人开口一个"先生"，闭口一个"先生"，也算是一个有文化有礼貌的人，而且气质不凡，虽然看上去快40岁的年龄，却能令人想象得出她年轻时是如何的漂亮，怎么看也不像是那种找麻烦的人。但她那一脸不怒自威的感觉，又给了胡俊生一脸茫然。

"先生，请问怎么称呼你？"女人见胡俊生在犹豫，又主动询问胡俊生。

"我姓胡，你叫我胡俊生吧。"胡俊生看出了这个女人不是善茬，但人家从老家来找沈世友，又不能抹了她的脸面，把女人让进自己的屋里，倒了一杯水给她，又说："你先等等吧，他们要天黑才回来。我现在打个电话给沈叔说一声。"

胡俊生说完走出屋外，他第一个电话打给杨建飞，以最快最简短的话把刚才的事说了。杨建飞正在从省城回四合院的路上，让胡俊生先稳住女人，想办法把女人身份弄清楚，千万不要给沈世友惹来麻烦。杨建飞的话没有错，可胡俊生觉得这事有难处，人家说了刚刚从老家来找沈世友投亲靠友，万一这是真的，该怎么办？

胡俊生考虑了一会儿，还是把电话打给沈世友，把陌生女人来找他的事都说了。沈世友说他也不知道老家会有哪个亲戚长成这样，又说他会早点回来。

傍晚时分，沈世友才回到四合院，直接去了胡俊生房间，在见到那个女人时，愣住了，脸色也变了，不由问道："怎么会是你？你来干什么？"

胡俊生见沈世友对女人充满了不快的神情，便问道："她是？"

"她就是我那个不争气弟弟的老婆。不，是前老婆。"沈世友说完，转身就要离开胡俊生房间。沈世友不生气不行。当年，弟媳，不，应当说是这个前弟媳看到沈世银好赌后，硬是不顾众人劝阻，与弟弟离婚，而且把弟弟唯一的儿子也带走了。弟弟没人管了，更加沉迷于赌博，以至于欠了一屁股债。沈世友不想让弟弟就样生活下去，才把他叫到江州来打工，却没想到弟弟因赌博没睡觉从七楼下摔下来，造成终身残疾，又把全部赔偿金输得精光，还用自杀来解脱。在沈世友眼里，这个前弟媳有着不可推卸的责任。多年不联系的她，今天突然来到这里肯定没有什么好事情。

"她是世银叔的老婆？"胡俊生这才明白，眼前这个女人就是沈世银的前妻刘美丽。刘美丽不愧于她的名字——美丽。刘美丽不但人长得美丽，还有一种气质。

"哥，我知道我不对，如果当初不与世银离婚，也不会出现这样的事。有些事还是到你房里说比较方便。"刘美丽说着跟着沈世友走出胡俊生的房间。

两人刚走，杨建飞就推开了胡俊生的门，一进屋就问道："你是说刚才跟在沈叔后面的那个女人来找他？"

"是她，沈世银的前妻。"胡俊生回答。

"沈世银的前妻？她来干什么？老胡，我们去看看，不要让沈叔吃亏。"杨建飞问出这话，其实也明白了几分。刘美丽偏偏在沈世银去世后来这里，肯定是为了那笔赔偿金。

胡俊生的想法与杨建飞的想法不谋而合，他觉得有必要去一趟沈世友的房里。沈世友是一个极为老实的人，而刘美丽则不同。如果他们交锋，沈世友肯定不是刘美丽的对手。

胡俊生与杨建飞一进沈世友的房间，屋里已经充满了火药味。沈世友见胡俊生和杨建飞进来，就说："这个女人是来要钱的。她说我弟弟的赔偿金有她的一份。"

刘美丽来这里的目的，果然与胡俊生和杨建飞的想法一样。但是，刘美丽与沈世银早就离婚了，她与沈世银也没有任何瓜葛，现在来向沈世友要沈世银的赔偿金，是不是有点过分？于是，胡俊生向杨建飞使了一个眼色，觉得有必要与杨建飞对刘美丽进行"指导指导"。

"刘女士，刚才不知道是你，多有得罪。据我了解，你与沈世银离婚已经好几年了，现在沈世银因受伤得到的赔偿金好像与你无关吧？如今他不在人世了，也该由他最亲的人保管，包括他的哥嫂、父母，还轮不到你吧？"沈世友是个

老实人，如果此时再不替他说话，要被刘美丽紧紧相逼，还不知道出什么乱子，因此，胡俊生站了出来，说，"也许还有一件事你不明白，就是那笔赔偿金共计30万块，在去年除夕晚上，被沈世银拿去赌博，输得分文不剩。"

"胡先生，这些情况我都清楚。沈世银是输光了30万才自杀的，但这些钱你们不是又要回来了吗？"刘美丽的语气不急，显然她来这里之前已经做了各种调查工作。

"连这些情况都非常清楚，看来她来之前的确做了许多工作。"胡俊生不由一惊，转过头去看杨建飞，想听听杨建飞还有什么主意。

"刘女士，是吧。你与沈世银离婚多年，就算你们还有夫妻感情，为什么在他受伤时你没有出现呢？他离开人世时也不见你前来，现在怎么就突然来了呢？"杨建飞见到胡俊生给他使眼色，就知道这事情非常棘手，眼前的这个女人不简单，连他们把钱要回来的事都调查得一清二楚，知道的肯定不止这些。

"我在哪里？我会在哪里？他受伤时你们有人通知过我吗？他拿到赔偿金时，你们有人通知过我吗？他自杀后你们有人通知过我吗？"刘美丽说这话时突然激动起来，"当然，我是与他离婚了，我与他的儿子是谁在抚养？你们又有谁知道，我与他离婚时，他输了多少钱？欠下了多少债务？这些债务是谁替他还清的？如果不是孩子马上要中考了，我能不让他一起来吗？"

刘美丽说这话时，明显与她刚才的气质不同，而且一激动，涨红了脸，但话语连贯，让人根本没有反驳的机会，且句句在理。

"你，你……"沈世友想说点什么，可又什么都说不出，他知道刘美丽说的都是事实，这件事连父母都瞒着，当然也要瞒她这个前弟媳。

"沈叔……"胡俊生见沈世友说不出话来，想说点什么，可也觉得刘美丽的话句句在理。万一沈世友心一软，把钱给了刘美丽，他以后回家如何向父母交代？况且，沈世银受伤以后，沈世友自己贴了好几万进去，这又该怎么算呢？

"这些钱刚刚到我手，还没有捂热呢。"沈世友好像突然改变了主意，"人家只退25万，除了人情费，目前到我手里不到25万块。你替我弟弟还的债务是多少，你报个数，这钱从里面扣了，余下的钱一半给我侄子读书，另一半给我父母。我一分钱都不要的。但是给我侄子读书的钱要找人监督。"

"给孩子读书的钱就这样办。但是，这些钱我不会多要的，哥，拿到钱你得把贴进去的除掉，剩余的钱留给父母2/3，给孩子1/3就行。"刘美丽说这话时，眼圈明显红了，"我一个女人，这么多年来没有再婚，是为了什么，还不是为了孩子？只希望孩子将来有一个好的前途，不要走他父亲的老路。这些钱我一定会用在他的学业上。"

"沈叔，你还是等胡婶回来后商量一下，再作打算。"胡俊生和杨建飞没想到沈世友会改变主意，想劝他不要意气用事。

"俊生、建飞，我主意我已定，你们就不要劝了。明天我们一起去银行取钱。"沈世友说这话时，又对胡俊生说，"俊生，你帮我去后面的旅店订个房间，安排她住下。"

"不了，我已经订好旅店。那我先走了，明天一早我过来。"刘美丽说。刘美丽以为要费很大周折才能要来钱，而且做好打官司的准备，却没想到事情会如此顺利，像做梦一样。

在刘美丽走后，胡俊生和杨建飞都劝沈世友，趁现在钱还没有给刘美丽，反悔还来得及。一旦给了钱，反悔不但没有用，胡婶也会因此闹，到时候家庭不和，可就不一样了。

"钱又有什么用呢？她说的没有错，我们一直没有通知她。我是想我那死去的弟弟唯一骨肉能够好好读书，有一个好的生活。这么多年来，刘美丽为了孩子，一直没有改嫁，这不是一般女人能做到的。如果我死去的弟弟争点气，又怎么会是这样的结果呢？"沈世友说，"我和你们胡婶再苦一年，等孩子们大学毕业后找到了工作，我们就回去孝敬父母。"

沈世友的话很伤感，胡俊生和杨建飞都难过地低下了头，如果换成是他们，能办到吗？

# 第45章
## 之杰被拘留

 

吕琪在谢依雪、任晓霞和胡惠芳那里得到关于是否要孩子的答案后，感觉轻松多了。她也想明白了，自己还是个没长大的孩子，以目前的状况又怎能要孩子呢？她想把这个消息告诉李之杰。可李之杰一直都说忙，脾气也明显有了转变，令吕琪很是不解。

有可能是自己一直想要孩子，惹李之杰生气了。吕琪决定找一份工作，让李之杰对她另眼相待。像吕琪这样的年轻女孩在江州找一份工作并不难，特别是那些酒吧、茶室、宾馆酒店啊，都喜欢招年轻漂亮的女孩。吕琪曾经在一间茶室当过服务员，工作不怎么辛苦，工资还高。自从与李之杰结婚后，她就辞去了那份工作。因为婚前，李之杰向她保证过，结婚后就不让她工作。但吕琪认为自己还年轻，应当找一份工作干干，成天没事也不好玩。于是，她背着李之杰又悄悄地回到原来的茶室继续工作。

这天中午11时许，吕琪刚刚到茶室上班，手机就响了，她一看是李之杰打过来的，便接了电话。可对方说他是派出所的民警，让吕琪赶紧到派出所去一趟。

等吕琪赶到派出所时，才知道李之杰因为打架已被拘留。这该如何是好？吕琪一时没了主意，呆了好一阵子，才想起给胡俊生打电话，请他帮着想想办法。

"琪琪，不要着急，你先弄清楚阿杰被拘留的原因。我马上赶过来。"胡俊生接到吕琪的电话，也十分着急。作为"90后"的李之杰，胡俊生一直不放心他，虽然两人同住在四合院里，李之杰的年龄与胡向上差不多，性格也相近。李之杰虽然结婚，但他与胡向上一样，无论是做事还是说话，为人处事都有相同之处。

好在中午有一个半小时的休息时间，胡俊生把工作赶紧处理了一下，与同事说了他有事要出去，马上给杨建飞打电话说了李之杰的事，便即刻出发去派出所。

胡俊生到达派出所时，杨建飞居然比他早几分钟到，吕琪正眼泪汪汪的向他比画着什么。胡俊生赶紧走了过去，问道："到底是怎么回事？"

"说他在酒店里打架……"吕琪哭着把事情的经过讲了一遍。

早上，李之杰来到酒店里上班时，店里的顾客并不多，他就掏出手机来看新闻。一个顾客叫他端点咸菜。本来这些顾客都是在酒店里住宿的，早上吃的是自助餐，饭菜都摆在那里，顾客只需要自己取个盘子和碗筷，挑自己喜欢吃的饭菜。可那个顾客偏偏喜欢吃咸菜，刚好咸菜没有了，他便冲着李之杰大声叫嚷起来。李之杰看新闻正在兴头上，就回了一句，那里不是有嘛。顾客不高兴了，又朝李之杰喝道，有你这样服务的？我要向你们老板投诉你。一听到投诉二字，李之杰火了。今年以来，他已经多次被顾客投诉过了。大堂经理说，如果李之杰再遭到顾客投诉，不是工作的问题，而是扣光所有工资。于是李之杰朝着顾客吼道："你投诉一个给我看看？"

"你这个人年纪不大，脾气还不小。"顾客没想到李之杰会这样回答他，非常生气，"把你们管事的人找来。我看看是你一个打工的强还是我强。"

"你强？你强个屁。"李之杰见顾客气势汹汹的样子，也火了，"我打工的，又怎么啦？你给我说清楚。"

"你说什么？你说我是屁。"顾客顺手拿起一个碗就朝李之杰扔了过来。李之杰头一偏，但碗还是从他耳边擦了过去。

"娘的，你还动手了。"碗虽然没有打到李之杰。李之杰这下真的火了，身子一晃就到了那顾客身边。等那个顾客反应过来，胸口已经被李之杰的左手抓住了，脸上也挨了李之杰的一拳头。顿时，鼻子里的鲜血流了出来。另外的服务员见状，赶紧跑过来拉开了他们。顾客忍着痛报了警。警察赶来时，酒店的大堂经理也到了，对于李之杰这次惹的祸，他也有心无力。除了先把顾客送到

医院治疗外，只能让警察把李之杰带到派出所。

"阿杰虽然打了人，但是顾客先动手的啊，为什么就要拘留阿杰呢？"杨建飞为李之杰抱不平。

"阿杰这样做，肯定是有原因的。"吕琪哭着说，"我最近发现他的脾气不怎么好，以为他工作太累，压力大，就没多在意。"

"事情肯定比想象中要严重些，或许你们之间还有什么误会之类的，只是你一时没弄清楚而已。"虽然住在同一个院子里，胡俊生有好些天没与李之杰说过话，即使见面，他只是点点头而已，发现他没有一点精神。胡俊生是过来人，以为他与吕琪床事做得多了，这事又不好问。今天听吕琪这么一说，才明白李之杰的确有事瞒着大家。

"老胡，你的话有道理。这阿杰平时说话吊儿郎当的，但做事绝不含糊。最近，我见到他，也觉得他好像有心事，或者说遇到了什么麻烦。他本来就是个暴脾气，如果没点燃他暴脾气的火种，当然没事，一旦有点燃他暴脾气的火种，爆发出来便不可收拾。"杨建飞虽然比李之杰的年龄大，但相差不到10岁，对于"90后"的小年轻，他比胡俊生要清楚得多些。

"琪琪，你说说在这以前，你们两人是不是吵过架？"胡俊生也觉得杨建飞分析得对，就要找出根本原因来。

"没有。只是我……"吕琪与李之杰没吵过架，但她一直要求李之杰要个孩子。是不是李之杰把这事一直放在心里呢？

"只是什么？不要吞吞吐吐的。"胡俊生急切想知道吕琪与李之杰之间发生了什么事。

"我想要个孩子，可他一直不同意。"吕琪终于鼓足勇气把这件事说了出来。

"想要个孩子？你们是正儿八经的夫妻，你又是个女人，该有这个想法啊。"杨建飞还没有明白过来。

"建飞，你觉得像阿杰和琪琪这样的小青年，目前适合要孩子吗？他们自己还是个孩子呢。"胡俊生担心李之杰就是因为吕琪想要一个孩子，心里十分矛盾而惹出事来。

"老胡，你的话有道理。"杨建飞听了胡俊生这么一分析，觉得胡俊生的话没有错，又转过头来问吕琪，"他不同意你要孩子？"

"嗯。他说我们都还年轻，还让我找小雪姐和霞姨商量商量。前几天，我找她们商量过了，特别是胡奶奶说我们都还没有做好当父母的准备。所以，我决定先放弃要孩子的想法。"吕琪说着眼泪忍不住流出来，"这几天我一直找机会与他商量，可他都不理我。没想到今天会……"

"好了。你也别伤心了，打架嘛，顶多拘留一个星期。一个星期后，阿杰也就出来。"胡俊生劝吕琪说，"以后有什么事，两人在沟通上不能出问题，否则会有很多麻烦事。特别是像你们这样的小青年，做事又不考虑，等到出现严重的后果才来想对策。"

"可警察说还要交2000块钱的罚款。"吕琪窘迫地说，"我身上一分钱都没有……"

"这个你放心。来时我和建飞通电话时，就估计你没带钱，所以，我们各自准备了点钱。你先拿着把罚款交了。"胡俊生从口袋里摸出一叠钱来，杨建飞也赶紧摸出一叠钱递到吕琪手里。然后，三人进了派出所，找到当事的民警。

民警认识胡俊生，听说刚刚拘留的人是胡俊生的朋友，让他多劝劝李之杰。既然是出门打工就好好地打工挣钱，不要惹是生非。现在是和谐社会，不要做出一些过激的事情来。胡俊生连连向民警赔不是，又说李之杰出来后，他们会马上教育他。以后一定不会出现类似的情况来。警察又说，对方的要求很严，不但要赔偿医药费，还要精神损失费。但他们必须拘留李之杰7天，因为对方是个外地客人，要在江州待7天。怕双方再起冲突，也是他们保护李之杰。面对这样的情况，胡俊生征求吕琪的意见。吕琪只得点头答应，钱无所谓，只要人没有事，不被判刑，拘留就拘留吧，也算是给李之杰一个教训。

几人交了罚款后，又马上赶往医院，向那个顾客赔了不是。其实那个顾客的伤势并不严重，李之杰也没有下狠手打他，不然的话，顾客就是铁做的，估计现在也得躺在病床上起不来。

"还是要好好地打工，不要惹是生非。出门打工不易，挣钱更不易，又何必与钱过不去呢？民警说得对，和谐社会了，就要和谐做事。"胡俊生感叹地说，"我们来这里也不仅仅是打工，还有自己的梦想呢。"

# 第46章
# 房租涨价了

又半年过去了,琐事繁多的四合院终于平静下来。胡俊生的工作也顺心多了,令他欣慰的是胡向上现在上学也不用他接送了,这孩子在这一年中似乎长大了,懂事多了,学习也刻苦了。

杨建飞继续跑业务,虽然成功率不是很高,但挣的钱却比胡俊生上班的工资多,谢依雪仍然每天去卖早点,下午也要去摆一会儿摊。沈世友与胡惠芳仍然在他们的"岗位"打工,只是李之杰换了工作,与吕琪在同一家茶室工作,两人同时上下班。这是吕琪的主意,她说既然选择与李之杰好好过日子,就要在他身边好好照顾他。

"一切都在向好的方向发展,等有空的时候大家一定要聚一聚。"胡俊生感慨起来。但他的感慨刚发出来,平时一月才见一面的房东突然出现在四合院里。

"真是稀客。平时请都请不来的房东,今天突然出现,难道他会有什么大事要宣布?"胡俊生之所以这样想,是因为早就听说这里要拆迁了,只是不知道是哪一天。

但房东说房租该涨价了,又说别的房东房租涨价好些日子了,而且涨了很多。他之所以拖到现在才涨价,因为胡俊生他们是老房客,这次要象征性地涨点房租,如果不涨,别的房东会挤对他。房东的话很有道理,也很有人情味。但大家都明白房东这话是托词,房租涨不涨在于房东本人,与别的房东有什么关系呢?

房东说房租象征性地涨点，但每户每月涨了80块。

"妈啊，一月就多80块，一年下来就是的960块，四户人家就近4000块，不少了，相当于我近两月的工资。"胡俊生感叹说。

胡俊生本想游说一下房东，他们在这个院子里住了好几年，就卖个人情，可房东曾经说过这样的话：房子是他的，他想租给谁就租谁，谁要是觉得房租高，可以立即搬走。当然，其他的房东也一样，他们想涨房租了就涨，租客只能忍气吞声，又能咋办呢？谁让你买不起房，要租别人的房子过日子？

晚上，胡俊生下班回到四合院时，杨建飞、沈世友和李之杰都已下班，便召集他们到自己的房间里，把房东来涨房租的事对他们说了，又说："其实，我真想我们能够一直住在一起，可现在房东涨了房租，我的这个希望也就要落空了。大家觉得有房租比这里更便宜，可以等还没交下月房租的时候先搬。"

"这房东竟然不讲一点交情，说涨房租就涨房租，这还叫不叫人住了？"李之杰听完胡俊生叙述的房东的话，心里一下子火了，"我们住了这么多年，从没拖欠一分房租，要是换不长住的人，搬走后，他还得等另外的人来租房子，中间肯定有一段空档期。这样算下来，他要少收多少房租？所以，他就是不涨房租，把房子租给我们，都赚钱了。"

"阿杰说得没错。按理说，我们这样长期租住的房客，房东就不应该涨房租。"杨建飞对于房东涨房租有些不以为然，他虽然很是理解李之杰刚才的话，但房子毕竟是别人的，他说涨房租肯定会涨。

只有沈世友默不作声，如果真像胡俊生那样说，涨了房租，如果杨建飞或者胡俊生搬走了，他不知道该如何办。这几年来，他们一直住在这里，大家相互照顾，他们之间的友情早已非同一般。

"沈叔，你看怎么办？"胡俊生见沈世友不说话，明白他不愿意搬走，或者是不愿意与他们分开。

"我……我没什么意见……俊生，我是想说……"沈世友想说，你搬到哪里我就搬到哪里，可他自己怕说不清楚，这些年自己一直麻烦胡俊生和杨建飞，如果真的分开了住，对他们也许是一件好事，所以，沈世友又把话咽了回去。

"沈叔，有话你请说，不要憋在心里。"杨建飞似乎看出了沈世友的心思，

又不便点明。

"是啊，沈叔，有什么话你就说出来。"胡俊生刚刚觉得自己问错了话，其实他知道沈世友一直把他当儿子一样对待，两人最早租住在这里，一旦要分开，还真有些舍不得。

"沈爷爷，你是不想离开这里吧？"李之杰也看出了沈世友的心事。

"沈叔，你不要多心，我先前的话只是这么说说。房租涨就让房东涨吧，我不搬走。"胡俊生这才想起他开始说错了话，不应该这样说，别人搬不搬不是他说了算，就像房租涨不涨是房东说了算一样。

"我也不搬，就住在这里。"杨建飞见胡俊生表了态，也果断地表态。

"既然大家都不搬，我还说什么？不就是一个月多几十块钱嘛。"李之杰历来都把钱看得很淡，这符合他这"90后"的性格。没钱花了，一个电话打给父母，他们会及时往他卡上打钱的。因而，他说话与别人不一样。

"大家住在这里好几年，一旦要分开，我还真有些舍不得。"沈世友见大家都不愿意搬到其他地方住，不由高兴起来，可又觉得有些不妥，"大家不要因为我不搬走，现在可是每月要多交几十块钱，一年下来就是好几百块啊。"

"多几十块就多几十块吧。反正现在物价都在上涨，人家不涨房租也好像有点说不过去。等到他下次再涨时，我们就离开这个地方。"胡俊生说的是事实，也是心里话。他们也不知道能住到啥时候。这里早就来了拆迁的通知，目前也是在等拆迁，说不定，哪天所有的机器都开来了，他们不得不搬家，到时再也找不到像这样独特的四合院了。

"既然大家都愿意住在这里，那就把不愉快的事都忘记掉。好久没在一起喝酒了。不如抓住今天这个机会来一个一醉方休？"杨建飞提议说。

"喝酒啊，好事。我有好些天没有喝过酒，天天被琪琪盯着，心里实在受不了。"李之杰一听有酒喝，口水都流了出来，自从被拘留后，辞去了酒店的工作，去了吕琪工作的茶室上班。吕琪说让李之杰跟着她上班，一是她好监督李之杰，二是两人一起有个照应。

"喝酒就喝酒。"胡俊生正想与众人聚一下，没想到杨建飞与他想到一块儿了。

"今晚我请大家喝酒。"沈世友一直想请大家喝酒，表示感谢，可不是这个没空就是那个没空，反正很难凑到一块儿。今天居然大家都没有事，他觉得杨建飞提了一个好建议，又说，"今晚我做东，谁跟我抢我跟谁急。"

"喝酒是我说出来的，你沈叔来买单，这怎么说得过去？"杨建飞说，"要买单也是我，大家别跟我抢了。"

"你们都争着买单啊，那我就等着喝酒就行。"李之杰还真怕买单，不是他不愿意，是他身上没有一分钱，现在是吕琪当家做主了，所有的钱都归她支配。

几个人正说着，谢依雪和胡惠芳收摊回来。今天的生意真好，还没到天黑，谢依雪做的糕点就卖完了。谢依雪见几个男人不但没做饭，还坐在院子里聊天，便走过来："你们都没有做饭，今晚是不是要下馆子啊？"

"小雪，你还真说对了。我们正在商量下馆子的事呢，说是让你买单呢。"胡俊生取笑谢依雪，"谁叫你不但人长得漂亮，菜也烧得好吃呢。"

"你的菜还是一样好吃吗？"谢依雪以为胡俊生与她开玩笑，"要不，我买菜，你来烧。"

"你们都停下休息一会儿，我们今晚去后面老乡的川菜馆里吃川菜。"沈世友说，"说好了，今晚我请客，谁也不许打买单的主意。"

"对对，我们家老沈请客，大家都不要争啰。"胡惠芳也好几次和沈世友商量，让他找个时间请胡俊生他们吃一顿饭。

"那就这样定了。我们先等等晓霞和向上。"沈世友转过头问李之杰，"琪琪呢？你赶紧给她打电话，让她马上回来。"

"不用打了，她在房间里睡觉。"李之杰说昨天他与吕琪都上了夜班，今天又接着上了白班，下班回来就困得不行，但他只小睡了一会儿就起来了，吕琪还在呼呼大睡呢。

几人商定后，天也黑了。胡向上骑着自行车回来了，接着是任晓霞也回来了。沈世友见人到齐了，就带领大家直奔后面老乡的川菜馆。

# 第47章
# 城管撵人了

　　房租涨了，谢依雪嘴上没说什么，心里还是有点不舒服。每月要额外多支出80块钱，虽说不多，但那也是钱啊。尽管这一年多来，四合院里发生了很多事，谢依雪没出多少力。但丈夫杨建飞不一样，他与邻居胡俊生为了帮助沈世友，可谓是忙前忙后，累死累活，谢依雪从没反对过。她知道丈夫这样做自有他的理由，况且，大家同租住在四合院里，又都是老乡，相互帮助是应该的。

　　道理是这个道理，谢依雪也非常明白，可现在房租一涨，虽说每月80块钱，一年下来就960块钱，这就说明离她的梦想又远了一步。谢依雪原计划在春节期间无论如何都把房子买到手的，却因沈世银赌光30万赔偿款的事给耽误了。因此，买房的事在谢依雪心里也成了一块心病，多么希望能早一天有属于自己的房子，这样，无论房东涨房租还是拆迁都与她无关了。只是，房价仍在上涨，到目前，同样的房子首付又多了几万，这不能不让她着急。谢依雪也明白，要想买到属于自己的房子，只有一条路可走，那就是加紧挣钱。因此，谢依雪除了早上卖早点外，下午也要出去摆摊，目的只有一个，多挣些钱。现在对她来说，一分钱也是钱。

　　这天下午，谢依雪睡好午觉起来，看看时间差不多了，马上收拾好东西，骑上三轮车前往摆摊点。来到地方，谢依雪发现有些不对，哪里不对她又说不清楚，因为以前与她一同摆摊的摊友今天一个都不见了。这太不寻常了，不可能几个摊友一同"消失"。谢依雪想了想，他们不来，自己可以尽早地把东西卖完，然后早点回家烧饭。

令谢依雪没想到的是，刚刚支好摊架，一辆汽车在她的摊前突然停了下来。谢依雪抬头一看，傻眼了：从车上下来的人是城管。这地段属城郊接合部，城管不应该来管啊，怎么他们今天突然来管了？怪不得那些摊友一个都不见了，原来他们早就知道有城管来啊。谢依雪想收摊已经来不及了，几个城管不容分说，上来就把她的摊架往他们的车上抬去。

"你们这是想干什么？"谢依雪没想到城管会没收她的东西，跑过去拉住摊架。

"干什么？你不知道这里不能摆摊吗？"说话的人像是这群城管的头头，"我们现在正在执法，请你不要妨碍我们工作。"

"不让摆摊，你们也要说一声啊，走过来就收我的东西。我现在不摆摊了，行么？"谢依雪觉得这些城管太霸道了，说都不说一声，就要没收她的东西。

"我们没有通知吗？你往那边的电线杆上仔细看看。"城管头头说着指了指不远处的一根电线杆，上面的确贴有巴掌大小的一张纸，"我们在上面写得明明白白的，这里从今天起禁止摆摊。再说昨天我们已经来警告过了，其他人都没来，就你还来。"

"你们来真的？"头一天，城管的确来过，谢依雪以为城管像往常一样，来一次就不会来了，没想这次他们动真格的了。谢依雪以前也领教过城管的厉害，他们说收谁的东西就会收谁的东西。反正，他们总有理由说服你的。谢依雪清楚地记得她刚卖早点那会儿，她的东西就被城管没收过，还差点挨了打。

"大家都像这样乱摆摊，我们的城市还能文明吗？"今天的这个城管头头还算是比较和气。要是以往，他们才不给你说道理，先把你控制起来，然后会一声不吭地把东西抬上车子扬长而去。

"什么文明不文明，有谁会告诉我这个小贩？"谢依雪还是不依不饶，反正花了好几千块买来的东西被没收了，心里的这口怨气要出。可是，话一出口，谢依雪又有点后悔了，东西没了，明天早上怎么去卖早点？因此，谢依雪改了口气，变了策略，以哀求的方式向城管头头说，"领导，你行行好行不？你把

东西还给我，我保证不再摆摊了。"

"不行。你们这些小贩啊，嘴上说不摆了，等我们一走，你们又摆上，与我们打游击。我们哪里有那么多的时间和精力来与你们周旋？"城管头头还是不通融。

"领导，你就可怜可怜我吧。我家中不但有老人，还有上幼儿园的孩子，他们都需要我挣钱来养活他们，你说我一个女人出来摆摊挣点钱容易吗？"谢依雪说的是实情，眼泪忍不住流了出来。

"你不容易，我们容易吗？"城管头头说，"你们与我们打游击，为了你们我们可是风里来雨里去。没有吃过饱饭，没睡过好觉。我们在东，你们就跑到西，我们跑到西，你们又跑到东，成天与我们躲猫猫。今天撞见了，你说我们能放过你吗？"

城管头头高傲的样子令谢依雪十分反感，可是自己的东西在他们手里，不低三下四又不行。现在低三下四了仍然不行，心里不由火了，用四川话说道："你们这些龟儿子没收我吃饭的家伙，难道就不怕遭天打雷劈和报应吗？"

"报应就报应吧。"城管头头不再理会谢依雪，命人把谢依雪的东西全部搬上车后，就坐上车一溜烟走了。

看着价值近两千块的东西就这样被城管全没收了，谢依雪欲哭无泪。这得需要卖多少天的早点才能赚回来。当然这还不是主要的，主要的是明天用什么东西去卖早点？耽误一天卖早点，离她买房的愿望又晚了一天。

谢依雪不知是怎么回到四合院的，胡惠芳也刚下班回来，她见谢依雪目光有些呆滞，又见她是空手回来，再看了看院子里没有她的三轮车，觉得情况不对，便问："小雪，你咋的啦？你的三轮车呢？"

"收了。被没收了。"谢依雪有气无力地回答，眼泪却忍不住流了出来，"他们一群恶霸把我的东西没收了。姨，我的命怎么就这么苦啊。"

在见到胡惠芳的这一刻，谢依雪受的委屈在这一瞬间爆发了。她多么需要找一个人来倾诉，把心中的那口怨气全发出来。

"小雪，不要着急，等建飞回来再想想办法，看看能不能找关系，把车子弄出来。"胡惠芳安慰她，"你说说我前些天都是早上上班，今天被安排上下午班，没有时间跟着你一起出去。"

"胡姨，他们一点理都不讲。说是早就在电线杆上贴了通知。"谢依雪说，"那通知我看了，就巴掌一样大小的纸片，上面的字也小得可怜，如果不是有意去仔细看，还以为是狗皮膏药呢。"

"还让不让人活啊。小雪，把心放宽些。"胡惠芳一边安慰谢依雪，一边也骂起那些城管来。尔后，胡惠芳又劝谢依雪不要急坏了身体，毕竟身体才是最重要，车没了可以再买，钱没了，可以再挣，但命没了，就没了。

在胡惠芳的劝说下，谢依雪的心情稍微好了些，但还是显得格外沉重，又在胡惠芳的搀扶下回到房间里，倒头便睡。也许是累的，也许是心情不好，不大一会儿，谢依雪竟然睡着了。胡惠芳这才退出房间，赶紧去做晚饭。

在睡梦中，谢依雪的身体飘了起来，整座江州城全在她的眼下，那些高档上品位的房子都纷纷被她踩在脚下。"你们这些房子迟早都是我的。"谢依雪又飘到她曾经看过的好几套房子那里，房子还是原样。尽管它们被别人买去了，也住了进去，但谢依雪总认为那房子原本是属于她的。

"这房子怎么会一点都没变呢？"谢依雪有些不解，她轻轻地飘到窗口，突然大笑起来，原来这些房子根本没卖出去，是开发商伪装成卖给了别人。谢依雪又大笑起来："江州那么多新房卖不出去，价格那么高，又会有多少人买得起呢？不是我买不起房子，是我不高兴买。"

"醒醒。小雪，你快醒醒。"谢依雪被人摇醒了，好像从万丈高空突然落在了地上。她迷糊地睁开眼一看，是丈夫杨建飞正摇着她的身子。

"小雪，你做噩梦啦？"杨建飞的口气有些着急。

"建飞，你回来了……"谢依雪见到杨建飞，又忍不住流出眼泪，说，"城管把我卖早点的东西全收了。"

"小雪，不要急。这事胡姨全告诉我了，只要你人没事就好。"杨建飞担心谢依雪出事，特别是刚一进屋，见她在床上狂笑不已，让人有些胆战心惊。

"没事了。"谢依雪不想让杨建飞担心她，便马上从床上起来，"你饿了吧，我去烧晚饭。"

"小雪。"杨建飞拉住了谢依雪，心疼地看着她，"小雪，你辛苦了。你好

好休息,我来做晚饭。"

这些年来,谢依雪跟着杨建飞吃过不少苦头,但她从没有过怨言,而是真心实意挣钱。作为一个男人,杨建飞平时工作忙,很少去关心谢依雪。今天,妻子受了这么大的委屈,杨建飞当然不愿意让谢依雪做饭,他要让她好好地休息休息。

但杨建飞还是有些担心,怕谢依雪为了买房子,什么事都干得出来,他在烧饭的同时,随时观察着谢依雪。他不能让她出任何事!

谢依雪却显得十分平静。虽然生活对她不公,但她不能对生活不公。第二天,一狠心,谢依雪又去市场上买了一辆三轮车和卖早餐的器具。

# 第48章
# 小偷哪里跑

胡俊生一直为沈世友的事忙碌着,工资也因常请假被扣,对于一个民工来说,这是致命的打击。但沈世友的忙不能不帮,不但是近老乡,还租住在同一个院子里,于情于理都说不过去。但任晓霞却不这么想,作为一个女人,都希望男人出众,多挣一些钱,让一家人过得滋润些。任晓霞每天都加班加点地工作,当然最大原因还是公司让加班。加班就会多挣一些钱,尽管有时候任晓霞很是不情愿,但这样的日子久了,也就习惯了。任晓霞明白钱不是万能的,但没有钱却是万万不能。胡向上快高考了,从目前他的成绩来看,虽然考不上重点大学,但一般的大学肯定能考得上,只要考上大学,等待她和胡俊生的除了喜悦外，更多的是压力。任晓霞听别人说过，读大学的学生不一样，花钱如流水。人脉交际要花钱、谈女朋友要花钱、东买西要花钱。反正把一个大学生供出来，一年至少要花两三万，四年就是十来万。这几年两人打工的收入都不高，尽管生活十分节俭，但仍然是没有多余的钱。

这天早上，任晓霞早早地赶往公司，骑车来到立交桥下面，看到几个小青年鬼鬼祟祟地东张西望，一看就知道他们不是好人。但其中一个小青年的说话声引起了任晓霞的注意，她觉得这声音好熟悉，一时又想不起来。管他们是谁呢，任晓霞边骑车边想，又觉得不对，便努力回想起来。突然，任晓霞想起来了，不就是一年多前的那个夜晚抢自己工资和手机的人的声音吗？想到此，任晓霞马上调转车头，向那几个小青年骑去。可是几个小青年正往郊区的一座民宅走去。怕打草惊蛇，任晓霞装成路人，不紧不慢地跟在几个小青年后面，直到看到他们进了一间出租屋里，任晓霞才掏出手机报了警。她怕到时候在警察面前说不清楚，又马上给胡俊生打了电话。

胡俊生接到了任晓霞的电话，马上赶往任晓霞说的民宅。刚刚把车子停下来，一辆警车也赶到了。警察从车子上下来，胡俊生看到了胖子警察。都是老熟人了，胡俊生急忙上前递上香烟，又把事情的经过说了。

"你们就这么确定是他们吗？"胖子警察有些怀疑。

"绝对没有错，那个高个子的声音我太熟悉了，就是化成灰我也能听得出他的声音。"任晓霞十分肯定地说。

"胡俊生，你真要搞准确啊，弄错了，他们有权投诉我们。到时候我不但要挨批，你们也好不到哪里去。"胖子警察还是有些不相信。

"阿霞，是不是他们，真别弄错了。"胡俊生因没见过那几个人，也怕任晓霞弄错了。

"肯定是他们。"任晓霞十分肯定地说，"那天晚上虽然天比较黑，但他们的身影我还是辨得清楚的。特别是他们的声音，我太熟了。这一年多我一直在找他们，今天给遇上了，绝不会放过他们。"

"怎么办？"胖子警察有些犹豫，可毕竟有人报警了，而且他们又都来到了现场，不问清楚，也不是他们办事的风格，万一弄错了，他们又怕麻烦。

"警官，你们有权询问他们，你们去看看和问一下，不就清楚了？"任晓霞非常不甘心，既然警察来了，又怎么放过这个机会？所以，她自作主张地给胖子警察出谋划策，"你们是警察，可以按照惯例查居住证，这样不就行了吗？"

"看看就看看。"胖子警察说，"胡俊生，我们都是熟人，万一不是他们，你就别怪我没有提醒你们了。"

"行。有事我担着。"胡俊生见胖子警察为这点小事都磨磨叽叽，心里有些不舒服。但嘴上也不好说什么，只能应着担着。

胖子警察带着五六个协警进了任晓霞指定的那个房间，好大一会儿，他们带着几个小青年出来。胖子警察朝胡俊生点了点头，还竖起了大拇指，脸上满是笑容，说："胡俊生，你们跟我去派出所作一下笔录。"

原来,胖子警察带着协警进了小青年的房间后,发现房间里有好多作案工具。面对警察的突然"造访",几个小青年也吓坏了,立即起身反抗,但最终双拳难敌四腿,被胖子警察他们控制住。同时,在房间还搜出了大量的毒品。经过审讯,这几个人不单单是惯偷,还是一个贩毒团伙。立交桥下面的几十起抢劫事件都是他们干的,其中包括抢劫任晓霞的事件。

令胖子警察没想到的是任晓霞一个电话，竟然让他捣毁了一个专门趁黑抢劫和贩毒的团伙。得到意外的收获，胖子警察高兴不已，破了这个团伙至少也要立一个三等功。但这些功劳都因任晓霞的那个电话。胖子警察对胡俊夫妻俩表示感谢，又说，等案子办好了，请他们吃饭。

直到中午，胡俊生和任晓霞才办完手续从派出所出来。3000块钱终于找回来了，任晓霞高兴不已。其实，这事已经过去一年多，任晓霞已经不抱什么希望，如今竟然阴差阳错地又让她找了回来。虽然3000块钱在有钱人眼里，根本不算什么，可对于任晓霞来说，那是她一个月的辛苦所得。

见任晓霞如此高兴，胡俊生便轻轻地搂了搂任晓霞。任晓霞被胡俊生搂了一下，有些不习惯，也不自然，问道："大白天，搂搂抱抱的，你就不怕别人看见，好意思不？"

"有什么不好意思的？你是我老婆，我想搂就搂，谁敢干涉我们？"其实胡俊生现在心里还像做梦一样。他简直不敢相信，一年多前的案子竟然会在一瞬间破了，真是奇迹。

"你是不是有其他想法？"任晓霞看着胡俊生怪怪的脸色，又想起他刚才的举动，有些不安，又问道，"你都好些年没搂抱过我了，今天这个举动，不得不令我有其他想法。"

"我有什么想法？我只是觉得你很勇敢。"胡俊生见任晓霞误会了他，只得解释说，"你说说，这些小青年不但是抢劫犯，还是毒贩，你直接跟踪他们，万一被他们发现了，一个女人被他们欺侮怎么办？好在你聪明，先报警，再打电话给我。说实话，在电话里听到你说这件事，我是一万个不相信。我赶过来是担心你的安全。"

"你真那么担心我？"任晓霞突然发现胡俊生是那么可爱。结婚后一直跟着胡俊生在外打工，两人每天为了生活，婚前仅有的那点浪漫很快地消失了。白天两人各干各的工作，只有天黑时才见面，即使见面后，两人又有忙不完的各种家务，等做完这一切，天都很晚了，他们又不得不上床而眠，养好精力，准备下一天的征程。随着儿子胡向上慢慢长大，两人的浪漫更没有了。即使偶尔想浪漫一下，中间还夹着一个胡向上，他们只能退而求其次。

"我不担心你，谁担心你啊。"胡俊生看了看时间，提议说，"该吃午饭了。现在公司开饭的时间已经过了，要不我们去那边小饭店吃一顿，庆祝一下？"

"也该庆祝一下，过一下我们的二人世界。"任晓霞觉得胡俊生这个提议不错。胡俊生的搂抱又引起了她对少女时代的回忆，那时，胡俊生在追她时，两人经常在没人的时候搂抱一会儿，表示他们的亲热。

两人来到离任晓霞公司不远处的一家小饭店里。胡俊生让任晓霞来点菜，任晓霞每看一个菜，都要看看菜后面的价钱，时不时发出感叹，一个素菜都要10来块钱，要是自己去菜市场买，可以买很多了。任晓霞越看越下不了手，又把菜单递给胡俊生，让他点。胡俊生想点几道普通菜，可边上的服务员正用异样的眼光看着他们。胡俊生一下狠心，就点了一道红烧肉，一个鱼，还有两个素菜。

"你点这么多菜，吃得完吗？"任晓霞看出了胡俊生的心思，有些生气地问，"我们吃我们的，你看服务员干什么？他们不出钱，当然希望我们多点菜，他

们就会多挣些钱。"

"算了，我们难得出来奢侈一回，吃不完，打包。"胡俊生不想丢了脸面，毕竟他是一个男人。

"服务员，拿两个袋子来。"任晓霞叫服务员时，已经把好的几块红烧肉夹了出来，"我们就不要浪漫了，向上还在学校苦苦读书呢，也该补补营养了。"

两人各吃了两大碗白米饭，肉和鱼都几乎没动，便打了包，这是给胡向上留的。

出了小饭店，任晓霞又多次叮嘱胡俊生先把菜带回去才能上班。这还不数算，她又让胡俊生把菜盖好，不然，胡向上会吃坏肚子的。

胡俊生都应了下来，同时，心里也充满了遗憾，过着这样的生活，怎么对得起任晓霞，还有那个正在读书的儿子呢？

# 第49章
# 想开家茶馆

在茶室里工作时，吕琪一直没有闲着，除了照顾客人外，便偷偷观察来喝茶是哪类客人，老板是如何做生意的。同时，她也总结出了一个经验：付出与收入永远都不会成正比。要想改变这种状况，那就是自己当老板。吕琪把这个想法对李之杰说了，李之杰像看外星人一样看着她，目光久久没有离开，然后摸着吕琪的头说，你这孩子快要长大了。其实李之杰也有这个想法，只是苦于自己没有知识没有技术，自己能做什么呢？

"你开什么玩笑？我说的是真话。"吕琪见李之杰不相信她，有些急了，又说，"我们两人在这家茶馆里做了这么长的时间，你看到一件事情没有？每到星期天，来这里喝茶的人特别多，还有许多人谈事，都是来这里。"

"你说的这个我早就注意到了。"作为服务员的李之杰又怎能不知道呢？这里最便宜的茶都要30块钱，就那点茶叶和开水又能值几个钱？但是人们喜欢来这里，这是为什么？

"既然你注意到了。你说说他们喜欢来这里喝茶的原因。"吕琪见李之杰老半天都说出不个所以然来，又迫不及待地问他。

"我不清楚啊。"李之杰的确没有弄清楚是怎么回事。这不能怪李之杰，他只是一个20来岁的小伙子，有钱就挣，有钱就用的人。至于事情后面的原因，他从来不考虑。

"让我来告诉你吧。茶馆是一个非常安静的地方，还可以做些意想不到的事。"吕琪说完，不由笑了。她说的"意想不到的事"有双层意思，怕李之杰误会。又解释说，比如干工程的包工头，会把一些项目经理啊请到这里来，名义上是喝茶，暗地里是做一些交易。这样类似的事情很多，这些人对于几十块钱的一杯茶，根本不在乎。

"你说的我知道，这样的事情我见过很多，只不过我们是服务员，睁一只眼闭一只眼罢了。"李之杰听吕琪这么一说，这些事情都会在他的眼前浮现，只是没留心罢了。

"如果我们也开一家茶馆，你看看如何？"吕琪见李之杰已经明白了她的意思，便把她的想法提了出来。

"开茶馆？你疯啦？这得需要多少钱？我们又从哪里去找些钱去？"李之杰虽然不太过问这些事，但他明白开一家茶馆得需要一笔不小的资金，"即使茶馆开成了，生意不好，亏了怎么办？"

"还没有开，你就说亏。没有胆量，能做成事情？"吕琪狠狠地瞥了李之杰一眼，"亏你还是个男人，这么点小小的理想都没有，哪是干大事的人？"

"你不要生气嘛，我只是这么说说。"李之杰想稳住吕琪一时冲动的想法，又说，"这毕竟是大事，我们不能凭一时冲动，就决定一件大事，还是先问问胡叔和其他人吧，人多主意多。"

"这还差不多。"吕琪笑了，"这才是一个男人该做的事。我们下班就问问胡叔。"

吕琪好不容易才熬到下班，急忙拉起李之杰跑出了茶馆，赶回四合院，见胡俊生正与杨建飞在院门口下象棋。两人正津津有味地琢磨着吃掉对方的棋子，就是不接李之杰的话语。吕琪有急了，大声说："胡叔，你们先不要下棋了，出大事了。"

"出什么大事了？"胡俊生和杨建飞一听出大事了，马上停住手中的棋子，异口同声地问道，"谁又出事了？"

"我不这么说，你们的棋要下到天黑。"吕琪嘟起小嘴说，"我和阿杰有一件事要请你们出个主意。"吕琪说完，便把她与李之杰商量的事对他们说了。

"要开一家茶馆啊？这是好事，我举双于造赞成。"杨建飞没有考虑，就把话说了出来。

"建飞说得对，开茶馆是好事。但是，你们的资金从哪里来？你们的茶馆开在什么地方？"胡俊生冷静地问道，"你们可要考虑好，这可不是开玩笑的事。"

"这事还真不是开玩笑的。资金嘛，我们想办法筹办。选址，还没有考虑好。"吕琪如实回答说。

"她是一时的冲动，说开茶馆就想开茶馆，会遇到很多问题的。"李之杰终于插上话了，"这个风险相当的大。"

"都是年轻人，怕什么风险？要是我说干就干。"杨建飞把手中的象棋子丢在棋盘上，说，"你们有这个想法，我非常赞成。"

"开。有什么大不了的事？我也赞成。"胡俊生说完便分析起来，李之杰和吕琪都还很年轻，又没什么负担，是该闯一闯的时候了。况且，人们的生活一天比一天好起来，江州又是沿海城市，竞争特别厉害，工作压力也相当大，但他们在工作之余，喜欢找个地方消遣。纵观江州市区，大小层次不一的茶馆不少，这些年来，除了主人有事转让外，没见哪一家茶馆倒闭。换句话来说，人们的生活已经离不开茶馆了。但是，开茶馆选址相当重要，一要顺路，二要有停车的地方。因为能喝茶的人，基本都是开车去的。没见哪个民工骑着自行车或电瓶车去喝茶的，除非有人请他们，当然也有少数例外。第三个就是档次问题，如果档次高了，那是给有钱人开的，会丢掉普通顾客；如果档次低了，普通顾客也许只会去一次，会把高档次的顾客丢了。另外，就是租金的问题，在市中心开，租金肯定不低，弄不好挣来的钱都给了房东，如果在郊区，可又有多少顾客去那里？最后是一切都做好了，如何把名气打出去，这都需要一步一步地把方案做出来。

"哎呀，听你这么一说，我们还真不敢开茶馆了。"还没有等胡俊生分析完，吕琪的眼睛就睁得特别大，没忍住就打断了胡俊生的分析。

"我说的都是理论上，但实际情况也许不一样。"胡俊生说，"你们有这个想法是对的，我也非常赞成。选址这一块估计你小雪姐比我们在行，在管理和经营方面，我想，你们都在茶馆里上班，这个比我们都清楚。"

"老胡分析的没有错。你们先考虑一下，我们能帮上忙的，一定会尽力。比如选址，我也可以找一些朋友打听。还有工商方面，我也可以找朋友帮忙。"杨建飞拍着胸脯着，"只要你们开起来，我以后会带着朋友来照顾你们的生意。"

"阿杰，琪琪，你们都很年轻，虽然在很多事情上都非常任性，但在这一点上，我是非常支持的。你们年轻人就应当有闯劲，只要多方面考虑，肯定会成功。叔叔我虽然40多岁了，但目前也在一边打工一边学习，很多东西只要学习和摸索了，才知道对不对，不能只是停留在理论上。就像我刚才分析的那么多，这只是分析，但在实际中会出现许多意想不到的事情。没经历过，又哪里会知道有哪些困难呢？没有吃过苦，又怎么知道幸福来之不易呢？"

几个人正说着，谢依雪和胡惠芳收摊回来，从她高兴的劲头来看，今天的生意不错。

"你们在说什么呢？"谢依雪见几个人围在一起，肯定在商量什么重大的事情。

"琪琪和阿杰准备开一家茶馆，老婆，你怎么看？"杨建飞说着，马上站起来接过谢依雪手中的三轮车。

"开一家茶馆？"谢依雪看了看吕琪和李之杰，眼睛睁得特别大，"你们两个不是心血来潮吧？你们能吃得下这个苦？"

"我们不怕吃苦，就是不知道能不能做成功。"吕琪小声地说。

"没干过，你怎么知道不成功？"谢依雪在老家大英县城就是做早点生意的，与杨建飞刚来江州时，也在工厂里打了几个月工，总觉得在工厂里上班不舒服，才又干起老本行的，虽然在老家有店面，在这里只是在路边摆摊，但她做得非常高兴，不说有多么成功，但至少过得很舒服，很幸福。

"姐，你是生意人，给我说说。"吕琪像是抓住了救命稻草，非要谢依雪给她说道说道。

"小雪，你说说你的意见。人多主意多嘛。"胡俊生也想听听谢依雪的意见。

"怕什么？只要你们有胆量，就开吧。哪个人生下来就会做生意，会开茶馆的？你们啊虽然年轻，只要有这份胆量，就不要前怕虎后怕狼。做生意都是摸索出来，开茶馆也是这样。"谢依雪的想法与胡俊生的一样，"只要你们把资金准备好，有些事，姐来帮你们办。"

"就是找地方比较难。"李之杰突然冒出这句话来，其实他见大家都赞成吕琪的意见，心里还是没底，万一开店失败，该如何？因为他们手中一分存款都没有，这些钱都得向父母要。还有，吕琪已经把大话说出来了，万一父母不同意呢？又该怎么办？

"找店嘛，你不看姐是做啥的，找店的眼光还是有的。只要你们敢开，姐一定帮到底。"谢依雪劝李之杰不要担心。

"阿杰，琪琪，你们要开茶馆，奶奶也支持你们。"胡惠芳也说，年轻人应该有闯劲。

"既然大家都认为我们该开茶馆，阿杰，我们这就打电话和我们双方的父母商量，请他们筹集一些资金，就算是我们借他们的。赚了钱，就还他们。如果亏了，我们还可以再打工，挣上钱还他们。你看如何？"吕琪征求李之杰的意见。

"既然大家都说了，我作为一个男人，还犹豫什么？"李之杰咬了咬牙，总算答应下来。

"我们的阿杰长大了。"胡俊生长长地舒了一口气。

# 第50章
## 房子要降价

吕琪要开茶馆了，大家都十分高兴，但谢依雪只高兴了一会儿，就高兴不起来了。她不是嫉妒吕琪与李之杰，而是她心中的那个买房子的愿望一直没有实现。自从上次拒绝了那个置业顾问后，一直没有接到她的电话，谢依雪倒有点不适应了。虽然那些售房人员电话老是骚扰别人，但在谢依雪眼里，那是幸福的电话。为啥？证明她在售房人员心里的位置还是非常重要的，也能证明她是一个即将要买房子的人！

谢依雪又开始去一些售楼处看房子。每到一个售楼处，谢依雪发现那置业顾问都十分热情，而且不厌其烦地介绍房子，还把售房合同拿在手里，只要谢依雪一松口，他们马上就会让谢依雪签购房合同。这个不同寻常的做法，倒让谢依雪犹豫起来。这些置业顾问是吃错药了，还是他们本来就这么热情？谢依雪稍微一想，又发现不对，以前，这些置业顾问对于外地人来买房，从没这么热情，先是用异样的眼光看着她，在确定她是真心来看房的才仔细介绍，然后推荐她该买哪些房子，还专挑户型不好，没有阳光，价钱便宜的房子介绍，这令谢依雪非常不舒服。

谢依雪看了几处现房和期房，均不满意，她心中至今也放不下之前看中的那一套房子，不但户型好，阳光和视线都十分好。对于那套房子念念不忘的谢依雪又来到那个楼盘的售楼处，以前的那个置业顾问一见她，马上就迎了过来，

问她房子买了没有。在得到答案后，她马上把谢依雪领到一个单间，滔滔不绝地介绍起来。她说现在他们的售楼处正在搞活动，如果一次性付款，可以打9折，如果是贷款，就是9.5折，可以免三年的贷款利息，这可是一个难得的机会。对于这个小区，谢依雪一直很满意，主要是这个小区的高层房子间距远，即便买到底楼都有阳光，更主要的是这个小区无论是硬件还是软件设施都与众不同，虽然离主城区远一些，但这不是主要的。买房，又不是买一件小商品，坏了就扔掉买。买房可是一个人一辈子的大事，许多人为了买房子花光一生的积蓄不说，还欠下一屁股的债。所以，选房就显得特别重要。

置业顾问的一席话让谢依雪惊得睁得大了眼睛，没想到几个月没来售楼处，竟然发生了如此大的变化。虽然世界每天都在发生很大的变化，但置业顾问的变化竟然让谢依雪有些适应不过来。

"谢小姐，你不要再犹豫了。我们这里的房子剩得不多了，再犹豫，就错过了你的最佳选择。"置业顾问见谢依雪还在犹豫，又劝说，"你以前看中的那套房子，当时是多少人都看中了，最后你没买，他们以抓阄的方式才定下来。没抓上阄的人后悔不已。今天，我马上带你去看看其他幢的房子，还有一套比你以前看中的那套还好。我记得你以前看中的是15层，只是这一套楼层稍微高了一点，在20层。"

"20层，也不算高。小区最高楼层不是30层吗？"谢依雪听置业顾问这么一说，心有些动了，也想去看看房子。

"我怎么能骗你呢？再说，这买房子也有个先来后到的。只要你看中的，我就绝不会卖给别人。"置业顾问的热情让谢依雪难以拒绝。

"看看就看看。"看了这么多的房子，又不在乎多看一套，于是谢依雪跟着置业顾问向楼房走去。

谢依雪以前看这处楼盘时，还是准现房。但现在已经是现房了，小区的绿化是那样惹人爱。这哪里是一个居住小区，分明是一个花园式小区啊。谢依雪站在20层上，江州城尽收眼底，心里也不由飘飘然。这个户型果然比以前看中的那套还要好，南北通透，采光和视线就不必说了，单是那个大阳台，晒晒衣服被子就十分舒服，到了夏天的傍晚，泡一杯茶，坐在阳台上，看着灯火通明的江州，一定很惬意。到时候从没有住过高楼大厦的儿子来到这里，不知会高兴成什么样子。

谢依雪正沉浸在幸福的梦想里，手机响了，是丈夫杨建飞打来了。

"小雪，你在哪里？赶紧回来。"杨建飞的声音十分着急。

"有啥事情？电话不能说吗？"

"不能。你赶紧回来。"杨建飞说完就挂了电话。

"小姐，不好意思，我老公打电话来说有急事。我得先回去了。"谢依雪不知杨建飞这么焦急，出了什么事，只得向置业顾问告别。

"谢小姐，怎么这么急？这房子看不中吗？"

"不是，我家里有急事。"

"这样吧。谢小姐，你在这张认购书上签上名字，这房子我给留着。"置业顾问变戏法似的，手里不知什么时候多了一张房屋认购书。

对于房屋认购书，谢依雪不陌生。只要在这张认购书上签下字，就等于认购了这套房子，前提是得先付2万块定金，当然不是订金。如果后悔，这2万块钱就甭想要回去了。

"我今天身上没带现金。"谢依雪急于回去，看看杨建飞那边出了什么事。

"没有现金，我们这里刷卡也行的，无论什么卡都行。"置业顾问大有谢依雪不签订认购书不罢休的样子。

"这样吧。小姐，我回去把事情处理好后，马上过来签，行不行？"谢依雪现在哪有心思签什么认购书。

"这样啊？"置业顾问见谢依雪不签订认购书，非常失望，但她不能强求谢依雪，毕竟现在是法治社会。

告别置业顾问，谢依雪回到四合院，见杨建飞正与胡俊生下象棋，根本没有发生什么大事，心里不由有些火，问杨建飞："杨建飞，你这是什么意思？"

"你去看房子，我不反对，但我是怕你上当。"杨建飞落下一枚象棋，将了胡俊生的军，连头都没有抬说，"你没有看新闻吗？"

"什么新闻？与我看房子有关系吗？"谢依雪被杨建飞弄得莫名其妙。

"当然有。今天的报纸也出来了，拿去看看。"杨建飞把棋盘边的一张《江

州日报》递给了谢依雪。

"小雪，是这样的，政府已经出台了限购政策。"胡俊生放下了手中的象棋子，说，"也就是房子有可能降价。即使不降价，也不会涨上去。"

"你们怎么知道我去看房子了？"谢依雪还是有些不甘心，刚刚看到的那套房子的确诱人。

"你那点心事，我还不知道？"杨建飞也停下了下棋，说，"你这几天心神不宁，都是被房子闹的。小雪，不是我不打算买房子，我们得从长计议，不要一时冲动。毕竟买房子是一生中的大事，我们得多方面考虑。"

"从长计议？我没有从长计议了吗？江州城开的所有楼盘我都去过了。哪家的置业顾问不认识我？但这么长的时间下来，我买下了吗？"谢依雪看完报纸上的报道，还是有些不相信，"房子一直都在上涨，而且一天一个价，仅凭这篇报道，就能让房价下降，开什么玩笑？"

"不管你信不信，反正我信了。"杨建飞引用某位"名人"的话说，"不论什么东西涨价都会适可而止的。如果一直涨上去，老百姓还生活不？再说，政府不可能不管这事。他们能让房子任意涨价吗？万一成了泡沫怎么办？"

"小雪，建飞分析得不错。凡是事物都有一个发展的过程，到了一定的时间都会停止一段时间，说得好听点，在休养生息，说得不好听，就是说它已经发展到最顶端，如果不改变策略，它就会倒退。"胡俊生插话，又说，"本来买房是你们的家事，我不该出什么主意的。但从近来的政策来分析，房价想要涨上去，基本不太可能。毕竟国内囤积许多商品房没销售出去，如果开发商一味地涨价，房子卖给谁去？《江州日报》是党报，既然党报都报道了，国家出台政策就是真的了。你可以先观望一下。"

"照你们这么说，我们现在不能买房子了？"谢依雪刚刚还沉浸在美好的梦想里，被杨建飞和胡俊生的一席话说得像被泼了一盆冷水，心都凉了。

"我们还可以观望一下，你没见大街小巷到处都是卖房子的横幅广告吗？那里送三年贷款利息，这里送首付。这些都是开发商的促销手段，他们已经知道了政府一旦干预房价，他们的销售就会受到影响，但他们目前又不敢明着降价，只能打打擦边球。"杨建飞说，"不只是江州，连省城都是这样了。这个征兆好啊。"

"建飞说的这事，我在网上也看到了。省城某个地铁站的房子每平方米直降3000块钱，这说明了什么？说明开发商早就知道了国家会出台政策，他们提前降价了。当然这只是新开的楼盘，已经开了的楼盘不可能这样明着降价，他们会想别的办法。这叫作上有政策，下有对策。你可以再等等，说不定开发商还会使出别的招来，到时候，虽然不降价，肯定会有许多优惠的。"

"你们这么一说，我倒想起来了。刚刚那个置业顾问给我说，全款为9折的优惠，贷款的话就是9.5折，还贴三年的利息。看来你们分析的没有错。"谢依雪突然想起了那个销售置业顾问的话。

"这就对了，我们不要着急。等到更优惠的时候,我们就马上下手。"杨建飞说，"这就是我把你叫回来的原因。本想在电话给你说，怕你不听。这下你想通了，我就放心了。要买房，得和我商量一下。"

"商量办事，肯定没有错。"胡俊生说，"建飞，再来一盘。"

"好，再来一盘。"杨建飞又回对谢依雪说，"小雪，你去做饭吧。"

"嗯。"谢依雪应了一声，回屋做饭去了。但她的心仍然停留在刚刚看的那套房子那里。

# 第51章
# 向上的高考

最近，胡俊生的烦心事是一件一件，先说工作的事，因部门领导换了人，新领导把几个人的工作任务都交给他来做，胡俊生几乎每天都要加班加点。当

然，胡俊生倒是不怕工作辛苦，只是这段时间没来得及照管胡向上，接着是家中的父亲病重,胡俊生连回老家的时间都没有，只能寄了一些钱回去让父亲治病，还有就是再过一个月胡向上该高考了。

从胡向上读高中的那天起，三年的时间几乎是弹指一瞬间。胡俊生辛苦这么多年，就是希望胡向上能够考上一所好的大学。虽然胡向上近一年多来懂事多了，可他毕竟还是一个孩子，高考的压力像一座大山紧紧地压在他身上，离高考的时间越近，他就越焦虑不安。学习这事，别人是帮不了忙的。有一句俗语说得好："师傅引进门，修行在个人。"这句俗语用在学习上也说得通，老师就是那个引进门的师傅，而学习的好差就靠个人了。但是，有个人监督也许会不一样。尽管胡俊生时时给胡向上敲警钟，但是，这样的话又不能说得太多，不能给他太大的压力，不然会适得其反。

工作压力大，胡俊生有点力不从心，也曾想过让妻子任晓霞分担一些烦心事，但任晓霞每天都加班加点，回来时已是疲惫不堪。胡俊生看着就心疼，只能把话憋回肚子里。

特别是最近几天，胡向上的精神远不如从前，胡俊生是看在眼里，急在心里，决定找胡向上好好地谈谈心。下午，胡俊生努力把所有的工作都做好，终于可以按时下班了。下班途中，胡俊生顺路去了菜市场，特地买了一块猪腿肉。

待胡俊生把饭烧好，胡向上拖着疲惫的身子回来了，丢下书包，猛地喝了一碗凉开水，又伏在桌子上开始做作业。胡俊生看着心疼。这时候，任晓霞也下班回来，她与胡向上没两样，满脸的疲惫，喝了一碗凉开水后，就让胡俊生把饭菜端到桌子上来。她已经没有行动的力气了。

"哇噻，今晚做了这么多的肉。"胡向上看到端上桌的红烧肉，两眼直发光。

"买这么多的肉，不要钱啊？"任晓霞有些心疼，其实，她的口水也在嘴里直打转转，有好些日子没吃过红烧肉了。平时，胡俊生也只是买些许肉，还不够胡向上一个人吃的，两个大人只能喝口肉汤。

"向上这不要是要高考了，我们也应当改善一下生活。"胡俊生又何尝不想少买点肉，节约一点钱。但又不能让胡向上的身体垮了。

"爸，给你说一件事。"胡向上夹一块肉放进嘴里，咀嚼了好一会儿，才说，

"老师说，我是外地户口，不能在这里参加高考。"

"什么？政策不是已经出来了吗？从今年起，外地户口的学生可以异地高考，你怎么又不能参加考试呢？"为了胡向上高考的事，胡俊生没有少做功课，时时关注着高考的政策。

"老师说，我只是一个借读生，他们没有把我的名字报上去，说是让我回原籍参加高考。"胡向上说着眼泪在眼里直打转转。在异地读了这么多年的书，竟然不能参加高考，对于一个学子来说，是何等的痛苦？

"俊生，你明天请个假去学校问问是怎么回事。"任晓霞听到这个消息，火气一下子就上来了，"他们收借读费时怎么不说，还有一个月高考才说这件事，这明显是耍我们外地人啊。"

"不行，不行。"胡俊生也来气了，刚出台的政策已经明明白白地说了，只要是一直在异地读书的学生，可以在异地高考，轮到自己儿子了，又怎么不能参加高考呢？

"儿子，你先吃饭，不要有包袱，你爸明天一定会把事情弄明白，给你一个满意的答复。"任晓霞看着儿子痛苦和失魂落魄的样子，心里也非常难受，此时，她只能安慰胡向上。如果真像胡向上说的，他不能在这里参加高考，现在回老家去参加高考，课程不一样，时间又这么短，怎么能适应老家的高考呢？

"向上，你不要着急。爸一定会让你在这里参加高考的，而且一定能考上你理想中的大学的。"胡俊生嘴上这样说，心里别提有多苦闷。胡向上考上大学是他目前唯一的愿望，如果连这个愿望都实现不了，他会有多难过？

虽然这顿晚饭的菜食不错，但三人却吃得没有一点滋味。夜里，胡俊生一直思考胡向上高考的事。他早就了解过江州市的高考政策了，只要从高一年级开学时就在江州高中阶段连续学习，即在省电子学籍系统进行高中电子学籍注册且按规定完成高中学业，中间不中断（因故经批准同意休学的除外）。另外，随迁子女的高考报名时间和办法与本省籍考生相同。在网上报名后，需持本人身份证明、完整的高中学习经历和学籍证明，到就读高中所在地进行高考报名信息现场确认；其参加高校招生考试和录取，与本省户籍学生享受同样政策待遇。这些都是黑字落在白纸上，怎么胡向上就不能参加高考呢？

　　早上起床时，胡俊生眼圈还是黑的，匆匆赶到公司里，向主管请了两个小时的假，便去了胡向上的学校。昨晚胡俊生已经向胡向上下了保证，不能言而无信。胡向上上大学是胡俊生一生的梦想，如果连高考都不能参加，又谈什么梦想？

　　来到学校里，胡向上的班主任王老师正从他办公室出来，胡俊生急忙向上挡住了他的去路。虽然有点不太礼貌，但胡俊生已经很克制了。三年啦，三年的时间一晃而过，三年可以改变许多，也可以失去很多。这三年中，胡俊生与任晓霞省吃俭用，把挣到的钱都交到了学校。就是为了胡向上有一个好的前途，他们已经是"破釜沉舟"了。他们已经把所有的希望都放在了胡向上的身上，而在即将成功之际，来了一份"病危"通知，就像一个人攀登高峰，前面所有的困难都克服了，只差一步就攀登上去，就在此时，他突然放弃了，此时的心情会怎么样？

　　王老师也被胡俊生挡住去路吓了一大跳，看清是胡俊生时，便又退回办公室，胡俊生立即跟了进去。在来的路上，胡俊生就想好了，如果王老师不拿出个说法来，他今天就坐在王老师的办公室里不走，直到王老师说服他。万一王老师不理睬他，他就跑到学校的顶楼上去，做出一副跳楼的架势，把事情搞大。最后的这个办法不光彩，但为了胡向上能够参加高考，胡俊生几乎是豁出去了。当然，胡俊生也不希望用上这个不是办法的办法。

　　"王老师，请教一个问题，我儿子胡向上怎么就不能参加高考呢？"胡俊生不想绕弯子，直接向王老师问话。

　　"胡先生，别激动。这是学校的规定，我岂能做得了主？"王老师没想到眼前这个看上去很文弱的民工，说话却铿锵有力，又不想把事情变得太复杂，便慢条斯理地说，"我们学校是讲究升学率的，当然一般的大学和专科是不会放在升学率里的。"

　　"既然是学校的规定，还要升学率，我也没有什么好说的。"胡俊生终于明白了是怎么回事，不由火了，"这样吧，我去市教育局问问他们，好歹我还认识一两个人。"

　　"胡先生，事情没有那么严重吧？"王老师没想到胡俊生会认识市教育局的人，一下子慌，又说，"胡向上的成绩一直不是很稳定。还有一个月就高考，如果他真能考上重点大学，参加高考也不是不可以的。"

"你们这是学校，还是厂矿？还是商铺？"胡俊生这次真的火了，胡向上参加高考是有条件的，如果胡向上考不上重点大学就不能参加高考，国家异地高考政策也成了一张废纸，"学校是教书育人的，你们却用学生的升学率来做生意。你们到底是老师还是商人？"

"胡先生，你这么说就不对了。"王老师的语气明显不满起来，"我们可是老师，为人师表的，怎么说我们是商人呢？"

"是不是商人，我不与你讨论了，我今天来的目的——是弄清楚我家胡向上能不能参加高考。如果不能参加高考，原因是什么，你们为什么没有提前告诉我们；二是根据国家刚刚出台的高考政策，胡向上完全有资格在这里高考。如果你们不给我满意的答复，我就上市教育局去，或者请省城的电视台记者来采访你们。"

"你……"王老师没想到胡俊生会来这么一手，气得话都说不出来。

"请你给我一个满意的答案。"胡俊生虽然这话说得痛快，可心里却十分痛苦。他从没有对别人说过这样的话，前一年，他经常被王老师叫来挨批，他都是十分顺从，可这次不一样，关系着胡向上的前程，作为人父的他绝不能让儿子受一点伤害。

"你，真是欺人太甚……"在王老师的眼里，从没有一个学生家长会对他这样说话，更别说是一个民工家长了，而且还是带有威胁性质的话语。尽管王老师受不了胡俊生的话，但他心里又的确明白，胡俊生说所的国家刚出台的高考政策的确下发到他们学校了。每个班都讲升学率，升学率越高，作为班主任，奖金就越多。又有哪个人愿意与钱过不去呢？但是胡俊生来势汹汹，他不得不重新考虑这个问题。万一胡俊生真的把省电视台的记者请来了，这不是钱所能摆平的。因此，王老师考虑再三，勉强答应胡俊生，同意胡向上在这里高考。

在得到王老师的准确答案后，胡俊生才出了学校，背上的冷汗直冒。心现在还怦怦直跳，刚才可是一招险棋，万一王老师不答应又该怎么办？教育局，他一个民工又哪里有认识的人呢？请省电视台的记者来采访，他们会来吗？如

果这些都不成功，难道真的要站在学校的楼顶上往下跳？

但是，现在无论怎么说，胡向上高考的事总算有着落了，就看胡向上高考时的发挥了。

# 第52章
# 一笔大订单

谢依雪买房的事成了杨建飞的一块心病。如果不完成这个任务，杨建飞总觉得欠谢依雪很多。结婚这么多年来，谢依雪没有提出一个过分的要求，再说买房又不是为了她谢依雪一个人，而是一家人的大事。特别是前些日子，谢依雪摆摊时被城管收去三轮车的事，杨建飞现在都头痛，不就是在路边摆个摊吗？非要撺得鸡飞狗跳的。如果是换成本地人，肯定又是另外一个结局。有了房子，有了本地户口，做起生意来完全不一样。要有房子，首先得有够买房子的钱，这是一个很现实的问题。虽然这几年，两人也挣到了不少钱，但除了开支还是所剩无几，前两年又被骗，如今连买房子的首付仍没有攒够。前些日子，国家出台了关于房价的政策，从总的来看，房子迟早会降价。但是，杨建飞也明白，即使房子能降价，又能降多少？本来房价就已经虚高了，即使降一点点，也是不痒不痛的，倒不如现在抓住机会买一套。如果现在能拿到一笔大订单，买房子的首付就会迎刃而解。但是，天上不会掉馅饼。这个道理杨建飞比谁都清楚。

下午，杨建飞下班回到四合院里，谢依雪仍然在外面摆摊没回来。看着冷清的家，杨建飞鼻子一酸，房子啊房子，何时才能有一套属于自己的房子？幻想不能当饭吃，也想不来房子。于是，杨建飞动手做晚饭。当他把东西拿在手里又走神了。直到谢依雪进来，他都浑然不知。

"建飞，你今天怎么心神不宁？"谢依雪问杨建飞，"是不是在公司里遇到什么不开心的事了？"

"没有啊。"杨建飞赶紧回答，"小雪，你先休息一下，等会儿把饭烧好了，我叫你。"

"你肯定有什么事瞒着我？"谢依雪从没见过杨建飞这么心神不宁的样子，不由又多问了一句，"是不是业务上遇到什么困难了？我听说有家针织服饰公司出高价聘请一名销售业务员，如果谁能把他们公司里滞销的毛衣销出去，当以重金酬谢。"

"有这样的事？"杨建飞一听有重金酬谢的事，一下子就来了精神，"快说说，是怎么回事。如果行的话，我去把那桩活接下来。"

"我今天是听别人说的，他们生产的第一批毛衣质量有问题，被对方退了回来。第二批第三批毛衣，虽然质量是一等一，可对方看都不看就拒收了。说他们第一批都不符合要求，第二第三批的质量肯定也不怎么样，情愿违约都不愿意接收这两批毛衣。服饰公司负责人现在十分着急，正在找王牌销售业务员，如果谁能把他这两批毛衣销售出去，他们不但要重金酬谢，还可以高薪聘请任他们公司的王牌业务员。只是不知道是真是假。"

"我知道这家服饰公司。我与他们一个车间主任一起喝过好几次酒呢。"杨建飞马上掏出电话来，"我有他的电话号码，打个电话问问，就知道真假了。"

"有这事？你能把他们的毛衣销售出去？"谢依雪十分疲倦地问道，"1万件毛衣，又有哪个买主能买得下来？"

"这个我得想想。对了，省城的那个做外贸的客户曾经说过，让我帮他留意一下江州是否有好的毛衣厂，他可以帮着推销一下。"杨建飞猛然想起上个月去省城跑业务时，那个客户在与他分手时，随口说这么一句。杨建飞当时也没放在心上，以为他只是说说而已。

"那你赶紧联系一下。"谢依雪也来了精神，"你去里屋联系，我来做晚饭。"

杨建飞先与服饰公司的车间主任通了电话，询问他们公司是不是有重金聘

任业务员的事。在得到肯定回答后，杨建飞激动不已，又马上与省城的客户联系。客户告诉他，他们做外贸的质量一定要第一。质量就是信誉，没有了信誉，做什么生意都不行。杨建飞深知这个道理，于是，他回答客户，毛衣的质量现在不敢保证，但可以派人过来检验。如果质量上乘，这笔生意就可以做。

杨建飞之所以没有向客户保证毛衣的质量，第一，他没见产品；第二，做什么事都不能把话说得太满，这是他跑业务总结出来的经验，如果万一出现质量问题，他不但失了客户，也失了自己的工作。

第二天一早，杨建飞就直奔服饰公司，找到那位车间主任，让他引荐公司负责人。重赏之下必有勇夫。负责人听说杨建飞能够帮他把库存的毛衣销售出去，但首先是质量一定要保证。

"小杨同志，你放心，如果存在质量问题，我们会双倍赔偿的。关于质量我们还可以马上签订合同。"负责人当即向杨建飞打保证。

"质量问题不是我说了算，这得需要专业人员来检查。"作为专门跑营销的杨建飞不能把这位负责人的话当成圣旨，毕竟销售商是他的老客户，万一中间出了什么差错，砸的是他的信誉，因此，他说，"你先拿些样衣来，我要去对方那里，请他们验货。"

"这个没有问题。"负责人说完，马上命手下去取了一批毛衣过来。杨建飞把毛衣拿过来仔细看，的确没有发现任何问题，可他还是不放心，还要找人仔细检验后，才能送到省城的客户那里。

谁是专业人员呢？杨建飞一时不起来，便打电话给胡俊生。

"谁是专业人员？你怎么把你嫂子忘了？她可在制衣厂里干了10多年的检验。"胡俊生提醒杨建飞，任晓霞虽不算是专业人员，她在制衣厂里10多年的经验，又怎能不知道毛衣有没有质量问题呢？

"老胡，有你的。就这样，我马上把毛衣带回四合院里，让嫂子请假回来一趟。"杨建飞说完就挂了电话，又对服饰公司负责人说，自己要带一些毛衣回去仔细检查后才给答复。负责人急于把毛衣销售出去，立即答应了杨建飞的要求。

没多久，任晓霞与胡俊生都赶回了四合院，杨建飞便把那包毛衣拿出来，让任晓霞仔细检查检查。

半个小时过去了，任晓霞终于检查完了那包毛衣，说："建飞，这包毛衣没有一点质量问题。但是，刚才听你说，有一万件毛衣，并不能保证每件毛衣都没有质量问题。我的意思是说，这一万件毛衣都要仔细检查才行。"

　　"晓霞说得对，建飞，如果你真想做好这笔生意，你得把所有的毛衣都仔细检查才行，万一其他的毛衣有质量问题，你咋办？"胡俊生赞同妻子任晓霞的话。

　　"你们说得对。可是，那么多的毛衣需要很多时间，也不知道他们愿不愿意让我们全部检验？"杨建飞觉得这笔生意来之不易，真要做成了，可是好几万的收入啊。

　　"你不会拿自己的信誉作为赌注吧？"胡俊生说。

　　"就按照你说的办。只是要辛苦嫂子了。"杨建飞说。

　　"一万件毛衣检查完，得需要好几天的时间。"任晓霞说，"我平时在公司里每天顶多检验400来件，但现在我只能用晚上的时间，所以检验的数量不会有多少。如果时间紧，我想找我公司里的同事下班后一起来帮忙。他们也算是专业人员，这样把握大些。"

　　"就这么办。"杨建飞没有别的办法，他的确不敢拿自己的信誉做赌注。杨建飞又把毛衣送回服饰公司，与负责人进行了交流。负责人也答应了杨建飞的要求，并答应，他们承担检验费用。

　　谢依雪和沈世友及胡惠芳也加入了检验大军，本来李之杰和吕琪也要帮忙，但他们正忙着装修茶馆，杨建飞就拒绝了他们的好意。

　　经过几个晚上的辛苦，任晓霞与她的几个同事终于把毛衣全部检验完，把有质量问题的毛衣全部挑了出来。杨建飞从检验合格的毛衣中挑出100件赶到省城，送与客户检验，随后谈妥销售的事，并签订了销售合同。

　　这次生意虽然时间用了好几天，但十分顺利，服饰公司负责人也没有失言，给了杨建飞10万块酬金。一笔生意挣了10万块钱，杨建飞自己也有点不相信。他拿出2万块给任晓霞,并说如果没有任晓霞的帮忙，他又哪里挣得上这笔钱呢？

　　"老胡，以前，我们挣钱都是各顾各的。通过这次的事情，我悟出一个道理，无论什么事，只要我们分工合作，没有过不去的坎，没有挣不到的钱啊。"杨建飞感慨地说。

"建飞，你说的没有错。我也有和你同样的想法。"胡俊生以前也没有想到这样的事情。

"建飞，这下你有钱了，可以买房子了。"任晓霞干了这么多年，从没挣过这么多的钱，心里别提有多高兴。

"我现在又不想买房子了。"杨建飞说，"房子可以慢慢地买。"

"那你打算干什么？"胡俊生没有理解出杨建飞的意思。

"我与小雪商量过了，我们打算买一间店铺，让小雪有一间属于自己的店面卖早点。"杨建飞说，"有了店面，就可以挣更多的钱。"

"这个主意好。"胡俊生说，"建飞，就按自己的想法去做。"

<h1>第53章<br>茶馆开张啰</h1>

李之杰与吕琪的茶馆定在5月底开张。但李之杰和吕琪一点都没有轻松感，反而感觉压力特别大。这可是两家父母所有的积蓄啊，万一失败了，那可不是闹着玩的。

压力就像一把无形的刀，已经压在李之杰和吕琪的脖子上，现在想后悔都来不及了。茶馆地点是谢依雪帮着选的，就在市民广场边上。这个是一个非常热闹的地方，也是江州市来往人群最密集的地方。来这里玩耍的有普通老百姓，也有有钱人。最主要的是店门的朝向也非常好，门前还有一大块空地，适合停车。但是，房租特别贵，一年要10万块钱。经过谢依雪的仔细的盘算，只要不出意外，

第一年肯定能把本钱赚回来，第二年才能开始赚钱。

开张这天，李之杰早上6时就起床，连脸都没有洗就来到茶馆前，看着装修一新的茶馆，思绪不由飞开了："没想到从今天起，我李之杰也能当上老板了。"

"你又在发什么呆？"经过一个多月的忙碌，吕琪已经瘦了一圈，头发也蓬松起来，很难让人想起她还是一个花季年华的美女。

"等我们的茶馆开张后，我就是老板，你就是老板娘了。"李之杰笑着说，"到时候，你收钱我来为客人端茶送水，自己又是老板又是打工的，这种生活不知有多惬意。"

"再想想还需要准备些什么。"吕琪好像突然想起来，问道，"你跟胡叔他们说了没有？请他们来捧场。"

"我刚刚电话联系过了。他们说正在来的路上。"李之杰说完，把衣服整了整，又对吕琪说，"琪琪，你快去换一件衣服，今天是开张之日，别让客人看见老板娘穿着破烂的衣服，头发与赶紧梳一下，把自己弄漂亮点。"

"这不是看你在外面发呆，我就跑了出来嘛。"吕琪说，"你也赶紧换一身好衣服。"

两人换好衣服，胡俊生和胡向上也到了，因离高考只有一个星期了，胡向上的学校特意地放一天假。胡俊生身后还有手里提着礼品的沈世友和胡惠芳。任晓霞因公司忙着生产没来。

"你们来就来，拿着礼品做什么？"吕琪急忙迎了过去，接过胡俊生和沈世友手中的礼品说。

"怎么没看见到老杨两口子呢？"李之杰这才发现杨建飞与谢依雪没有来。

"他们去商场了，叫我们先来。"沈世友说，"阿杰、琪琪，恭喜你们啊。"

"不要在外面站着，快进屋喝茶去。"吕琪马上让开路，叫李之杰去倒茶。

茶，是江南的名茶——白茶。胡俊生平时也喜欢喝茶，只是很少到茶馆里悠闲地喝茶，以前也请别人喝过茶，但都是照顾客人，哪能静下心认真地喝过茶呢？虽然是一样的茶，但喝茶不是喝酒，这要靠品，要的是那种悠闲的感觉。这种感觉，让人有些云里雾里。沈世友与胡惠芳也是正儿八经的第一次在茶馆里喝茶。两人坐在这样干净还有些上档次的茶馆里，感觉一点都不自然。在空

调的冷风下，两人的身上都冒出鸡皮疙瘩，这哪里是喝茶，简直就是受罪。如果不是李之杰的邀请，他与胡惠芳怎么会到这个地方来？倒是胡向上，跟着李之杰跑前跑后，一会儿看着吕琪泡茶，一会儿又去后厨里，有些好奇，又不觉为奇。

几人刚喝了一杯茶水，杨建飞与谢依雪带着礼品进来了。杨建飞老远就开起玩笑来："老胡，喝慢点，给我留一杯啊。"

"这不给你留着一杯嘛。"胡俊生也开玩笑地说，"吃饭都知道跑前头，你两口子太磨蹭了，茶都凉了。"

几人到齐了，胡俊生看了看时间，对李之杰说："阿杰，现在是8点整了，吉时快到了。你们准备好了没有？"

"好了。"李之杰应了声，与胡向上拿了一长串鞭炮就在门面前摆放起来。只等8时8分，就点燃鞭炮。虽然这个开张仪式非常简单，却包含了李之杰与吕琪一个美好的心愿：那就是茶馆能够顺顺利利地开下去，然后再赚上一笔钱。

只是这个简单的心愿，在鞭炮放完还不到10分钟，就来了一队城管人员，下车后直奔店里。李之杰急忙迎上去，问几位喝点什么茶。但他的话刚一出口就被城管拦住了。

"你们谁是这里的老板？"一个为首的城管厉声问道。

"我就是。"李之杰没弄清楚城管为什么会气势汹汹地发问。

"你们的证件办齐了吗？"

"办齐了。"吕琪急忙把办好的所有证件找出来递给对方。

"只是我们刚刚接到举报，你们是不是刚才放鞭炮了？"

"我们茶馆开张，当然要放鞭炮庆贺。"吕琪知道对方在找碴，但她又不得不把放鞭炮的原因说出来。

"你们不知道城区内是不允许放鞭炮的吗？"那个城管说着撕下一张罚款单，"念你们茶馆开张，我们不多罚，就500块吧。"

"罚款？500块？你们有没有搞错？我们才开张，连客人都没有来，你们就问我们要罚款。"李之杰想忍却没忍住，对着城管质问起来。

"情况我们了解，心情也理解，但你们在这里放鞭炮，违反规定，我们就必须执法。"城管说着，又拿出一份红头文件，说，"我们不是无故罚款的，这里有文件为证，你们可以看看，也可以到市里相关部门去询问。"

"能不能少点？"吕琪向城管求情。

"不能少。我们也是按规定办事。"城管语气坚决。

"城管同志，今天我老乡的茶馆才开张，现在时间还早，也没有客人起来，你们能不能开开恩？少一点吧。再说，我们外地人在这里创业十分不容易。"胡俊生恳切地说。

"哥们，高抬贵手吧。"杨建飞掏出一包中华牌香烟递给那个城管，说，"哥们，以后想喝茶的时候，来这里，我兄弟一定侍候好你们。今天是我兄弟开张的大喜日子，还请你们高抬贵手。"

"我们是按规定办事，我也不抽烟，谢谢。再说，是你们这里有人举报，我们才过来的。"城管仍然十分坚决。

刚开张，客人还没有来，就要被罚款，撞了哪门子的邪。李之杰心里不服，拳头握得咯咯作响，却被吕琪拉住了。

"阿杰，我们今天开张，不要扰了大家的好心情。不就是500块钱吗？给他们就是了。"吕琪又让杨建飞把李之杰拉开，掏出500块钱给了城管。

尽管李之杰和吕琪，以及胡俊生、杨建飞都憋了一肚子气，但既然放了开张的鞭炮，生意就得做下去。不然，房租和装修费就会打水漂。

刚刚发生的事，胡俊生也感到十分意外，而且也没想到会有这么一遭。做个生意就这么难，可想而知，李之杰以后的路还很长，他与吕琪能支撑下去吗？

杨建飞经常跑省城和临省，虽然这样的事见得多了，可还是觉得太意外了。李之杰与吕琪开茶馆做的是正经生意，如果要想长久地做下去，要学许多东西。但是他们现在还很年轻，还得磨炼。

谢依雪在外面摆摊，经常与城管打交道，但城管都是追他们，追上了车子被没收，但想罚款，那是万万不可能的。有时候城管一天要收许多三轮车，没地方堆放，久了，就象征性地撵撵小贩。谢依雪掌握了他们的特性，自然也就不怕了。看到城管来了，他们就骑着车子跑，打游击战，但李之杰与吕琪今天遇到的却不一样。

"大家不要阴着脸了，今天的事当交学费。"吕琪又与胡向上赶紧替他们换了茶，说，"做生意哪有一帆风顺的？肯定会遇到很多麻烦的。今天的麻烦算是给了我们一个下马威，但也动摇不了我们开茶馆的决心。"

"琪琪，你有这个想法，我们放心了。"胡俊生怕吕琪过不去今天的坎，毕竟李之杰和吕琪都还年轻，把想好了要劝他们的话又咽了回去。

"琪琪，阿杰，你们照常做生意，今天的事就别放在心上。"杨建飞也劝道，"以后我会找些朋友来照顾你的生意。"

"对啊，阿杰，好好做生意。"谢依雪安慰说，"姐也想开一家小笼包子店，将来我们还要比比，是你的茶馆挣钱还是我的小笼包子店挣钱。"

"小雪姐，胡叔，沈爷爷，你们放心，我们既然开了茶馆，就不会三心二意的。一定要把这生意做下去。"吕琪说，"这些钱都是家里四位老人的血汗钱，我们不能这样败了。在挣上钱后还要还给他们。阿杰，你说是不是？"

"琪琪，我听你的。"李之杰赶紧回答，其实，他听了胡俊生和杨建飞的话，心里也释然多了，如果现在还和城管赌气，生意还怎么做？

# 第54章
# 漫长的等待

这几天，胡俊生总是睡不好觉，常常在梦里梦到胡向上高考的情形。胡俊生虽然参加过高考，那时候的高考与现在的高考不一样，但他明白高考对于任何一个考生来说都是一种无形的压力。很多家长为了让孩子安心高考，特地陪着孩子去考场，无论是刮风下雨，还是烈日暴晒，都会站在考场外等待孩子考试结束，然后拉着孩子的手问长问短。

　　胡俊生也不例外，在胡向上参加高考的两天里，他特地请假去陪考，但胡向上撇了撇嘴，说胡俊生去陪他高考，会增加他的负担。胡俊生只好叮嘱胡向上，在做题时仔细些，千万不要出现不必要的差错。这毕竟是高考，哪怕是一分之差，都会改变一个人的一生。胡向上觉得胡俊生的话太啰嗦，干脆不理他。其实胡向上的压力已经很大，他不想让父亲也背上压力。

　　等胡向上前脚一走，胡俊生便悄悄地跟了过去。说实话，他还真不放心胡向上，俗话说知子莫如父。胡向上的成绩反复不定，让他十分担心。胡向上此次的高考，可谓是寄托了胡俊生一生的梦想和心愿。只要胡向上考上大学，压在他心里的那块石头才能落地。

　　考场外面果然与电视上报道的那样，很多家长都挤在考场外，有的拿着矿泉水，有的拿着扇子扇个不停。虽然是6月上旬，这正是江南的黄梅天，没有阳光，天气潮湿，闷热。胡俊生只站了一会儿，背心里全是汗，顺着衣衫流了下去，然后浸湿了他的裤子。可胡俊生不管这些，眼睛死死地盯着考场，心里也在默默地念着，向上，你一定要加油，一定要实现你爸我一生的愿望啊。

　　在艰难的等待中，终于有考生从考场里出来，从他们的谈笑中看得出，他们这次考得不错。不一会儿，大批的考生都涌出考场，很多家长都奔到自己的孩子身边问长问短。胡俊生也看到了胡向上，从考场里走出来一直低着头，心情显得特别沉重。胡俊生重重地给自己一巴掌，转身赶紧离开。他的转身离开不是觉得胡向上没考好，而是胡向上说过，不让胡俊生陪他高考。而且胡俊生早上答应了，如果此时他迎上去，胡向上一定会说他不守诺言，不相信他。

　　两天都是如此。每次胡向上考完出来，脸上没有喜悦，每考一科脸色更加沉重。胡俊生的心情也随着胡向上的脸色而沉重起来。

　　在等待分数出来的那几天，胡俊生更是坐立不安，每天上班打开电脑的第一件事就是看看网上的分数出来没有。其实，胡俊生也知道分数要在半个多月后出来，可他生怕错过了看分数的第一时间。

　　6月23日晚上是高考成绩放榜的时间，就是江州考生查看成绩的时间。胡

俊生早早地跑到李之杰那里，说借用电脑查个资料。

"叔，你这是想看向上兄弟的分数吧？"吕琪也听谢依雪说过，胡俊生这几天魂不守舍，只有知道胡向上考了多少分，他才能静下来。

"琪琪，叔的心思一下子被你看穿了。说好了，你的电脑今晚被我征用了。"胡俊生开了一个玩笑。

"叔，今晚电脑就归你了。"吕琪说着端一杯茶，"叔，你慢慢看，茶水没了，你叫我。"

吕琪与李之杰茶馆的生意还不错，虽然还不算是正热的时候，前来喝茶的人却不少。或许他们都是年轻人的缘故，做生意很爽快，来喝茶的人也很爽快。

要放在平时，胡俊生的工作还没有做完，一天就过去了。可是，离晚上11时还有两个小时，胡俊生觉得这是一段漫长的时间，无论他怎么刷新网页，时间仍过得非常慢。

好不容易熬到晚上11时，可以查高考分数了。胡俊生立即输入胡向上的姓名和准考证号，只要再点击确定，等待已久的答案就会马上出现在眼前，可是这个等待是惊喜还是失望？胡俊生有些犹豫了，他不敢点击确定，害怕这个结果令自己失望。

"老胡，你赶紧点啊。"说话的是人杨建飞。胡俊生被吓了一跳，杨建飞和沈世友不知道什么时候站在自己身后都不知道。

"你们怎么来了？"胡俊生问。

"今天是向上高考分数出来的时间，我们怎么能错过呢？"杨建飞说，"这也是沈叔的意思。我们一合计就到你家，见你不在，便问向上你去哪里了，他说你来这里了，我们就来了。"

"是啊。俊生，你就查吧。万一向上考得不好，你千万不要生气。"沈世友劝胡俊生，"向上还小，还有机会读书。"

"是啊，老胡，你就查查看吧。如果向上考好了，你可得请客了。"杨建飞笑着说。

"好。"胡俊生连大气都不敢喘一口。无论是惊喜还是失望，这个期待不只是今晚的两个小时，而是期待了十几年。于是，他按下了鼠标。

期待的分数就要出现在眼前了。胡俊生闭上了眼睛，不敢看电脑屏幕。等了许久，都没听见杨建设飞和沈世友说话，心里直想，完了。胡向上肯定考得不好。只得睁开眼睛一看，电脑屏幕只有一行字，你使用的网络正忙，请稍后再访问。

"老胡，你闭着眼睛干啥？这么久没再点，我以为你睡着了呢。"杨建飞有些迫不及待了，说，"让我来。"

杨建飞几下输入胡向上的姓名和准考证号，猛地一点击确定。胡向上的高考分数出来了，总分为550分。

"不错啊。这个分数，一本上不了，二本稳当得很啊。"杨建飞惊喜地说道，"老胡，你家向上不错啊。你请客请定了。"

"啥子？胡向上考了多少分？"吕琪听到杨建飞在叫胡俊生请客，放下手中的茶水跑过来。当她看到电脑屏幕上的分数时，也睁大了眼睛。

"比我预想中好啊。这客该请。"胡俊生这才醒悟过来，胡向上高考的分数出乎他的意料之外。他原以为胡向上在500分左右，看来，自己多年的梦想终于可以在胡向上身上实现了。

"快看看录取分数线是多少。"杨建飞又急忙在网页上查找录取分数线。很快，他查到了，二本录取分数为520分。

"高出30分，这可是板上钉钉了。"杨建飞的话一出口，大家都松了口气。

"俊生？你准备让向上读什么专业？这可有讲究的。如果读师范，读书的费用会少些，如果读其他的，费用就难说了。另外，你要让他选一个好的专业，毕业后好找工作。"沈世友说这话时，非常自豪。不是他懂得很多，而是他的一双儿女告诉他的。

分数是看到了，报什么专业呢？这也成了胡俊生的一块心病。他想要的专业，胡向上不愿意，胡向上要报的专业，他又不满意。

如何让胡向上报一个好的专业，胡俊生绞尽了脑汁，可胡向上仍然不妥协。他说他要去读关于动漫的专业。胡向上有他的理由，动漫是一项非常神圣的专业，尽管目前国内的动漫专业并不多，也是一个冷门，但前景绝对看好。对于胡向上的这个想法，胡俊生不得不承认他的眼光，但是，胡俊生更明白，以他现在

打工的财力让胡向上毕业后找到一份好的工作是难上加难。但最终，胡俊生还是妥协了。

"你为什么不做主？孩子想读什么就读什么专业，你是怎么当爸的？"当得知胡向上报了上海某高校动漫专业后，任晓霞坐不住了，连声质问胡俊生。

"晓霞，我算是想明白了。孩子喜欢的就让他去做。不要像我们，想做自己喜欢的事可都做不了。等到我们能想做自己喜欢的事时，我们的年龄又大了。"真正令胡俊生同意胡向上报动漫专业的是胡向上说的，动漫就是他这一生最喜欢的事业。胡向上的这句话触动了胡俊生的心。于是，就这样同意了。

胡向上的志愿填好了，就等录取通知书。只要通知书没拿到手，就不能说胡俊生的梦想实现了。因此，胡俊生仍然是睡不好吃不好，每天回到四合院的第一事就是问胡向上拿到通知书了没有。问得多了，胡向上也烦了，就说，他一拿到通知书就给胡俊牛打电话，让胡俊生千万不要烦他了。

"现在的孩子，真是不知天高地厚，把父母的关心当成了驴肝肺。"胡俊生只能在心里嘀咕，脸上却笑嘻嘻地说他知道了。

# 第55章
# 高铁通车了

"上有天堂，下有苏杭，江州在中央。"这句话很好地形容了江州的地理位置。《江州市志》记载，苏湖熟，天下足。这点更说明江州这个江南鱼米之乡的富饶。但令江州富饶的不是粮食，而是江州的地理位置，是长三角的要塞之地。

在江州，无论是城市还是乡村，大小河道纵横，水系特别发达。在20世纪末，江州也只是一个小小的地级市，还不如其他市的一个县城大，但发展得飞快，仅仅十来年时间，江州扩大了好几倍，更是吸引全国各地的投资商和民工前来"淘金"。江州虽然地处长三角，可是没有一条像样的铁路，每年年底，很多民工回家成了一道难题，要么转道上海、要么转道杭州去乘火车。有的火车半夜发车，这些民工就得早早地赶去上海或杭州，因此，常常是比计算的时间要多一天。但是，这个状况马上就要改变了，因为电视台、电台、报纸及网络上铺天盖地传来好消息：7月1日，江州的高铁站正式竣工并通车。

　　"乖乖，不通车就不通车，一通车就是高铁啊。了不起啊。"这是杨建飞在看到消息后，发出的第一句感叹。以前，杨建飞常去省城出差，都是乘坐汽车前往，一旦大雨或者雾天，高速公路就关闭，汽车只能从国道前往省城，不堵车也要几个小时，一旦发生堵车，就不知道什么时候到了。现在好了，乘坐高铁前往省城，只需要20多分钟。20多分钟与几个小时是一个什么样的概念啊？

　　"应该马上去体验一下，感觉感觉那车子的速度和激情。"杨建飞有了这个想法，下班后回到四合院直奔胡俊生的房间。胡俊生也看到了这个消息。

　　"老胡，你就不想坐一下那车子？"杨建飞觉得这样的好事，住在四合院的每个人都应当在第一时间体验一下。

　　"哪有时间，我在等向上的通知书。"胡俊生问道，"再说那是高铁，车票很贵吧？"

　　"等什么通知书啊？今天才1号呢，离发通知书的时间还早着呢。你不是知道分数了吗？向上的成绩你也十分满意，还等什么？带向上去西湖玩玩，也算是给他的奖励啊。"杨建飞又比画着说，"其实，我老早就想去坐一下高铁，那风一样的速度，把我的心都抓走了。我们只坐到省城去玩玩，然后再坐回来。票价我已经打听好了，一趟才30块钱呢。"

　　"就我们两人去？"胡俊生问道。

　　"当然不是，我觉得我们四合院的每一个人都应当去。难得的一次，对了，我们去西湖玩玩吧。"杨建飞提议说，"特别是沈叔夫妻俩，来江州这么多年，从没去过省城，也没去过西湖。我们趁这个机会带他们去玩玩。"

"你这个主意不错。向上也想出去玩玩，我也不知道该让他去哪里玩。他一个人出去吧，我又不放心。"胡向上已经向胡俊生提过好几次，他要出去玩玩。可胡俊生担心胡向上的安全，一直没答应。

杨建飞见胡俊生答应下来，又马上跑到隔壁沈世友的屋里。听了杨建飞这么一说，沈世友当即答应下来，他与胡惠芳来江州也十多年了，虽然西湖近在咫尺，从没去过。

沈世友答应下来了，只差李之杰与吕琪了。李之杰与吕琪哪里都想去，杨建飞根本没费口舌。经过商议，把乘坐高铁的时间定在7月9日，一是因为这天是星期天，二是大家提前做好准备。

7月9日一早，杨建飞就起来，依次到胡俊生、沈世友和李之杰的屋前敲门，说马上出发去高铁站。其实，大家都等候这一天很久了，听到杨建飞敲门，拿起东西就出门。四合院离高铁站只有几公里路，由于乘公交车不是很方便，大家各自骑上电瓶车前往。7月的江南正是最热的时候，但早上的空气特新鲜，大家把电瓶车开得很快，微风从耳边拂过，一股清凉扫遍全身。高铁站就在眼前，大家以前只是听说过在修建，从没来看过。包括沈世友这样的建筑工，也从没有机会来过这里。高铁站那雄伟的建筑就像一只展翅飞翔的白鹭。"江州站"三个大字老远就进入他们的眼帘。

"老胡，你是个知识分子，知道这江州站三个字为什么与其他高铁站的字体不一样吗？"其实杨建飞也不知道这三字的来由，前几天来车站买票时，听到别人说了这三字的典故，今天就想考考胡俊生。

"我怎么不知道？"胡俊生说，"这三个字是从江州的一位已逝世的书法名家的书法中挑出来，是国家特殊照顾江州的。"

"哇，这个你都知道。"杨建飞不由佩服胡俊生。如果他不是听别人说，又哪里注意这"江州站"三字与别的高铁站名的字体不一样呢？

"你们啦……"沈世友夸赞胡俊生的同时也在夸赞杨建飞。如果不是听他们说，他一个老头又哪里知道这么多呢？但胡向上已经跟在李之杰和吕琪的屁股后面进了候车室，把东西一放，就跑到检票口的玻璃窗看进出站的火车。任晓霞、谢依雪和胡惠芳三个女人赶紧找了椅子坐下来，内心激动不已，以前想都没敢想过的高铁，马上就要去体验了。

　　终于到了检票上车的时间。虽然大家以往坐过无数次的火车，但乘坐高铁还是第一次，特别是那车票不用检票员拿把剪子在票上剪个口子，而是从机器上把票往里一塞，票从那边出来，拦住的门也自动打开了。好新鲜啊。杨建飞怕沈世友与胡惠芳不懂，他特地让沈世友和胡惠芳跟在他后面，让胡俊生殿后。

　　虽然有了杨建飞的示范，胡惠芳还是出了差错，票塞不进去。原来，她一慌张，错把身份证当成火车票。

　　虽然江州的高铁站才开通没几天，但班次倒不少，客人却不多，上车时不用拥挤，也不用排长长的队，只要走到与票面上相应车厢就可以直接上车。

　　高铁就是高铁，连乘务员的穿着都不一样，那彬彬有礼的样子，让谢依雪和吕琪羡慕不已，要是自己能当一天乘务员该多好。

　　为了大家都坐在一起，杨建飞在买票时特地请求售票员选了好几次票，才把大家的位置买在前后两排。

　　刚坐定，高铁就启动了。没有了哐当声，也没有放气（松刹车）声，只有微小的电动声。一会儿，车子前方的屏幕上就显示出每小时170公里，数字急速往上涨，不一会儿，时速已经达到300公里每小时。

　　"真快啊。"胡向上和李之杰都忍不住说出口来。

　　"哪里快了，你们看看外面的东西，移动得不快嘛。"任晓霞有点晕车，但还是忍耐朝车窗外，毕竟第一次乘坐高铁，非常新鲜。

　　"是啊，我也感觉不到快。"胡惠芳和谢依雪同时说。

　　"这个你们就不懂了。不是车子不快，是车窗的缘故。车窗装的是减速玻璃。如果看到与车速一样快的话，不晕车啊？"杨建飞为了乘坐这次高铁，已经做了不少的功课。

　　但大家还是有些不相信，把目光投向胡俊生。

　　"建飞说得没错。"胡俊生本想闭着眼享受一下这速度，可还是忍不住自己的好奇心。

　　"好了。大家别争了，弄不懂，回去了在电脑上查一下不就知道了。"胡向上是这群人中年龄最小的，他已经赶上了好时光，对大家说的话不以为然。

就在几人谈论中，火车已经放慢了速度，窗外呈现了高楼大厦。

"到省城了。"杨建飞一看时间，说，"18分钟，只要了18分钟。"

"这就到省城了？"胡俊生还有些不相信，可事实已经摆在眼前。

"好快啊。"沈世友也不由感叹起来。

"这就是速度。"杨建飞说，"现在什么事都讲究速度。我只希望有一天我们回家过年时，不用挤车，也不用坐上几天的普通火车。而是坐上这样的高铁，早上出发，晚上就到家了。"

"建飞，不要着急，照这个样子发展下去，要不了几年，我们的这个愿望肯定会实现的。"胡俊生与沈世友一样，是第一次乘坐高铁到省城，只见眼前的高楼大厦越来越密，越来越高，有些眼花缭乱了。

几人正说着话，火车突然停了下来，广播也已经在通知，火车已经到了省城的高铁站。

"妈啊，从上车到下车，只有21分钟。"杨建飞又一次看了时间，不由感叹起来，"21分钟，我们从四合院骑车上班都要20多分钟，没想到这点时间，已经从江州到省城了。"

几人下了车，直奔西湖而去。

# 第56章
# 胡俊生救人

西湖之大之美，令沈世友与胡惠芳惊叹不已。在他们的印象中，家乡的那条河被称之大河，到了江州，才发现家乡那条河只能算得上小河。西湖与江州的河相比，不但宽而大，还多了一分恬静，多了一分柔美。

"好美的湖啊。"沈世友忍不住感叹道。

"西湖真美！"任晓霞也是第一次来西湖，望着碧波荡漾的西湖也不由感叹起来。任晓霞早就听说过西湖的美，但今天真正见到时，才知道西湖比她想象中要美得多。

"不就是一个湖吗？有那么美吗？"胡向上冷不丁冒出这样一句话来，引来众多人的白眼，但他又马上改口说，"夏天的西湖没有春天美。春天时，微风拂过，春风荡漾，就会让人产生许多感慨。如果是春天，游走在这里，不用你醉，春风都会把你灌醉。游走在西湖边上人，就会像一个醉汉一样，醉在西湖里。"

经过三年的高中生活，胡向上已经成熟了，至少不再是一个不听话的孩子。今天，他已经是一个准大学生了，当然要在众人面前显示一下自己的学识。

"读书人说话就是不一样。向上，你将来可是我们这里文化最高的人了。"沈世友竖起大拇指说，"只要好好地读书，没有什么能难倒你的。"

"就他现在学的知识，也敢在沈叔你面前卖弄，真是小巫见大巫。"胡俊生见胡向上说大话，可这话又说到他的心里去了。胡向上不愧是自己的儿子，如今虽然没拿到大学录取通知书，但他已经是一个准大学生了，了却了自己这20年来的心愿。胡俊生又怕胡向上不知天高地厚，再胡说一通，便既夸奖又责备地说，"向上，你沈爷爷家里可有两位大学生。你小沈叔叔还未毕业，工作都已落实好了。你呢，连通知书都没有拿到，就先骄傲起来。"

"俊生，向上还是个孩子。孩子有他的天性。他能把西湖说出与别人说的不一样的地方，说明这孩子与众不同，将来也一定是个人才。"沈世友对胡向上有另一种看法。

"你们就别酸了，我们到前面去看看，你们慢慢来。"谢依雪好不容易才休息一天，看到这么美的西湖，有些等不及了，拉起杨建飞向前面跑去。其实，谢依雪想趁这么好的机会与杨建飞浪漫一回。到江州打工这么多年来，她一直没有机会与杨建飞真正浪漫一回，尽管两人现在过的是二人世界，可每天各忙各的。她也曾想好好地浪漫一回，可每次摸摸口袋，只能留无限的遗憾。

"阿杰，我们也去前面玩玩。"吕琪看出了谢依雪的用意，也想让李之杰陪她好好地浪漫一回。

"你们去吧。到时候在雷峰塔边上汇合。"胡俊生见他们都想往前面去，便叮嘱他们。

"晓得了。万一没碰上，大家电话联系。"吕琪说完拉着李之杰往前面的人群里跑去。

"他们这些年轻人啊。"沈世友摇摇头，苦笑了一声，"俊生，如果你们想看看其他的景色，也去吧。"

"沈叔，说哪里话，我和晓霞，还有向上今天就陪着你们。"胡俊生知道沈世友的意思，不要因他们夫妇俩耽误自己一家人的游湖心情。

"傻孩子。"沈世友笑着说，"这么好的美景，你们一家三口也应当好好玩玩，陪着我们老头老太婆的，能玩得开心吗？"

"沈叔，我和俊生也是老夫老妻了。哪里还有年轻的那种情趣啊。"任晓霞也看出了沈世友的心思，年轻人不懂事自个儿去玩了，但她不能像他们一样丢下沈世友与胡惠芳。一是沈世友与胡惠芳识字不多，又是第一次来西湖，万一走丢了怎么办？

"晓霞说得对。沈叔，你和胡姨就不要推辞了，有我们陪着你们，想到哪里玩就到哪里玩，不用拘束。"俗话说知妻莫如夫，任晓霞的话一出口，胡俊生就明白了她的意思。

沈世友夫妇见胡俊生夫妇执意要陪着他们，尽管有些过意不去，心里却倍感欣慰。于是走到旁边的小店里买了些饮料，递给胡俊生夫妇，胡向上却不喝饮料，要吃零食。

"向上，乖，爷爷这就给买。"沈世友一直很心疼胡向上，只要胡向上提出要求，他一定会照办。

七月是江南最热的时候，几个人没走多远，就出了一身汗。胡惠芳提议找个地方先歇息一下。

"前面就是白堤，我们去那边找个地方歇一下。"胡俊生提议说。

沈世友一直把胡俊生当成一个最亲的人，他怎么说就怎么办。于是，在胡俊生的带领下，几人就往白堤那边走去。刚走几步，就听到有人在大喊："救命啊……救命啊……"

"好像出事了。"胡俊生听到喊声后的第一个反应，就朝叫喊声望去，只见那里围了一大群人，正朝西湖看什么。

"你们先慢慢来，我去看看出什么事了。"胡俊生说完，丢下沈世友等人朝喊叫声方向跑去。待胡俊生跑过去一看，原来有一位游客掉进西湖里。岸上的人都急得大喊大叫，却没有一个人跳下去救人。人命关天的事。胡俊生二话没说，连衣服都没脱扑通跳进西湖，朝落水者游了过去。夏天的水不但深，还有些冰冷。胡俊生没想到西湖的水竟然与河里的水不一样。

落水者见有人朝他游过来，急速挣扎。他越是挣扎，却越往下沉。待胡俊生游到他身边时，像是抓住了救命草，不管三七二十一，抓住胡俊生的胳膊使劲拽。胡俊生的身子一下子被落水者拉入了水里，险些撑不住了，还吃了几口水。胡俊生赶紧用另一只手划水，才浮出水面。

救落水者，千万不能正面对着他。胡俊生想起在电视看到过救落水者的访谈节目，他猛地挣脱落水者，一个漂亮的转身，游到落水者背后，用右手紧紧地抱着他，左手急忙划水，向岸边游过来。

沈世友与胡惠芳、任晓霞和胡向上也赶了过来，见胡俊生正在湖里救人。沈世友急了，向岸边的人要绳索这类的东西。最着急的要数任晓霞，丈夫此时千万不能出事。胡向上没想到父亲会下水救人，也急着要下水，却被胡惠芳和任晓霞拉住了。

好在有个人带着绳索赶了过来，沈世友向那人要了过来，朝胡俊生扔了过去。胡俊生抓住，在岸边众人的帮助下，把他拉到了岸边。落水者没有大碍，只是呛了几口水，但胡俊生却不一样，他一上岸，几乎虚脱了。胡向上急忙把饮料递给胡俊生。喝了几口水后，胡俊生才缓过神来，就说："咱们走吧。"

"就这样走了？"任晓霞有些心疼，又有些责备胡俊生，"遇到这么大的事，你想都不想就跳下去救人，真是不要命了！万一……我和向上怎么办？"

"这不是没有事吗？"胡俊生调皮地笑着说，"小时候家乡河里发洪水时，我都敢下河抓鱼，何况这西湖又没有大风大浪，只不过水深一点而已。"

"好了，俊生，晓霞这是担心你。刚才岸边的人都不敢下水，你就敢跳下去，沈叔我佩服你的勇气和胆量。但也要说你一句，你也该考虑考虑，万一人没救上来，你体力不支，如何是好？"沈世友虽然有些责怪胡俊生刚才的举动有些鲁莽，但他知道以胡俊生的脾气，遇到这样的事，绝不会袖手旁观。

"走吧。建飞和阿杰还在那边等我们呢。"胡俊生身上的衣服湿透了，他急着要走，是不想因为救了一个人，而留在这里，被人当着要报酬之类的事。

虽然胡俊生跳进西湖救了人，但这只是一个小插曲，丝毫没影响到他们游西湖的心情，心情反而更好了。

到达雷峰塔时，胡俊生身上的衣服也干了，远远地看到杨建飞夫妇与李之杰夫妇正在吃冰淇淋呢。胡向上几乎忘记了刚才的事，疾步走了过去，向李之杰说："李老板，冰淇淋就你们吃啊。你看这天多热啊，也要救济救济我们啊。"

"你急啥子哟。"吕琪像变戏法似的，从旁边的店里又拿出几支来，"这是给你们买的，留在店主那里。拿出来早了，还不化了？"

"这还差不多。"这一路走过来，胡向上的确热极了，接过冰淇淋大口大口地吃了起来。

"我们先找个地方吃饭？"胡俊生也有些饿了，此时也正是吃午饭的时候，于是提议道。

"行。我们先吃饭，吃完饭，再逛一圈就回去。"杨建飞答话。

其他人也饿了，于是，几人去了不远处的一家饭店里吃午饭。

西湖美景再美，却没有美过几个人的心情。几个人吃好午饭说转一圈就走，结果玩到下午5时才离开西湖，乘坐高铁返回江州。刚上车，杨建飞见有人对着胡俊生指指点点，感到很纳闷，就悄悄地对沈世友说："沈叔，老胡今天干啥了？惹得乘客都对他指指点点的。"

沈世友一看，果然有人对着胡俊生指指点点，想把胡俊生在西湖救人的事说出来，可一想胡俊生在路上叮嘱过他们，谁都不要把这事说出来。于是，沈世友就说："俊生长得一副大众脸，乘客看他，或许是觉得他像某个人吧。"

"我在想，今天就游了一下西湖，难道他还成了名人了？"杨建飞听沈世友那么解释，也就释然了。但是，直到晚上看新闻，杨建飞才知道胡俊生在西湖救人的事。

原来,省电视台民生频道在西湖拍风景,正好把胡俊生救人的经过拍了下来,等他们拍了落水者后,才发现胡俊生不见了。因而,在晚上的新闻里,还特地把胡俊生的头像放得大大的,希望观众见到胡俊生本人,就立即打电话给他们。他们要当面采访胡俊生。

令胡俊生始料未及的是,第二天省内各大报纸也报道了这件事,网络上,微博微信都有他在西湖救人的事迹,但他当作没事一样。

# 第57章
# 小雪开面店

李之杰与吕琪的茶馆生意特别好,几乎每晚都爆棚满座。谢依雪与杨建飞每次去都要等很久,才能与吕琪说上话。这让谢依雪多了一分伤感,也多了一分向往,要是自己也有这样一个店面卖小笼包子那该多好。

回到四合院里,谢依雪感叹不已。杨建飞也看出了她的心思,便问道:"小雪,你是不是想有一间属于自己的店铺?"

"是啊。你看出了我的心思?"谢依雪一直以为杨建飞在喝茶,没有理睬她的心思。

"知妻莫如夫。你那点小心思,我一眼就看出来了。"杨建飞笑着说,"只是你一直想买房子,我一直没敢对你说。"

最近,杨建飞一直在思考是买房子还是买店面的问题。买了房子又能怎样?

那只是一个住处。买了房子，谢依雪照样得去外面摆摊。买店面就不一样了，谢依雪可以不用风吹日晒了，也不用每天一眼盯着早餐摊，一眼盯着远处有没有城管过来。鱼和熊掌不可兼得。当然，有钱是另一种说法了。

"可是，我的思想很矛盾。"谢依雪所说的思想矛盾是，如果买了房子，可以把儿子接过来一起住，一家人在温暖的家里过着幸福的日子，如果买店面，就不能把儿子接来了，但做生意就不一样了。

"小雪，我们可不可以想一个两全其美的办法？只是非常的辛苦。"杨建飞又何尝不想把儿子接过来一起过日子，谁不想有一个温暖幸福的家呢？只是以他们目前的经济实力，那是一件非常艰难的事。

"有什么两全其美的办法？就那么点钱，既想买房子，又想买店面？就是能贷款，每月还贷款的钱不是一个小数目。还有，如果我们买了店面，生意不好做怎么办？将来如何生活？"谢依雪是一个持家的女人，每一件事情都会想得十分周到。

"你的话不无道理。可是我再也想不出更好的办法来。每次做梦都梦见儿子亲我的脸呢。那可爱的样子，让我多次在梦里醒过来，痛苦不已。"在杨建飞的脑海里，全是儿子小时候那可爱的样子。可他和谢依雪已经两年没有回过老家了，儿子又长了两岁。长了两岁的孩子已经高了不少，也会懂事不少。

"你以为只有你会梦到他？"提到儿子，谢依雪心如刀绞。儿子是她身上掉下的一块肉，她又怎能不心疼呢？两年前的那个春节后，她与杨建飞出发来江州，临上车时，儿子眼泪汪汪地抱着她的大腿，问她什么时候回来看他。谢依雪当时泪如雨下。想给儿子一个承诺，可她知道不能轻易给儿子任何承诺，因为这样的承诺是不可能实现的。如果实现不了自己的承诺，那是伤了孩子的心。孩子那幼小的心灵怎能经得住沉重的打击？

"小雪，无论是买房还是买店面，都是大事，我们找老胡和沈叔他们商量一下，如何？"杨建飞征求谢依雪的意见。

"也行，多一个人多一个主意。说不定，他们的话会一下子提醒我们。老胡和沈叔好像都在家，我这就去叫他们。"谢依雪本来就是一个做事风风火火的人，什么事都容不得有丝毫怠慢。

一会儿，谢依雪就把胡俊生和沈世友请了过来，杨建飞也倒好了茶，把两人刚才商量的事说了一遍。

"你们现在就在纠结是买房还是买店面。我看沈叔的话不错，你们先买店面。"胡俊生沉思了一会儿，又说，"有了自己的店面，就可以做生意。依我的想法，你们不只可以卖小笼包子，还可以卖其他的，比如家乡的担担面。小雪是个能人，这些应当难不倒她。"

"建飞，你们的想法不错。"沈世友说，"年轻人就要有闯劲。李之杰和吕琪都还是孩子，他们都开起了自己的茶馆，你们也应当有属于自己的店面。"

"依我看，只要生意做好了，又何愁买不起房子，只是迟早而已。当然，一定要给自己定下目标，也就是我们说的梦想。"胡俊生看了看杨建飞和谢依雪，见他们没有意见，又说，"现在房价不是在下跌吗？买住房的事可以先缓一下。买店面，虽然投资大，但毕竟是固定资产。万一不想开店了，还可以出售，或者转让。那钱依然在那里，到时候买房也亏不到哪里去。如果是买住房，钱投进去了，就没有了产出。你们仔细想想，哪一个划算？"

"老胡，你真行，一下子把我心结解开了。"谢依雪也觉得只卖小笼包子，肯定利润不多，如果兼卖其他早点，收入肯定不一样，又一时拿不定主意。现在听到胡俊生说可以卖担担面，倒把她心里的那个死结解开了。以前在老家时，她也做过担担面，只是老家的人早上不太喜欢吃面，她开了一阵子，就专卖小笼包子了。

"老胡，你说的卖担担面这事还真行。江州的面店不少，但以双林镇的面为主，还有福建沙县的馄饨，在城里都非常吃香。"杨建飞也被胡俊生的话引开了，想起有时候中午来不及吃饭，就去面店里吃碗面或馄饨。

"建飞，小雪，你们看看，俊生的主意就是多。不过，我要多说一句话，这里的面和馄饨我也吃过。虽说吃得不多，但你们发现一个特点没有？"沈世友说着看了在座的几个人，见他们都有些疑惑地看着他，又说，"这里的面硬，都是纯面再加菜食。我们的担担面都是汤面，而且面煮得软，另一个重要的原因就是太辣，如果你们把这之间的矛盾解决了，或者把这里的面与我们老家的担担面相结合，做出新口味来，肯定会有许多回头客。"

　　"没想到啊，沈叔，你平时不爱说话，居然说出这么多道理来。"谢依雪做了这么多年早点，一直以川味为主，虽然生意不错，毕竟顾客以民工为主。民工们吃早点，主要是吃饱为主，当然味道好，是他们求之不得的事。

　　"我怎么说，人多主意多吧。"杨建飞也觉得找胡俊生和沈世友来商量是一个正确的决策。

　　"别在这里臭美了，再听听老胡的意见。"谢依雪打断了杨建飞的话。

　　"先找一个位置好的店面，打听一下价格，如果觉得价钱合适就买下来。另外，就是给店定位，是做面还是做其他。如果是做面，你们的手艺也要评估一下，可以去一些面店里试吃几次，尝尝他们的口味，观察一下那些面店的生意。不要打无把握的仗，一定要做到知己知彼，方能把店开好。"胡俊生仔细地分析道。

　　"就这么办。建飞，我们分工合作，你去找店，我去面店试吃。"谢依雪听了胡俊生的分析，热情高涨起来，"但说明一点，要说做面的手艺，你们都吃过我的面，我可不是浪得虚名的。只要我试吃完那些面店的面，没有理由做不好。"

　　"小雪啊，你也不要太着急，心急吃不了热豆腐，万事都要考虑好。俊生说得对，不打无把握的仗。"沈世友说，"找店面的事我和俊生有空的时候，也可以去帮忙。你一定要仔细品尝别人做的面的味道，为什么那么多的人喜欢吃面，这其中肯定有缘故的。等一切准备好了，就可以开店啦。"

　　"沈叔的话说到点子上了。"胡俊生也说，"把一切准备好，就可以开店了。我在开发区管委会旁边看到一家店面在出售，价格也不高，位置却特别好，每天人流量也不小，店旁边还有一大块空地，可以停车。有时间可以去看看。"

　　"好，我们这就行动。"谢依雪觉得时间不等人，尽管外面天已经黑了，她还是让胡俊生带她去实地看看。

　　经过一个星期的品尝，谢依雪终于下定了决心，把开发区管委会边上的店面买下来。店面以前是开过小饭店的，因店主要去省城发展，不得已才出售的。这正合谢依雪的心意，只把店面简单收拾一下就可以营业了。

　　尽管这样，谢依雪还是准备了好些天才正式营业。

　　开张第一天，生意比想象中要好，一个星期后，谢依雪就有些忙不过来，就让等通知书的胡向上去帮忙。

一个月的试营业，收入比谢依雪想象中要好得多。

# 第58章
# 四合院拆啦

九月，江南炎热的天气渐渐转凉。胡俊生与任晓霞终于可以长长地喘一口气，因为他们在江南奋斗了多年的梦想终于实现了：儿子胡向上明天就要去上海某大学报到了。因为胡向上圆了他们夫妻俩的梦想，胡俊生决定办一桌酒席，一是感谢四合院的老乡们的支持，二是为胡向上送行。对于从未踏进过大学校门的胡俊生来说，胡向上上大学是他的梦想，这样的大喜事不能草草了事，一定要办得红红火火。因此，胡俊生与任晓霞商量后，决定到四合院后面的老乡饭店里摆一桌，请大家好好地吃一顿。

当胡俊生正准备去饭店订席时，却被听到消息的沈世友拦住了："俊生，都是自家人，你何必花那个冤枉钱？饭店里的菜食分量少不说，还吃不惯，大家都喜欢你烧的菜，何不就在这里烧菜？再说，向上是在这里长大的，我们都把这里当成了自己的家。在家里烧点菜，再整两瓶酒，大家想怎么喝就怎么喝，想喝多久就喝多久。"

沈世友说的是实话。其实胡俊生也不想去外面的饭店里吃饭，可他又觉得胡向上考上大学不单单是一件喜事那样简单，而是胡向上给他挣了面子，执意要去饭店订餐。

正准备去上班的杨建飞听到胡俊生与沈世友的对话，走过来说："老胡，沈叔的话很对，你干吗要那么一根筋呢？平时你可是一个有主意的人。今天是为了显摆吗？我们都喜欢这四合院，喜欢在这里喝酒的氛围，你一弄到饭店里，我们的酒还没有喝好呢，人家要下班了，气氛也没了。"

其实杨建与沈世友的意思是让胡俊生少花点钱，胡俊生的心情他们都理解，只是在饭店里吃一顿饭的花费肯定比在四合里自己买菜烧要多得多。

"不行。我还是去饭店订吧。"胡俊生不想这样草草了事。

"这样吧，你也不用去后面的饭店了，就去我家小雪的店里，如何？"杨建飞见胡俊生那个执意的劲头，只得拿出杀手锏。

"俊生，建飞都这样说了，如果你还执意去饭店，是不是看不起我们？"沈世友是个老实人，说的也是老实话。

"既然大家都这样说了。好吧，就在四合院里办。"胡俊生只想让大家去饭店里吃好一点，毕竟他不是专业的厨师，只会烧几道家常菜，其他的菜食又哪里会烧呢？

"这就对了。我今天正好休息，帮你去买菜。"沈世友说，"你婶子上早班，下班回来也好打个下手。"

"老胡，就这样说定了。我今天也早点回来，酒你不要买了。我在公司里还存放着两瓶好酒，是客户送给我的，一直忘记带回来。"杨建飞又说，"小雪那边，我也让她早点关店门回来，今晚不醉不归。"

胡俊生只好应下来，与沈世友去菜场买菜食。沈世友说是帮着拎买菜食，结果他出一大半的钱，无论胡俊生怎么给他，他都不要，说胡向上考上大学不只是胡俊生一家子的事，而是四合院四家人的喜事，大家都应当出力出钱。胡俊生拗不过沈世友，只得按他的意思办。

晚上，一桌普通得不能再普通的菜肴，因经过胡俊生的烹饪，香味扑鼻而来。大家聚到一起时，把胡向上推到了首席，热闹的气氛就不必说了。

"向上，今晚大家都沾你的光，聚在一起喝酒。从今天起你也是一个大人了，你可以为父母着想了，他们来这里打工的目的是为了什么？就是为了让你读好书，将来有一个好的工作。"沈世友举起了酒杯，又对大家说，"我的年龄最大，就为老不尊，先抢抢俊生的风头，来，大家先干一杯。"

酒，果然是好酒。杨建飞喝完酒，掏出一个红包来递到胡向上的手中："向上，这是我的一点心意，先在这里祝贺你考中大学，同时，你也要珍惜你这来来之不易的机会。利用这个机会好好地学些知识，以后找到一个好的工作。"

李之杰倒了一杯酒刚站起来，却被吕琪按住了，她从口袋里也掏出一个红包，递给胡向上，说："向上小弟，姐的茶馆只要开着，你放假回来随时等你来喝茶……"

"还有，你要带一个漂亮的女朋友回来。"李之杰被吕琪一按住，先不知她是什么意思，见吕琪说回来喝茶，他再也忍不住了，打断了吕琪的话，又说，"越漂亮越好啊。"

"你，真是狗嘴里吐不出象牙来。"吕琪见李之杰抢了她的话，狠狠地瞥了他一眼，"别听他的。姐的话是说你读好书外，也不要忘记找个女朋友，当然，漂亮的也可以，但是，还是以学知识为主啊。"

"好了，你们这些年轻人啊，就知道谈恋爱，你们自己都还是一个不懂事的孩子就结了婚。我们向上可是大学生，毕业出来找到好工作，又哪里找不到女朋友呢？"沈世友打断了吕琪与李之杰的话，也掏出了一个红包递给胡向上，"向上，这是爷爷的一点心意，虽然你是大学生了，还是要好好学知识。"

沈世友的话刚落下，李之杰站起来又要说，却被杨建飞拦住了："阿杰，今晚老胡才是主人，我们还是让他们先说几句吧。"

"大家都这么客气。向上，快道谢。"任晓霞没想到大家都给胡向上送红包，有些不好意思，说，"我们这个家，历来都是老胡在做主，我说不来什么话。大家鼓掌让老胡发言。"

任晓霞今晚特别高兴，她不得不承认胡俊生让向上读书的这个选择是正确的，尽管这些年来，她吃了不少的苦。无论日子多么苦，但都熬了过来。只要日子还在，美好的生活一定会在前方等待他们。

"大家今晚吃好喝好，就是对我最大的鼓励。"胡俊生此时心里有许多话要说，可千言万语都不如这一句话。大家聚在一起图的是什么？图的是个高兴。在这里高兴的事，除了胡向上考上了大学外，就剩下酒菜了。但是，像这样的日子又有多少呢？胡俊生在此时又多了一分伤感，儿子终于长大了，该走他自己的路了。以前，胡俊生一直认为胡向上还是个孩子，可孩子也有长大的时候。胡俊生感觉自己有些老了。想想当年，自己高考的事竟然犹如在昨天，如今儿子也将上大学了，时间过得真快啊。

"就这么简单？老胡，这可不是你说话的风格哟。"杨建飞以为胡俊生会说一大堆的话，结果就这么一句就了事。

"就这么简单。"胡俊生说，"沈叔的一双儿女都读了重点大学，况且他的儿子已经工作了，我家向上明天才去大学报到呢。建飞，你好好培养你儿子，将来一定是重点大学的学生。"

"你们都别说了，吃好喝好。我觉得胡叔的话非常有道理。"吕琪站起来给大家倒酒。

几轮酒下来，几个男人的脸上都泛出了红光，借着酒劲把该说的和不该说的都说出来。胡俊生知道大家都压抑了许久，需要找一个机会来发泄。

就在众人高兴地喝着酒吃着菜时，房东来了。听说今晚是为胡向读大学送行，便说了几句祝贺的客套话，又说："今天我正式来通知大家，我家的四合院还有半个月就要拆了，希望大家赶紧另外找住处。这个月的房租，我也不收了。但是，房子拆迁前你们一定要搬走，不然，我就拿不到那么多的补偿款。"

"怎么，四合院要拆啦？"房东的话令所有人都吃了一惊，尽管大家都知道四合院迟早会拆，只是没想到会来得这么快，有点不知所措。四合院一拆，就意味着大家在一起居住的日子将成为过去。

"大家住在这个四合院里像一家人似的，我真有舍不得大家就这样分开。"谢依雪和吕琪异声同口地说。

"天下没有不散的宴席。"沈世友感叹地说，"我和老婆子原打算月底就回老家。"

"什么，你们要走？"胡俊生和杨建飞都感到十分吃惊。

"是这样的，孩子工作了，我就少了一分负担。"沈世友说，"你们也知道我那个不争气的弟弟的离去，父母都不知道呢，我得回去向他们请罪呢。"

沈世友的话说得很轻松，可大家都觉得十分沉重，都端起了酒杯，一杯又一杯地喝酒。

一听到沈世友要回老家了，胡俊生最伤感。他清楚地记得，与任晓霞带着胡向上第一个住进这个四合院里，没多久，沈世友搬来，大家相互介绍，才知道是一个镇的老乡。接着是杨建飞与谢依雪，再接着是李之杰带着吕琪住进来。时间一晃就是好些年，现在说散就要散了。

胡俊生惆怅不已，便端起酒杯，挨个儿敬酒。反正，喝了多少酒，大家都不知道，但这天晚上，除了几个女人外，大家都喝醉了，连不会喝酒的胡向上也被灌了好几杯，显得醉意十足。

# 第59章
# 沈世友回乡

送走胡向上后，沈世友也开始收拾行李。一想到要离开居住多年的四合院，沈世友还真有些舍不得，虽然这房子是租来的，可他一直把这里当成自己的家。院里住的都是同乡，不单单是他们把自己像亲人一样对待，更主要的是大家都亲如一家人。几年的生活，大家结下了深厚的友谊。特别是他看到杨建飞、谢依雪和李之杰、吕琪夫妻都有了自己的店面时，他心里又都多了几分欣慰。只是，胡俊生夫妇的日子还十分艰辛，虽然胡向上考上了大学，但费用不少，也够胡俊生夫妇折腾的。胡俊生是一个有理想有抱负的人，生活却一直对他不公，但他从没有因为生活的不公就自暴自弃，而是一个永不言败、十分坚强的人。他说过，只要一个人心中有梦想，再坚持自己的梦想，那就一定会实现。

"老婆子，别弄大声响来。"沈世友正想着，听到妻子胡惠芳收拾行李时，声响弄得很大，就吩咐她小声点，"我们还是悄悄地收拾好就走，别让俊生他们知道了。"

"我晓得了。"胡惠芳叹了一口气，她又何尝不明白丈夫的心思呢。尽管胡惠芳是一个言语不多，没啥文化的农村妇女，这些年来跟着沈世友吃了不少苦，可她从没有一句怨言，丈夫说什么她就做什么。今天就这样悄悄地走了，她还真有些舍不得。但胡惠芳明白，丈夫这次回家并不是因为儿子工作了，家里的负担就减轻了，而是回家去赎罪。小叔子沈世银的死，她和丈夫都有不可推卸的责任。特别是这些天，丈夫天天晚上都在做噩梦，梦中直喊："爹娘啊，我对不起您们，今天向您们赔罪了。"

"都收拾好了吗？"胡惠芳还在沉思，沈世友又在催促她了。

"都好了。"胡惠芳抬起头来，又问道，"他爸，我们就这样悄悄地走了？不给俊生他们说一声？"

"我不想有太多的伤感。"沈世友说这话时，鼻子有些堵，语气也哽咽起来，"他们都是好人，不能因为我们一走，让他们产生难过的情绪。"

"嗯。"胡惠芳应了一声，背起行李，又帮沈世友把行李背起来。说是行李，其实就是几件衣服。沈世友把棉被、锅碗瓢盆都留了下来，一是这些东西太重，带回家也没多大用处，二是他想留给四合院里的其他人，他们还要在外面打工，这些东西用得着。两人背着行李，刚拉开门，就见胡俊生与任晓霞站在门外。

"俊生，你……"沈世友的话还没说完，眼里就噙满了泪水。

"叔，你就打算悄悄地离开我们？"胡俊生的语气也有些哽咽。

"沈叔，你这样走就不仗义了啊。"杨建飞不知什么时候也从屋里走了出来，"要不是我刚刚听到你们谈话，还不知道你这么快就走。"

杨建飞今天要去省城出差，没跟着谢依雪去店里。

"你们这是……唉，建飞，你没去小雪的店里啊。我本来不想大家见到这个离别的情景，可现在……"沈世友的眼泪终于流了出来，他的确不想见到这样的场景。昨天晚上，他想了无数个离开这里的方法，可最终还是被胡俊生和杨建飞知道了。这些孩子都是重情重义之人，自己如果真的悄悄地走了，会真伤了他们的心。现在既然大家都来了，沈世友反而觉得欣慰，把东西放下来，说道：

"俊生，建飞，真心谢谢你们了。"

"沈叔，即使你这样匆忙地走，我们也要送你们去车站。"胡俊生说完让任晓霞去屋里把准备送给沈世友的东西拿出来。

"沈叔，你咋不早点说呢？要不然，昨晚我让小雪买点菜，大家聚一下。"杨建飞说着伤感起来，"你一走，我们会少了一个家长，心里会十分难过，以后喝酒时少一个人，大家都不尽兴了。"

"傻孩子，我们虽然回去了，但我们的心会一直留在这里。"沈世友顿了顿，又说，"我只有一个要求，无论你们怎么样，都要对得起自己的良心，把你们的梦想继续下去。不要丢我们大英人的脸。另外，建飞，你年轻，要好好地帮帮俊生。"

"沈叔，你放心，我们都是自己人。老胡有什么困难，我杨建飞就是上刀山下火海，也要帮助的。"杨建飞说。

"俊生，叔现在要走了，非常感谢你们一直以来对我们的帮助。只是你太书生气，社会上的事你仍然要多学习，千万不能意气用事。虽然老话说，百无一用是书生，但你的知识仍然可以改变你的命运，实现自己的一个又一个梦想。"沈世友一直不放心胡俊生。虽然胡俊生没有大学文凭，却是一个有理想有抱负的人，只是他一直没得到重用罢了。如果胡俊生真心找到了伯乐，把他的潜能发挥出来，将是一个了不起的人。

"沈叔说的是,我一定会改正这个脾气，为自己的梦想创造一个美好的机会。"胡俊生说完，任晓霞已经把东西拿了出来，又说，"沈叔，我们送送你们。"

"你们在说什么？"李之杰与吕琪从走出屋来，睡眼蒙眬。

"唉，阿杰，不好意思，把你们吵醒了。"沈世友急忙致歉。李之杰与吕琪自从开了茶馆后，每天都很晚才回来睡下，现在正是他们睡觉的时候。

"你沈爷爷要走了，你不送送？"杨建飞朝李之杰喊道。

"沈爷爷要走了？这么快，这么急？"李之杰揉了揉眼睛，这才明白是怎么回事，说，"我们刚刚睡着了。老杨，你不够意思嘛，也不叫醒我们。"

"是啊，沈爷爷要走，我们怎么能不送送呢？"吕琪听明白了，马上说，"阿杰，快帮沈爷爷拿东西，我们送他们到车站。"

"真是些好孩子。"沈世友没有拒绝，他知道这一走将是他们在江州最后一次相聚，只是少了胡向上和谢依雪，有这么多人来送他和妻子，他非常满足了。

离别是短暂的，但又是长久的，只是离别这种情感让大家都有些受不了。路上，大家都很少说话，只希望这种时刻永远停住。但是，四合院到江州汽车站只有几公里的路，大家骑上电瓶车，十来分钟就到了。

沈世友前几天就买好了票，所以大家背着行李直接进了候车室，胡俊生看了看时间，离发车只有20分钟，可已经开始检票了。

"就送到这里吧。"沈世友的话语有些哽咽，他不想大家看到他即将流出来的眼泪。

李之杰却要将行李搬到车上。

"算了，阿杰，让你沈爷爷和奶奶自己搬进去吧。"胡俊生拦住了李之杰，他已经看到沈世友眼里的泪水，让他们高兴地离开江州，不能因为大家都依依不舍而难过。但是，任晓霞和吕琪还是没忍住，哭起来，两个女人的哭声，也把一直没有说话的胡惠芳感染了。

在这即将分离的时刻，胡惠芳不是不想哭，只是沈世友说了，让她坚强些，千万不能让大家的心情都处在伤感之中。憋了这么久的胡惠芳，终于可以释放了。

"走吧，别哭了，别让孩子们难过。"沈世友强忍着泪水，拉起胡惠芳进了检票口，头也没有回就上了车。

"他们走了。"杨建飞拉了拉胡俊生。胡俊生没有动，眼里也噙满了泪水，他真希望这一切都是幻象。

"老胡，你也不要太难过了。"杨建劝胡俊生，"他的儿子已经工作了，也该回去了。他已经实现了他最大的梦想，儿子工作，他的下一个梦想，就要回去照顾年迈的父母。"

"是啊，他也该回去照顾年迈的父母了。"胡俊生又何尝不知道这件事呢？只是在外面打工这么年来，时间过得太快，仿佛是昨天才来江州一样。因为时间，每个人都会老去，胡俊生也有父母，只是这些年为了儿子能读上大学，他不能照顾父母，这是多么不应该的事啊。要改变这种状况，只有努力地打工挣钱，有了条件，把父母接过来一起生活，那是他的另一个梦想。

"咱们回去吧。"李之杰提议说,他和吕琪还要回去补觉,年轻人的睡意本来就大,何况他们每晚都要过了凌晨才能关店门回来休息,一旦遇到客人玩到凌晨,他们就得陪着。

"那就走吧。"胡俊生说完带着几个人出了车站。江南秋天的风是那么令人惬意,可胡俊生一点都高兴不起来。

# 第60章
# 离别四合院

送走了沈世友夫妻俩,杨建飞和李之杰也各自找到了地方搬走了,只剩下胡俊生和妻子任晓霞没搬。四合院一下子显得冷清起来,拆迁队明天就要来了,也就是说这座四合院从明天起,将片瓦不存。

看着热闹了好几年的院子,胡俊生惆怅起来。妻子任晓霞走到他身边,轻声说:"老胡,别发愣了,还是抽空去其他地方看看房子吧,不然,找不到房子,这里明天一拆,我们就没地方住了。"

"晓霞,你去收拾行李吧,我已经找好了房子,与房东说好了,今天下午就搬过去。你让我好好地再看看这座曾经给予我们辛酸,给予我们梦想的四合院吧。"胡俊生看了一眼妻子,几年来,妻子从一个什么都不会做的美貌女子,变成如今脸上有了皱纹的中年妇女。生活改变了她许多,唯一没有变的是与他一起的信念和奋斗的梦想。

任晓霞知道丈夫不但有书生气,还是一个多愁善感的人。人都是有感情的,

在这里住得久了，多少也会有感情的。那种情感如果不是当事人很难理解，所以，任晓霞很是理解丈夫此时的感受，默默地转身回屋收拾行李。

此时，李之杰和杨建飞骑着胡惠芳的三轮车来了，见胡俊生望着四合院发呆，杨建飞大声喊道："老胡，你们的东西收拾好了没有。我与阿杰说好了，今天来帮你搬家。"

"你们来得这么早啊。"胡俊生听到杨建飞的话才醒悟过来，急忙答话，"晓霞在屋里收拾了，我想好好看看这座四合院。"

"四合院有什么好看的？"李之杰一听四合院要拆迁，就开始找房子。现在他的生意不错，所以去租了一套两居室的房子。租这么大的房子是吕琪的主意，她对李之杰说，房子大点，住得舒服点，另外，因为生意好，忙不过来，她打算让在老家的父母过来帮忙。李之杰也觉得她的主意不错就答应下来。

杨建飞找的仍是一居室的房子，但比四合院的房子有了较大改善，有了独立的卫生间，厨房虽不是专门的厨房，但在房子的楼梯底下，也算是独立的了。房租比四合院的高了100多块钱，但地理位置好，隔壁就是一所小学。租这间房子是谢依雪的主意，她说面店的生意也不错，经济有了较大改善，可以把留守的儿子接过来了，就送到隔壁的小学校上学，等房子的首付够了，就在附近买一套商品房。

胡俊生找的是与四合院差不多的房子，只是离城更远。如今郊区都在开发中，很多郊区农民房都拆迁了。租房子的民工也特别多，能租到便宜的房子算是胡俊生的运气。

找这么远的房子，他怕任晓霞不同意，又找杨建飞和李之杰去看过，两人当时没说什么，待胡俊生把定金交了后，李之杰冒出一句："这么远，以后喝酒都不方便了。"

"先过渡一下吧。"杨建飞安慰胡俊生，"等以后有机会了，我相信我们还会住在一起，以前的那种快乐的生活会再现的。"

"这是肯定的。只要向上毕业了，我的压力就小了，到时候我也打算在江州买套房子，与大家住一个小区。"胡俊生说。

"不行，要住同一层，门挨门的邻居，到时候串门方便，喝酒也方便。"李之杰说，"老杨，这可说定了。先别急着买房啊，等我们有钱了，一起去买，在售楼小姐面前得意一下，让她高兴得屁颠屁颠的，一下子就卖出三套房子。"

"就这么定了。"杨建飞也高兴地说。

趁大家急忙搬东西，胡俊生又陷入了回忆，四合院的点点滴滴涌入心头。胡俊生忍不住笑了。

"老胡，你在偷笑什么？赶紧过来帮忙。"任晓霞见杨建飞和李之杰进屋帮忙，却不见胡俊生进来，便跑出屋，见胡俊生还在发呆，接着又发笑，便喊了起来。

"来了。"胡俊生应着，进屋帮着拿行李。

不大一会儿，几个人就把行李收拾好，装进了三轮车。

"就要离开了。"胡俊生在推着三轮车时，忍不住说了一句。

"走吧，老胡，这里再好，也要拆了。"杨建飞说，"我相信我们以后住的地方肯定比这里更好。"

"走吧。"任晓霞也轻轻地说了一声。她知道胡俊生有些舍不得这个地方，毕竟这里要拆了。

"走吧，美好的生活还在向我们招手呢。"胡俊生一狠心，转过身跳上三轮车，踩着三轮车向新租的房子骑去。他明白，无论事物多好，都会有一个轮回。无论多差的事情，都会有好的一天。因为他心中有梦。只要有梦，总会实现的。

离开四合院好一阵子了，胡俊生还悄悄地回过头看了眼，心里虽惆怅，但他明白，这座承载着梦想的四合院即将成为过去，也将带着他的过去和梦想而离开，等待他的将是一段更美好的梦想和新的征程……

2015年2月1日于湖州
2015年5月12日再稿于湖州
2015年6月5日三稿于湖州
2016年6月12日四稿于湖州